魔刀眞祖
마도진조

요람 新무협 판타지 소설

FANTASTIC ORIENTAL HEROES

마도 진조휘 9

요람 新무협 판타지 소설

초판 1쇄 찍은 날 § 2016년 10월 18일
초판 1쇄 펴낸 날 § 2016년 10월 25일

지은이 § 요람
펴낸이 § 서경석

편집책임 § 배경근

펴낸곳 § 도서출판 청어람
등록번호 § 제387-1999-000006호
등록일자 § 1999. 5. 31
어람번호 § 제2-2687호

주소 § 경기도 부천시 원미구 부일로 483번길 40 서경B/D 3F (우) 14640
전화 § 032-656-4452 팩스 § 032-656-4453
http://www.chungeoram.com
E-mail § chungeorambook@daum.net

ⓒ 요람, 2016

ISBN 979-11-04-91002-9 04810
ISBN 979-11-04-90718-0 (세트)

魔刀

마도
진조휘

9
[완결]
요람 新무협 판타지 소설

FANTASTIC ORIENTAL HEROES

도서출판 청어람

目次

제78장
천리통혜(千里通慧)

"비천성주(飛天城主), 진무혜다. 옛날에는……."

천리통혜(千里通慧)라 불렸단다.

귓속으로 여러 말들이 들려왔지만 조휘는 그게 무슨 말인지 바로 알아차릴 수는 없었다. 다만 여인이, 그것도 은여령보다도 어려 보이는 여인이 엄지와 검지로 자신의 풍신과 은여령의 검을 막았다는 것이 중요했다.

"받거라."

여전히 풍신의 칼날을 잡고서는, 그대로 조휘에게 내미는 여인. 조휘는 엉겁결에 풍신을 돌려받았다. 그리고 그 순간, 이런 경험이 한 번 더 있었다는 걸 깨달았다.

비천성.

그곳에서 만난,

김연호.

그가 그랬다.

이 여인처럼 불쑥 뒤에 나타나는 순간 둘은 돌아서며 그대로 도와 검을 뿌렸지만 그도 손으로 잡았다. 기사였고, 괴사였지만 그 당시 장소가 비천성이어서 넘어갔던 적이 있었다.

처저저적!

공작대 전체가 경악에서 깨어나 여인에게 홍뢰를 겨눴다.

으악! 꺄악!

여러 비명들이 들리며 순식간에 객잔은 아수라장이 됐다.

"쯔. 평범하게 나올 걸 그랬구나."

그리 말한 여인은 의자를 꺼내 자연스럽게 조휘의 옆에 앉았다. 너무나 자연스러운 행동. 아니, 대담한 행동이었다.

쪼르르르.

이어 차를 따라 마시고, 다시 조휘를 올려다봤다.

"얘기했듯이, 내가 비천성주란다."

"증거는……."

"의심이 많구나."

여인은 그러더니 안에서 패를 하나 꺼내 보였다. 그 행동에 공작대 전부가 움찔했지만, 사격 명령이 없어 발사된 홍뢰는 없었다. 조휘는 은여령을 바라봤다. 그러자 은여령의 시선이 패에 머무르더니 고개를 저었다.

"처음 봐요. 진짜인지 가짜인지 저도 확신할 수는 없어요."

은여령의 대답에 조휘는 입술을 살짝 깨물었다. 이후 다시 여인을 보는 조휘. 고작 이십대 중후반 정도의 얼굴이다.

살짝 날카롭게 찢어진 눈매와 곧게 선 콧대. 그리고 묘하게 창백한 입술. 전체적으로 보자면 누가 봐도 미인이라 하겠지만, 조휘는 그걸 알아내기 위해 여인을 본 게 아니었다.

감각. 상대를 파악해 내는 그 감각으로 본 거다. 대체 어떤 여인인지. 얼마나 강한지. 도대체 어떻게 만들어진 괴물인지.

"대주."

위지룡이 조선의 개량 각궁을 있는 힘껏 당긴 채 조휘를 불렀다. 팔이 부르르 떨리는 걸로 보아 한계치까지 당겨놓은 게 분명했다. 그래서 지금 벅찬 거고, 빨리 결정을 내려 달라 하고 있었다.

"내려."

"하지만……"

"내려. 못 봤나?"

"큭……."

조휘의 말에 위지룡은 활을 내렸다. 그러자 공작대 전체가 홍뢰를 걸고 있던 팔을 내렸다. 오현도 자세를 풀었고, 이화도 고양이처럼 날카롭게 숙였던 상체를 세웠다. 하지만 자세를 풀었어도 얼굴에 흐르는 긴장감은 없어지지 않았다.

후우.

짧게 한숨을 내쉬는 조휘.

이건 어쩔 수 없는 선택이었다.

이 여인, 모두의 감각을 속이고 자신의 뒤에 귀신처럼 나타난 여인이다. 이런 여인에게 공격을 해본다 한들, 맞출 수 있을까?

조휘는 절대 못 맞춘다에 전 재산을 걸 수 있었다. 그렇다면 여기서 또 하나 알 수 있는 게 있다.

'목숨도 저 여자의 손에 있다는 거지. 이런 쌍……'

저 여인이 마음만 먹으면 조휘의 목도, 은여령의 목도, 이어서 조장들, 공작대 전체의 목숨을 앗아가는 것은 어려운 일도 아닐 거라는 사실이다.

"대화를 하러 왔다 했습니까?"

"그래, 앉거라. 목이 아프구나."

으득!

이를 으득 간 조휘는 천천히, 하지만 상당히 떨어진 곳에 자리를 잡고 앉았다. 그러자 여인이 피식 웃었다. 그리고 그게 조휘의 신경을 더 긁었다.

안다. 어차피 이 정도 거리쯤이야 저 여인에게는 아무것도 아니라는 걸. 등장할 때처럼 움직인다면 눈 깜빡하기도 전에 거리를 좁힐 수 있다는 사실을.

"누구… 십니까."

"이미 얘기 했다. 비천성주 진무혜라고."

"하지만……."

"가본 적이 있구나."

"……."

조휘는 침묵으로 대답을 대신했다.

여인의 눈빛. 빤히 자신을 바라보는, 진무혜라 불리는 이 여인의 눈빛은 정말로 마주보기 힘들 정도로 변해 가고 있었다. 깊숙한 안쪽까지 비치는 투명한 호수를 바라보고 있는 듯한 느낌이 들었다.

'무슨 놈에 눈빛이…….'

그래서 완전히 발가벗겨진 기분이 뒤이어 느껴졌다. 굉장히 창피하면서도, 울컥할 정도로 치욕적인 기분 또한 같이 따라왔다. 가능하다면, 이 자리서 당장 벗어나고 싶었다. 하지만 그게 불가능하다는 걸 잘 안다.

딱 봐도 자신에게 용건이 있어 온 여인이었다. 이대로 도망친다 해도, 진천뢰를 터트린다고 해도 못 벗어날 것 같았다.

게다가…….

'감각이 울리지 않았어…….'

극한 상황에서 찾아오는 그 특별한 감각. 여태 조휘의 목숨을 몇 번이나 살려준 그 감각은 너무나 조용했다.

'적은… 아니라는 뜻인가?'

목숨의 위협에서만 찾아왔었다.

그걸 바탕으로 생각하면, 이 여인이 적이 아니라는 결론이 나온다. 그래도 안심할 수는 없는 노릇이었다.

"누구를 만났니?"

아이를 대하듯 나온 말에 조휘의 상념이 깨졌고, 조휘는 잠깐 생각하다가 대답했다.

"진호영, 진호란이란 남매를 만났습니다."

"음… 기억에 없는 이름들이구나."

"……."

의심이 생겼다.

비천성주라고 했다.

그런데도 성의 일원을 모른다?

의심을 사기엔 아주 충분한 답변이었다.

그래서 조휘는 한 사람의 이름을 더 말했다.

"김연호라는 사람도 만났습니다."

"그… 를?"

"그……?"

"아니, 김연호라 했니?"

"네."

"왜… 그가?"

투명한 호수에 누가 분탕질을 쳤는지 아미가 찌푸려지더니 눈빛이 변했다. 이해가 안 간다는 표정이었고, 그런 감정도 고스란히 조휘에게 전해졌다.

"확실하니? 김연호라는 이름이?"

"네. 이립 전후의 사내였습니다."

"아, 이런. 이런……."

찌푸림이 좀 더 강해졌다.

물론, 왜 그런지는 조휘도 몰랐다. 아무것도 이해할 수 없었고, 이해하고 싶지도 않았다. 다만 그냥 이 여인이 자신을 찾아온 이유나 듣고 싶었다. 그래서 본론을 물었다.

"저를 찾은 이유가 뭡니까."

"잠시만. 잠시만 정리 좀 하자꾸나."

"……."

하지만 원하는 답변은 돌아오지 않았다. 조휘의 눈빛은 점점 사나워졌다. 아무리 목숨이 걸려 있다 해도 이건 아니다 싶었다. 풍신에 스르르, 손이 움직이기 시작했다. 완벽하다 싶을 정도로 박살 난 자존심에, 이 상황. 정말로 마음에 들지 않았다.

마도라 불리던 조휘다.

조절이 가능하지만, 이런 상황에서까지 곱게 넘어갈 정도로 조휘의 인내심이 깊고, 또 깊은 편은 아니었다.

슥.

손이 풍신의 도병에 안착하자마자, 아미를 찌푸렸던 여인의 입술이 열렸다.

"그 도, 뽑지 말거라."

"……."

으득!

침묵 이후는 격렬히 이 가는 소리가 뒤따랐다. 이 여자, 아예 자신을 물로 보고 있었다. 그래서 풍신의 발도를 손가락으로 잡았으니 강하다는 거야 안다. 하지만 이건 아니다.

"조금만 생각하고 본론을 꺼낼 테니 조금만 기다리렴."

"시간 없습니다."

"기다리라 했다."

"……."

차르르…….

서리가 내리는 것 같았다.

공간 전체에, 지독히 차가운 서리가 내리는 것처럼 온도가 뚝 떨어졌다. 단지 말 한 마디 나왔을 뿐이었다. 그런데 이건… 심했다. 숨 몇 번을 쉬자 입에서 입김이 나오기 시작했다. 피부가 아릴 것처럼 따끔거렸다.

마치 갑자기 한 겨울에 뚝 떨어진 것 같았다.

그것도 저 먼 북해 어딘가에.

"아, 이런… 미안하구나."

"……."

그리고 동시에, 씻은 듯이 사라졌다.

조휘는 멍해졌다.

자신이 좀 전에 느낀 게 환상인가?

아니다.

절대로 아니었다.

"후우. 본론으로 들어가자꾸나."

"……."

조휘는 여인의 말에 대답할 수가 없었다. 이 괴사에 정말 얼이 빠져 버릴 것 같았다. 조휘의 사고 속도가 현재 벌어지는 일을 쫓아가질 못했다. 물론, 이건 공작대 전체가 마찬가지였다. 모두가 떠난 객잔이라 다행이다. 아니었다면 '괴물이야! 귀신이야!' 하고 소리를 치며 난리법석을 떨었을 것이다.

"우선 그와 했던 얘기가 있니?"

"……."

짝.

조휘가 멍하니 있으니 두 손을 내밀어 손뼉을 짝 쳐서, 정신을 차리게 만들어주는 여인. 그러자 조휘는 탄성을 흘렸다.

그리고 본능적으로 팔을 쓸었다. 소름이 오돌토돌 올라와 있었다. 뭔가 까칠한 걸로 밀면 우수수 떨어질 정도로 심하게 올라와 있었다. 그걸 보는 여인이 미안한 미소를 지었다.

"미안하구나. 그리 노력했는데도 아직도 제어가 미숙해……."

"……."

"대화를 시작하자. 김연호. 그와 만나서 무슨 얘기를 했었니?"

"그……."

여인의 질문에 말을 시작하려다 말고, 고개를 털었다. 정신을 차리기 위함이었다. 이어서 김연호와 했던 대화를 요약해서 말해줬다. 여인은 입술을 꾹 깨물고 듣기만 했다. 중간중간 탄식이 흘러나왔지만, 조휘의 말이 끝날 때까지 끼어들지는 않았다. 그렇게 조휘의 말이 전부 끝나자 천천히 입을 여는 여인.

"그렇구나. 후우."

여인은 이어서 잠시 말이 없다가, 일다경 정도가 지나서야 입을 열었다.

"그의 말은 사실이다. 거기에는 거짓이 없어."

"……."

그럴 리가…….

이백 년 가까이 살았다고 했다. 그런데 그 얼굴로?

조휘는 절대로 이해할 수 없었다. 아니, 인정할 수 없었다.

"저주를 받았지. 그는 가장 내 곁에 가까이 있었고… 나를 구하려고 했지. 아마도 그 영향인 듯싶어."

"그럼 설마 당신도……."

"그와 비슷한 나이다. 상실시대라 부른다지? 그때부터 난……."

뒷말은 안 들어도 알 수 있었다.

하지만 조휘는 손을 들어 막았다.

지금 이 대화는 하고 싶지 않았다. 아니, 할 수 없었다. 이해도 못할 인정도 못할 얘기를 군이 지금 해봐야 좋을 게 대체 어디에 있겠나.

"본론. 저를 찾아온 본론으로 들어가고 싶습니다."

"그래, 그래야겠다. 너무 시간을 허비했으니. 이 아이의 말 대로다. 오혼련의 총 제독을 찾아가거라."

"이유를 알려주십시오."

"가보면 알 것이다."

"……."

이 무슨, 개뼈다귀 같은 소리인가.

조휘의 눈빛이 착 가라앉았다. 여태까지 살아온 이유. 악착같이 살아남은 이유. 그 하나가 바로 복수다.

복수의 대상은 셋이었고, 마지막 놈이 남았다. 그리고 그 마지막 놈 하나가 드디어 만마전을 벗어나 밖으로 튀어나왔다.

'이 기회를… 놓치라고?'

어림도 없는… 개소리다.

전쟁이다.

전쟁.

어떤 일이 벌어질지, 아무도 모르는 전쟁.

무수히 많은 변수가 존재하는 그 전쟁에서 조휘가 노리는 건 그 변수 중 가장 커다란 변수다. 그 수 안에 파고들어…….

'놈의 목줄을 뜯는다…….'

이런 생각이기 때문에 전장으로 갈 생각인 거다.

그러니…….

"거절합니다."

그 대답에 가만히 조휘를 바라보던 여인, 진무혜가 조용히 물었다.

"이유는?"

"더 이상 늦출 수 없습니다."

"조금만 더 기다리면, 복수가 더 확실해질 텐데도 말이니?"

"무슨 말인지 모르겠습니다만."

"내가 이 불멸의 저주를 짊어질 때, 약속이 있었다."

"음?"

굉장히 뜬금없는 말이었다.

뒤이어 나오는 진무혜의 말.

"서로, 그 어떤 안배도 남기지 않기로. 하지만 안배는 남겨졌지. 그 중 하나를 적무영. 그 아이가 이었더구나."

"안배……."

"무영의 맥을 이었어. 물론 그 당시에 비하면 수준이 너무 떨어지지만 지금 세상에서는 그 정도면 인외의 수준이라 할 수 있지."

"설마, 그걸 거뒀습니까?"

"아니다."

"……."

대체 뭔 개소리지?

이게 솔직한 조휘의 마음이었다.

"그 아이의 마음을 보았다. 감정을 조절하는 신경이 망가져 있더구나."

"……."

"그 신경을 이어놓았다."

"음……?"

감정을 살렸다고?

그게 가능한 일일까?

만약 사실이라면 좋은 일이다.

적무영의 가장 큰 무서움은 그 무감정에 있다. 그 어떤 일에도 제대로 된 감정을 느끼지 못하는 게 바로 적무영이고, 그건 곧 행동에 주저함이 아예 없게 만들어주는 마력을 부여한다. 그런 적무영이 단 한 번 즐거움이란 걸 느꼈을 때가 바로 조휘였다.

시계의 감속으로 인한 공격 회피가 의문을 자아내게 만들었고, 이어 서로 밝힌 통성명을 통해 서로가 서로의 숙적임을 알게 된 후 놈은 조휘에게 관심을 가지게 됐다. 미약하지만 흥미가 동했고, 그렇기 때문에 놈은 조휘를 죽이지 않았다.

그래, 조휘가 봤을 때도 그게 놈의 약점이다.

'그러니 감정을 살렸다면… 약점을 극대화했다는 얘기나 다름 없긴 해. 그렇긴 하지만… 그걸 어찌 믿지?'

이 여인은 오늘 처음 보는 사람이다.

당장 상황이 이러니 대화를 나누고 있지, 그게 아니었다면 칼부림을 했어도 전혀 이상하지 않았다.

그런 대상이 하는 말을 대체 어떻게 믿을 수 있을까? 조휘처럼 생각이 많아 덩달아 의심까지 많은 인간이 '아 네, 그렇습니까? 아하하! 이거 참 감사합니다!' 하고 넙죽 이해할 일은 절대로 일어나지 않을 거다.

죽었다 다시 깨어나도 말이다.

"믿거라. 지금 당장은 시간이 필요할 것이다. 그 아이의 출진은 감정동요에 의한 출진이다. 틈은 언제고 나올 것이다."

"솔직히 말해 못 믿겠습니다만."

"어쩔 수 없다. 너를 이해시키려면 내 이야기를 구구절절 다 해야 하지만… 그 또한 언약에 의해 막혀 있다. 나는 최소한의 말로 너를 이해시켜야 한다. 그녀가 정해놓은 선, 그 선을 넘지 않기 위해."

"그 선을 넘으면 어떻게 됩니까?"

"파멸."

"후우……."

도대체가 진짜…….

어디서부터 믿어야 할지 고개를 숙이며 생각을 정리하고 있을 때 조휘의 귀로 '그러니 오홍련으로 가거라'라는 말이 들려왔고, 인상을 찌푸리며 고개를 들었을 때 그녀는 이미 사라지고 없었다.

"……."

싸늘한 침묵이 객잔을 감돌았다.

못 느꼈다.

진짜 전혀 못 느꼈다.

그런데 또 눈앞에서 사라져 있다.

나타날 때와 마찬가지로… 연기처럼, 아니 그냥 사라져 버렸다.

"허……."

그러니 조휘의 입에서 나오는 건 어이없는 탄성뿐이었다.

*　　　　　*　　　　　*

끼익, 끼익.

나무가 비틀리는 소리가 들리는 오홍련 일 함대의 기함 춘신. 춘신의 제독실 겸 회의실에는 길쭉한 탁자를 두고 이십여 명이 서 있었다. 그 이십여 명은 모두 가장 상석을 바라보고 있었고, 그 시선의 끝에는 턱 밑에 겨우 닿을 단발머리의 여성이 있었다.

이화매(李華梅).

다른 말로는,

철혈(鐵血)의 여제(女帝).

다른 말이 필요 없는 여인이다.

그런 이화매가 전략 지도를 보며 내뿜는 서늘하면서도 묵직한 침묵은 군막 안을 가득 메웠고, 그야말로 숨소리 하나 나오지 못하게 만들고 있었다.

전략 지도에 박힌 이화매의 고개는 한동안 올라올 줄을 몰랐다. 벌써 일각이 넘어, 이각이 다 되어 가고 있는데도 말이다.

마침 이각이 되었을 때, 이화매가 고개를 들어 좌중을 훑어봤다.

"공현."

"네, 제독."

"상황은?"

"음……."

이화매의 질문에 공현은 나직한 침음을 흘렸다. 작전부의 책임자 공현. 그는 작전부에 있다 보니 모든 정보를 이화매 다음으로 접할 수 있고, 그 정보를 토대로 수많은 작전을 그려 낸다. 군사와 비슷한 위치다.

"한 소리 먹기 전에 빨리 상황부터 읊어."

"네, 한 마디로 말하자면 매우 안 좋습니다."

"어디가 어떻게 안 좋은지도."

"병력 차이가 너무 심합니다."

"병력 차이가… 심하다? 산동성 주둔중인 군 병력이 못 해도 십만 이상인 걸로 아는데?"

"그게… 평소 도지휘사 반윤 사령관에 반하던 이들이 오만의 병력을 이끌고 황군으로 투항했다 합니다."

"훗, 개새끼들일세."

이화매의 나직한 일갈에도 좌중은 그저 조용하기만 했다. 할 말이 있을 리가 있나, 지금은 조용히 있는 게 최고인 마당인데 말이다.

"어디까지 밀고 들어왔지?"

"모리휘원이 이끄는 이군 오만은 경운으로 밀고 들어와 현재 박홍까지 내려온 상태입니다. 목적은 청도를 쓸고 반도를 타고 아래로 내려갈 거라 예상됩니다."

"본대는?"

"적무영이 이끄는 본대는 하진으로 들어와 현재 제남성 공성을 준비 중입니다."

"본대의 소실은?"

"미약합니다. 반윤 도지휘사가 최대한 전투를 피하고 병력을 보존해 제남으로 물렀기 때문에 아직 제대로 된 전투가 벌어지지 않은 상태입니다."

"역시 반윤."

씨익.

이화매의 입가에 처음으로 미소가 그려졌다. 미약하지만 그건 분명 제대로 된 미소였다. 그녀의 기분이 좋다는 반증이기도 했고, 그 반증 때문인가? 회의실에 있던 이들도 표정이 조금은 편해졌다.

이화매가 더 말을 이었다.

"얼마나 버틸 것 같나?"

"길어야 한 달이 아닐까… 생각됩니다. 제남성의 인구를 생각하면 한 달이면 모든 전략물자와 군량이 바닥날 겁니다."

제남성의 인구는 어마어마하다.

산동의 도성이며, 무려 다섯 개의 성과 경계선이 맞닿아 있기 때문이다. 수많은 물류, 문명이 제남을 거쳐 북경으로 가기도 한다. 그러니 인구는 감히 측정 불가일 것이다.

"최대치 말고, 최소치로 잡아봐."

"단 방 싸움입니다. 작정하고 달려들면 바로 함락당해도 이상할 게 없는 병력차이입니다."

"공성전 초반은 수성이 공성보다 더 유리하지. 그런데도?"

"네. 병력 차이, 그리고 포를 비롯한 충차, 공성 무기의 수가 너무 많습니다."

"아예 준비하고 있었군."

"그렇게… 보입니다."

"후우."

미약한 미소는 이미 사라진 지 오래고, 그녀의 표정은 다시금 딱딱하게 굳어버렸다.

툭, 툭툭.

그녀의 손끝이 다시 탁자를 두들겼다. 깊게 생각할 때마다 어김없이 나오는 버릇. 미간도 잔뜩 찌푸려져 있어 표정을 한층 사납게 만들고 있으나 그녀는 그런 걸 신경 쓸 사람이 아니었다.

그녀의 생각은 이번에도 오래갔다.

한참을 생각한 후에야 두들기던 탁자를 멈추고, 붉은 입술을 여는 그녀.

"결국은 속도전이라… 이건데."

"……."

간부들은 침묵했다.

어떤 의견이 분명 있겠지만, 아직은 아니었다. 지금은 그녀가 생각할 시간을 주어야 하고, 그 생각을 방해조차 하면 안 되는 순간이다. 그들은 안다. 이화매의 선택은 결코 잘못되지 않는다는 걸.

련에 입단 아래, 단 한 번도 이화매는 실수한 적이 없었다. 실패란 단어는 아예 어디다 갔다 태웠는지, 그녀는 항상 옳았다.

그러니 이번에도다. 일단은 기다리고 본다. 모든 간부들의 생각이었다.

"현재 위치는?"

이화매가 이번엔 양희은을 보며 물었다.

그녀의 질문에 양희은은 바로 밖으로 나가 위치를 정확히 확인한 후 보고했다.

"강소성 대풍현을 지난 지, 반 시진 째입니다."

"대풍이라… 일조현까지는 못해도 하루는 걸리겠어."

"워낙에 거대 물자와 병력이 이동하는 대 함대입니다. 늦을 수밖에 없습니다."

"그렇지. 그래서 준비하 시간도 너무 잡아 먹었고."

"육로로 오만 병력을 보냈는데도 함대 병력만 십만입니다. 어쩔 수 없습니다."

"어쩔 수 없다……."

이화매는 쓰게 웃고는, 입술을 으적 깨물었다. 어찌나 세게 물었는지 곧바로 피가 주르륵 흘렀다.

살벌하다 못해, 공포스러울 정도의 모습이었다. 하지만 이들에게는 익숙한 모습이기도 했다. 흐르는 피를 소매로 닦은 이화매가 좌중을 쓸어보며 말했다.

"내가… 어쩔 수 없단 말. 제일 싫어하는 건 잘들 알지?"

"……"

당연히 안다.

그러니 다들 대답을 피했다.

피식 웃은 이화매가 말을 이었다.

"내가, 우리가 어쩔 수 없는 상황에 빠질 때마다 수없이 많은 죄 없는 이들이 고통 받더라고. 그래서 싫어. 그 말 진짜 격렬히 싫어한다고……."

그럴 것이다.

솔직히 천하의 이화매라도 어쩔 수 없는 일은 분명 존재한다. 지금 이 대란도 솔직히 이화매로서는 어쩔 수 없는 게 맞았다. 그리고 그걸 이화매도 안다. 하지만, 알지만, 인정은 싫은 거다.

"후우."

짧은 한숨을 내쉰 그녀는 눈을 감았다.

감정을 억누르기 위해서였다. 여기서 크게 소리쳐 봐야, 어차피 화풀이밖에 안 되는 것도 잘 알고 있는 그녀였다.

심호흡으로 감정을 누른 그녀는 다시 입을 열었다.

"반윤의 생각은? 내가 되도록 군을 물리라는 서신을 보냈는데."

이번엔 쉘, 비선을 맡은 그의 입에서 답이 나왔다.

"백성들 때문에 옥쇄를 각오할 모양입니다."

적무영, 그 새끼라면 제남성을 함락하고, 아예 잿더미로 만들 것이다. 풀 한 포기 자라지 않는 지옥으로 만들고도 충분히 남을 놈이다. 그러니 반윤이 옥쇄를 각오한 것이다.

"옥쇄… 반윤이라면 그럴 만하지. 그런 성품을 아니 내가 그리 밀어 지휘사로 만든 거고. 강소성에서의 원군은? 힘들겠지?"

"네, 힘듭니다. 안휘성이 옆에 있는데 집을 비울 수는 없으니까요."

쉘의 대답에 이화매는 안 그래도 너덜너덜한 입술을 다시 살짝 깨물었다. 걸레가 되는 게 아닐까 싶을 정도로 입술이 엉망이 됐지만 역시 그녀는 개의치 않았다. 정말 답답할 때, 가슴에 불덩이가 얹혔을 때 나오는 버릇이다.

천하의 이화매가 이럴 만큼, 상황이 진짜 더럽다. 강소성에서 원군이 재빨리 달려가면 제남성 공성을 어찌어찌 도울 수 있겠지만, 문제는 안휘성이었다.

말했듯이 이화매와 손을 잡은 성은 산동, 강소, 절강, 복건, 광동까지 총 다섯 개 성이다. 그러면 바다와 닿지 않은 내륙은 모두 황실이라고 보면 된다.

만약 강소에서 원군을 보낸다?

얼씨구나 하고 안휘성의 병력이 쳐들어갈 것이다. 그러니 산동을 제외한 네 개 성은 물자 원조는 보내도, 병력 원조는 할 수 있는 상황이 아니었다.

"그렇다면 결론은 반윤이 무조건 버텨줘야 하고, 우리가 최대한 빨리… 가야 한다는 거군."

"네, 지금으로써는 그것밖에 답이 없습니다."

"굉장히 쉬우면서도, 더럽게 어려운 답이군."

"……."

침묵이 깔려… 갈 줄 알았는데…….

뎅! 데엥……!

종소리가 요란하고, 둔중하게 울렸다. 세 번의 종이 끝나는 순간, 이화매를 포함한 간부들은 즉각 회의실을 벗어나 밖으로 나갔다. 그리고 전원이 나가는 순간.

기습! 기습이다!

잠이 외치는 소리가 들렸다. 이화매는 바로 갑판으로 갔다.

저 멀리, 수평선을 타고 왜선이 모습을 드러내고 있었다.

씨익.

동시에 이화매의 입가에 보는 이의 심장을 얼려 버릴 섬뜩한 미소가 깃들기 시작했다.

제79장
최후의 대전 발발

안 봐도 척이다.

"또 장난질이라……. 적무영이 이 새끼, 대가리 제법 좀 굴리는데……."

저놈들이 지금 우연히 나타났을 리가 없었다. 분명 노리고 나타난 게 분명했다. 어떻게? 놈이라면 아마 이화매가 즉각 병력을 모집해 지원을 올 거라는 걸 알았을 테니 말이다.

"제독님."

"멈추지 말고 이동해. 우현 포대 전부 열고."

"네."

우현! 포문 개방! 우현! 포문 개방!

우렁우렁한 양희은의 외침에 안 그래도 소란스럽던 갑판이 더욱 소란스러워졌다. 물론 갑작스러운 전투 준비지만, 우왕좌왕

하는 선원은 없었다.

왜냐고? 천하의 오홍련, 그 중 최정예라 할 수 있는 일 함대 기함인 춘신의 선원들이다. 일당백을 넘어선 역전의 용사들인 것이다. 오히려 솟구치는 전의가 느껴질 정도였다.

이화매는 적선이 선수를 트는 걸 보며 피식 웃었다.

"얼씨구? 쫓아올 생각이네, 저것들?"

"적무영의 사주를 받은 게 분명합니다."

"그렇겠지. 그게 아니라면 미쳤다고 저 정도 대함대로 왔겠어?"

왜선은 많아 보였다.

정말 죽도록 많아 보였다.

일렬로 주르륵 늘어선 것만 봐도 최소 삼백 척 이상으로 보였다. 물론 이화매도 그 정도의 함선을 이끌고 있다. 정확히 오백오십 척.

일, 이 함대를 통합했고, 낭인 고용과 육지전을 위해 양성하던 모든 병력을 총 동원했다. 그렇게 나온 병력이다.

하지만 문제가 있었다.

물자를 많이 실은 수송선들이 내륙 쪽으로 포진되어 호위중이라 느리다는 점. 이건 함대전에서는 치명적인 일이다.

"잠!"

"네!"

"어디 새끼들이야!"

"잠시만! 아직 흐릿합니다!"

"확인 즉시 알려!"

"넵!"

망루에 올라간 잠. 그의 시력은 매우 좋다. 저 북방 초원에 사는 이들과 비교해도 부족한 정도가 아니라, 그들보다도 좋을 것이다. 그야말로 매의 눈이 따로 없는 잠이다. 아마 조금만 더 따라오면 분명 적선에 꽂힌 기를 확인할 수 있을 거다. 아니나 다를까 일각 정도가 지나자 잠의 외침이 들려왔다.

"확인!"

"어디야!"

"소우진! 소우진의 함대입니다!"

"……."

좌중에 싸늘한 침묵이 깔렸다.

그만큼 충격적인 이름이 들려왔기 때문이다.

소우진 구루시마.

왜의 해적을 일통한 해적 가문의 가주. 못해도 구할 이상이 저놈의 가문에 소속되어 있다고 봐도 과언이 아닐 거다. 그렇기 때문에 놈은 전장에 나오지 않는다. 언제나 수하들에게 어딜 털어라, 어딜 털어라 명령을 내리고, 그 약탈품의 일부를 가져갈 뿐이었다. 게다가 이놈은 미친 성성이 새끼, 풍신수길에게 전쟁 물자를 대는 놈이기도 했다.

"확실한가 물어……."

그러니 이화매의 얼굴에서 감정이 일시에 사라져 버렸다. 극한 분노 상태. 혹은 살심이 아예 충천한 상태. 딱 그런 상태였다.

양희은이 다시 물었고, 잠은 기함에 구루시마 일족의 기가 꽂혀 있다고 말했다.

"큭, 큭큭큭!"

상체를 숙인 그녀의 입에서 거친 웃음이 터져 나왔다.

그리고 다시 고개를 들었을 때, 눈길에 불이 붙어 있었다. 아주 화르르 타오르는, 활화산 같은 불길이었다.

지금 당장 선수를 돌리게 만들고도 남을 만큼 살벌했지만, 말했듯이… 그녀는 이화매다. 오홍련이라는 거대 무력 단체를 이끄는 총 제독이 바로 그녀다. 이성과 본성, 냉정과 열정 사이를 오가는 건 그녀에게 일도 아니었다.

"호위함 넓게 포진. 전 포문 개방, 화염탄 장전 후 대기."

조용히 나온 그녀의 말을 전부가 들었다.

이어 양희은이 다시 우렁우렁한 목소리로 복명복창 이회를 실시했고, 오백에 이르는 대함대의 진형이 수송선을 중심으로 넓게 재조정되기 시작했다. 선회를 위한 조정이었고, 이어 모든 포문이 개방되어 전 포대에 포수들이 달라붙으며 탄을 넣고 장전했다.

기함 춘신과 부기함 화창을 중심으로 거대한 전의가 불타오르기 시작했다. 그곳의 중심에는 그녀가 있었다.

"적무영… 인정하지. 저놈들까지 움직인 걸 보면 넌 확실히 난놈이긴 해……."

뚫어져라 노려보며 이화매가 조용히 중얼거렸고, 주변에서 답은 들려오지 않았지만 이 침묵은 분명 동조의 침묵이었다.

"공격해 오겠습니까?"

양희은이 침묵을 깨고 물어왔다.

그러자 그녀는 고개를 끄덕였다.

"공갈이나 치려고 온 건 아닐 거야. 저 새끼들이 여기 있는 걸 보면 내가 선택할 움직임을 읽었다고 봐야 돼. 물자, 대병력, 이 둘로 인한 함대의 느린 이동속도까지. 움직임이 느리니 멀리서 포격전으로 치고 빠지면서 계속 공격해서 시간을 끌 걸?"

"하지만 저희 오홍련의 포는 거리가 다릅니다. 놈들도 그걸 알 텐데 무리하게 들어오겠습니까?"

"양 부관."

"네."

"그동안 마도가 신무기에 신나게 털린 거 못 들었어?"

"……."

조용히 나온 한 마디가 단숨에 양희은을 침묵시켰다. 그랬다. 마도 진조휘. 오홍련의 개발부에서 내놓은 최신 무기. 거기에 익숙해져 있다가 아주 된통 당했다. 그게 무려 두 번이나 된다. 한 번이면 우연이지만, 두 번이면 절대 우연이 아니다.

"우리야 티알을 통해 무장했지만, 소우진 그 돼지새끼도 병신은 아니니 아마 발데스나 동급의 개새끼들을 통해 분명히 사들였을 거다."

"으음……."

"그러니 방심하지 마. 포격 거리에 들어오는 순간 무조건 쏴 버려. 지금 핵심은 무조건 일조현까지 피해 없이 가는 거니까."

"네!"

아무리 빡 돌았어도, 원수 새끼가 이끄는 함대가 눈앞에 있다고 해도 그녀는 경거망동하지 않았다.

솔직히 아직도 눈빛 속엔 거센 불길이 타오르고 있었다. 하지만 총 제독이라는 막중한 위치에 있는 그녀다. 그러니 가슴속엔 북해의 빙정이 자리 잡고 있었다. 오홍련의 포격 거리를 아는지 놈들도 깊숙이 따라오지는 않았다. 하지만 그렇다고 방심은 금물. 이화매는 우측 갑판에 자리한 채, 망부석이 되고 있었다.

그렇게, 하루라는 기나긴 시간이 시작됐다.

＊　　　　＊　　　　＊

콰앙……!

밤하늘의 스산한 공기를 찢으며 일어난 단발성.

이어 물에 빠지는 소리와 함께 춘신에서 그리 멀리 떨어지지 않은 해수면에서 물보라가 솟구쳤다.

"아주 지랄을 하는군."

후두두 떨어지는 바닷물을 그대로 맞으며 이화매는 떫은 목소리로 말했다. 이화매의 예상이 맞았다. 구루시마 일족은 오홍련이 사용하는 장거리 포를 사들였다. 그 결과, 이렇게 멀리 떨어져 있는데도 포격전이 벌어지고 있었다. 하지만 말이 포격전이지, 이건 그냥 훼방만 놓는 정도였다.

함대의 숫자도 엇비슷한데 왜 그럴까?

이유는 간단하다.

천하의 구루시마 일족이라도, 오홍련은 무섭다. 그 중 특히 이화매가 이끄는 일 함대는 더 무섭다.

이화매의 해전 방식은 정밀 포격전이다.

최정예 포수들을 배치해, 서역에서 들여온 장거리 포인 유성포로 싹 전복시켰다. 이는 아주 유명한 일화로, 일 함대의 포격은 두 방이 없다고 했다. 모든 포수들이 눈대중으로 타격 지점 가늠이 가능한 최정예들이다.

게다가 곧바로 모래를 뿌리고, 밀린 포신을 제자리에 고정시키고, 탄을 넣어 재차 포격하는데까지 걸리는 시간은 그야말로 순식간이란 표현이 어울린다. 일 함대 전체가 이렇고, 왕 제독이 이끄는 이 함대도 그에 못지않은 정예들이다. 아마 알 거다. 깃발에 이미 오홍련 일, 이 표식이 전부 매달려 있었으니까.

그러다 보니 포격전이 벌어지면 쪽도 못 쓴다는 걸 아니 저렇게 멀찍이서 한두 방씩 갈기고만 있었다.

이화매는 그게 심기에 거슬렸다.

"덤비지도 못할 새끼들이 왜 와서 깝치고 지랄이야. 짜증나게……."

이화매의 얼굴에는 짜증이 가득했다.

벌써 한나절 째다.

정오가 좀 지난 시간에 만나서 지금까지 저 거리를 유지하며 저 지랄 중이었다.

"제독. 얼마 안 남았습니다. 좀 참으시지요."

"반 시진 남았나?"

"네, 왕 제독이 직접 후미의 함대를 이끌고 조용히 빠졌습니다."

"왕운 그놈이면 믿을 만하지."

"허허."

이 함대 제독 왕운.

오홍련 함대 제독 중 가장 나이가 많은 인물이다. 벌써 칠십이 넘은 노장 중의 노장이다. 심지어 부관인 양희은보다도 나이가 많은 인물이었다. 그리고 이화매가 모든 함대 중 가장 신뢰하는 인물이기도 했다.

경험은 말할 것도 없고, 솔직히 해전 하나만큼은 이화매보다도 훨씬 강한 인물이기 때문이다. 게다가 포격전, 백병전 전부 능해 어떤 작전도 믿고 맡길 수 있는 인물이었다. 그런 그에게 아마 야밤을 이용한 은밀한 화망 형성은 아마 일도 아닐 거다.

콰앙! 풍덩!

포격 소리가 아스라이 들리더니, 또 좀 떨어진 거리에서 물보라가 솟구쳤다. 질리지도 않는다는 표정을 지은 이화매다.

"돈이 썩어나나 보군. 지금까지 대충 몇 발 째였지?"

"백 발은 넉넉히 될 겁니다."

"미친놈들……."

무려 백 발 가까운 포탄을 바다에 버렸다는 소리다. 이화매로써는 정말 상상도 할 수 없는 일이었다.

뒤이어 콰앙! 콰앙! 두 번의 포격 소리가 연달아 들렸다. 좀 안쪽까지 들어왔는지, 이번엔 춘신에서 좀 더 가까운 거리에 물보라가 솟구쳤다. 하지만 그 정도로 이화매를 놀라게 할 수는 없었다.

"몇 발 쏴야겠다. 좀 전 두 척에다가 총 네 발 넣어."

돈이 아깝지만, 어쩔 수 없는 선택이었다. 어둠이라 잘 안 보이는 상황이다. 놈들이 더 다가와 포격을 가한다면? 잘못하면 선체에 직격당할 것이다. 그러느니 못 오게 아예 위협 포격을 가하는 게 낫다.

생돈 날리는 짓이지만, 진짜 어쩔 수 없는 선택이었다.

"알겠습니다."

양희은이 바로 대답한 후 반각도 지나기 전에 포격을 뜻하는 붉은 수기가 올라갔고, 내려감과 동시에 네 발의 위협 포격이 시작됐다. 근데 웃기게도 퐈직 소리와 함께 직격하는 소리가 들려왔다.

그에 이화매는 눈살을 찌푸렸다.

"이 새끼들 봐라… 조용히 다가올 작정이었다?"

바다의 밤은 어둡다.

특히나 오늘처럼 구름이 잔뜩 낀 날은 달빛조차 없기 때문에 사위 분간조차 힘들다. 그렇기 때문에 전 함선은 불을 피우지 않았다. 괜히 불빛을 피웠다간 표적이 될 수 있기 때문이다. 그건 구루시마 일족도 마찬가지였다.

그렇게 서로 거리를 유지하며 신경전, 훼방을 놓고 있었다. 그런데 지금, 은밀히 다가올 작정이었나 보다.

이걸 그냥 넘어갈 이화매가 아니었다.

"전 함대 포격 준비. 탄은 화염탄으로."

어둠 속이니 소리로 명령을 전달한 후, 돌아온 양희은에게 이화매는 조명탄을 준비시켰다.

순간 번쩍 하고 끝나는 폭죽 비슷한 화살이다. 하지만 아주 순간이면 충분하다. 다가온 놈들이 있나, 없나 확인하기에 말이다.

이안의 손에 잡혀 있던 활에서 경쾌한 시위 소리와 함께 화살이 날아갔다.

팡! 번쩍!

동시에 잠시간 밝혀진 시야.

이화매는 눈에 담기는 전경에 씨익 웃었다.

웃음 뒤 나직하게 나온 말.

"전 함대, 발포."

콰앙!

기함 춘신을 시작으로.

콰과과광……!

천지가 개벽할 정도의 포격이 어둠을 찢어발겼다. 도대체 몇 번이나 울렸는지 셀 수도 없이 많이 울렸고, 거대한 철구는 바람을 찢는 소리와 함께 음산하게 밤바다를 울렸다.

콰! 콰광……!

이어 적선에 명중한 화염탄이 일제히 터지기 시작했다. 화염탄은 갑판 위 선원을 학살하는 용도의 탄이다.

더불어 화재를 일으켜 갑판에 혼란을 주는 용도로도 쓰인다. 그러다 불똥이 튀어 돛에 붙어주기라도 하면 더욱 좋다.

으악! 으아악!

고통으로 인해 흘러오는 원초적인 통곡 소리가 들렸다. 밤의 음산함과 맞물려 아주 듣기 좋은 선율이었다.

물론 이화매에게는 말이다.

씨익.

그 통곡 소리를 감미롭게 들으며 이화매는 다시 한 번 입을 열었다.

"이격 준비. 철갑탄."

"네!"

간단한 명령이지만, 이번엔 배를 아예 아작 내버리겠다는 뜻이 담긴 명령이었다. 철갑탄. 통짜 쇠로 만든 탄은 거리가 길면 길수록 낙하에 힘을 받아 웬만한 배는 그대로 박살 내버린다. 그것도 배의 가장 하층부까지 뚫어버릴 것이다. 그럼 물이 찰 거고, 인력으로는 아마 그 구멍을 막을 수 없을 테니… 남는 건 바닷속 구경밖에 없을 거다.

정예 오홍련답게 준비는 금방 끝났다.

수기가 올라오자마자 이화매는 발사라고 짧게 말했다. 그러자 곧바로 춘신부터 포격을 시작했다. 이어서 전 함대가 쐈고, 모든 탄은 거의 직격했는지 바다 속으로 빠지는 소리는 얼마 들리지 않았다.

"뱃놈이니 물속에서 뒈졌다고 억울해하진 말라고."

콰앙……!

쾅쾅!

발악이라도 하려는지 다가왔던 삼십 척의 함선에서 포격을 가해왔지만, 이미 입을 만큼 타격을 입은 상태에서 제대로 된 조준이 될 리가 없었다. 모두 허무하게 풍덩 소리와 함께 물속으로 가라앉았고, 이화매는 그걸 보며 또 피식 웃었다.

"좀 다를지 알았더니… 이 새끼들이나 그냥 왜구 새끼들이나 별로 다를 것도 없네."

이화매의 말에 양희은도 동조하는지 고개를 끄덕였다. 처음에는 구루시마 일족이라 좀 긴장했던 게 사실이다. 어차피 본바탕이 왜구이긴 하지만 그래도 저 놈들 세상에서는 가장 강하다는 놈들이니 말이다.

그런데 막상 보니까 형편없었다.

"이럴 거면 그냥 처음부터 치고 박을 걸 그랬나?"

"허허, 그래도 확실한 게 좋지 않겠습니까? 왕 제독이 포위망만 잡아주면 피해 없이 섬멸이 가능하니 말입니다."

"그렇긴 하지. 그렇긴 한데… 솔직히 이놈들은 가라앉는 모습을 두 눈으로 똑똑히 보고 싶었거든."

"그 마음, 이해합니다."

이화매가 왜구를 죽도록 싫어하지만, 특히 구루시마 일족은 더더욱 싫어한다. 이유야 당연히 부친이 구루시마 일족과의 전쟁에서 전사했기 때문이다. 그게 이화매가 일곱 살 적이다. 포탄에 직격당해 형체를 알아볼 수 없을 정도로 망가져 돌아온 부친의 시신을 이화매는 아직도 기억한다.

소우진 구루시마.

이화매가 만력제, 적무영만큼이나 찢어 죽이고 싶은 놈이었다.

"보니까 놈은 안 왔군."

"구루시마 말입니까?"

"그래, 그놈이 왔다면 이렇게 허술할 리가 없지. 잘해야 그 아래 쓰레기가 온 것 같아."

"니가요시. 그놈이군요."

"그래, 그 쓰레기 새끼."

"겁쟁이가 왔습니다. 허허."

"후후."

겁쟁이란 말에 이화매는 낮게 웃었다.

지금 말한 니가요시란 놈은 예전에 한 번 이화매한테 걸린 적이 있었다. 그녀가 총 제독에 앉고 나서 얼마 안 됐을 때였는데, 이화매를 보고 킬킬거리더니 음담패설을 마구 늘어놓으면서 그녀를 자극했다.

그 결과는?

백여 척에 가깝던 구루시마 일족의 모든 함선을 모조리 수장시켰다. 놈이 살아 있는 건 전투가 벌어지자 후미로 숨었고, 전세가 불리해지자 바로 튀었기 때문이었다. 이화매의 머리에 니가요시는 입만 산 겁쟁이에, 부하를 버리고 도망친 쓰레기에 불과했다.

단 두 번의 정밀 포격으로 불이 붙은 채 수장당하는 왜선을 보던 이화매가 하늘을 올려다봤다.

"슬슬 시간인데……."

"네, 곧 신호가 올 겁니다."

"어서 올리라고……."

그녀는 간절히 바랐다.

원래는 그냥 갈 작정이었다. 아니, 최대한 전투를 피하면서 목적지까지 갈 작정이었다. 왜? 지금 당장은 저놈들보다 제남성으로 빨리 올라가는 게 더 급하니까. 하지만 놈들이 하는 짓을 보면서 생각을 바꿔 먹었다.

제대로 화망만 조성해서 쏴대기 시작하면, 저 배를 전부 쓸어버리는 데 그리 오래 걸리지 않는다.

연사 속도만큼은 전 세계 어느 함대와 비교해도 결코 뒤지지 않기 때문이다. 이화매는 어둠이라는 특수성 때문에 진짜 오래 걸려야 반 시진 정도일 것으로 계산했고, 왕운에게 서신으로 연락했다.

별동대를 꾸려 어둠을 이용해 뒤로 빠져 포위망 및 화망을 조성하라고.

왕운은 조각배를 타고 후미로 갔고, 어둠을 이용해 육지 쪽으로 한 척씩 빼서, 총 오십 척을 이끌고 빠져 나갔다.

그 오십 척은 한참을 기다렸다가 구루시마 일족의 함대 뒤쪽을 잡을 것이다. 그리고 포격전을 시작하는 순간, 그 순간… 모든 함대가 달라붙어 전투를 시작할 거다. 진다는 가정? 피해? 그런 걸 생각하면 전쟁 따위, 못 해먹는다.

피해는 분명히 일어나겠지만, 그걸 최소화하는 게 제독이, 총지휘관이 할 일이었다. 그리고 전투를 피할 수도 없었다. 그냥 육지에 병력을 내리면? 남은 전력으로 저들을 상대해야 되는데 그때에는 피해가 훨씬 많이 나올 것이다. 그래서 이화매는 스스로 처리하기로 마음먹었다.

"후, 기다림은 언제나 길……."

콰앙…….

아스라이 들려오는 단발의 포성(砲聲).

씨익.

이화매의 입가에 진득한 미소가 그려지는 순간이었다.

*   *   *

이미 몰래 오던 놈들을 수장시키며 사기가 가파르게 올라갔던 상태였다. 그런 상황에서, 이화매는 드디어 명령을 내렸다.

"돛을 펴라!"

"네!"

"전속 우회! 포위망을 만든다!"

"제!"

이화매의 명령은 짧고 간결하기만 하다. 하지만 전투 중엔 이게 좋다. 길게 질질 끌어 설명할 시간 따위 전장에서는 죽기 딱 좋은 헛짓거리일 뿐이다.

기함 춘신이 돛을 활짝 펴고 전속으로 나아가기 시작했다. 그 뒤를 화창이 따라붙으며 열을 맞췄고, 이어서 사백 오십 척이 주르륵 일렬로 선 다음 마치 그물처럼 포위망을 형성했다. 이는 매우 정밀했고, 신속했다.

어어? 하는 사이, 어둠을 이용해 포위망은 이미 형성되고 말았다.

"양 부관."

"네, 제독."

"시작하지. 재량 포격 개시."

"네!"

자유 전투다.

물론 전투 교본이 있기 때문에 그에 따라 첫 발은 무조건 화염탄이겠지만 그런 거야 상관없었다. 이건 확실한 상황에서, 아예 단 한 척도 남기지 않고 수장시킬 때나 쓰는 전술이니까.

재량 포격 개시!

재량 포격 개시!

우렁찬 양희은의 외침이 들리고 난 지 얼마 뒤.

콰앙! 콰과광······!

짚고 있던 갑판이 들썩이며 춘신의 모든 포신이 일제히 불을 뿜었다. 거리? 이미 충분하다. 뒤는 앞부터 조지면서 쪼여 들어가면 그만이다.

춘신의 선제 포격이 있은 뒤, 화창부터 시작해서 오홍련의 모든 함선이 불을 뿜었다.

귀가 먹먹하다 못해 고막이 찢어져도 이상할 것 없을 정도의 굉음이 어두운 밤바다를 강타했지만 그 누구하나 눈살을 찌푸리는 이들이 없었다. 익숙하다 못해 지루할 정도의 굉음이기 때문이다.

이들은 자다가도 포격 소리가 들리면 깜짝 놀라는 게 아니라 눈살을 찌푸리며 '아 뭐야, 또?' 하고 짜증낼 인간들이었다.

퍼버버벅!

펑! 퍼벙!

뒤이어 따라온 건 왜선이 갈가리 찢기는 소리였다. 제대로 터진 화염탄은 순식간에 어둠을 몰아내고, 불길 자체로 표적이 되어 줬다. 이걸 놓칠 오홍련이 아니다. 재량껏 포격을 지시했으니, 조금만 있음 터질 거다.

아니나 다를까 반 다경도 지나기 전에 춘신의 우현 포신이 일제히 불을 뿜었다. 이번엔 확실하게 조질 모양인지, 통상탄을 쏘았다. 뒤이어 다시 모든 오홍련 함대의 일제 포격. 마치 축포를 터뜨리는 게 아닐까 싶을 정도로 어마어마한 수의 통상탄이 일

제히 어두운 밤하늘로 스며들었다가, 왜선의 지척에서 모습을
드러냈다.

결과는… 확실했다.

과연 일 함대고, 역시 '이 함대다.

명중률이 정말 어마어마했다.

전탄 명중. 이렇게 말해도 될 정도로 거의 모든 탄이 왜선에 틀
어박혔다. 아비규환의 지옥도에서 흘러나올 괴성이 바람을 타고
흘러왔다. 인간이 육신이 불타는 냄새도 그 속에 섞여 들어왔다.

구역질이 나야 정상이지만, 이딴 거에 토해서야 어디 전쟁질
하겠나? 그리고 어차피 그녀는…….

"천국에 갈 생각 따위는 없으니까…….."

당연히 지옥에 갈 생각이었다.

"양 부관."

"네."

"신속, 정확하게 빠르게 정리한다. 최대한 속사하라고 해."

"네!"

양희은이 다시 이화매의 명령을 전달했고, 삼차 포격은 좀 더
빠르게 이어졌다.

콰과광……!

그리고 역시 이번에도 춘신의 포격이 가장 빨랐다. 출렁하면
서 배가 뒤흔들렸지만 이화매는 이젠 갑판에서 손을 뗀 채 중심
을 잡고, 꼬르륵 가라앉는 왜선을 바라보고 있었다. 일방적인 학
살이었다.

물론, 저항은 있었다.

쾅! 콰광!

발악하듯 포를 쏴댔지만 이미 조준점도 안 맞고, 대충 쏴댄 포가 춘신까지 날아올 리가 없었다. 날아가지 못한 것들은 물보라를 만들며 전부 바닷속으로 가라앉아 버렸다.

"돈을 그냥 막 버리는구만."

"허허, 마지막 발악 아니겠습니까?"

"그래서 이해는 해. 뭐, 저승길 가는데 비싼 포탄 펑펑 쓰다 가는 거니까. 근데 역시 아까워… 마음 같아서는 백병전으로 배들을 나포하고 싶지만."

"피해가 커질 겁니다."

"그래서 참고 있지."

왜선은 오홍련 함대에 비하면 조악하다. 약탈 때문에 속도와 백병전 위주의 전술을 항상 구사하는지라 내구성이 정말 형편없었다. 하지만 그래도 나포만 하면 써먹을 곳은 어디고 넘쳐난다. 총기를 뺏어도 좋고, 포를 뺏어도 좋다. 포탄이나 총탄, 화약은 말할 것도 없고. 하지만 그걸 얻겠다고 접근전을 지시하는 건 정말 미친 짓이다.

사차, 오차 포격을 가하면서 이화매는 춘신을 좀 더 안쪽으로 밀어 넣었다. 안쪽에서 허둥지둥하는 것들을 잡기 위해서였다. 정말 일방적인 전투다. 하지만 원래 전투는 한 방이다. 서로 비슷할 때나 치열한 전투가 벌어지는 거지, 지금처럼 전력 차이에 지휘관의 능력 차이가 극심하면 단방에 승기를 잡아 오는 게 가능한 것이 바로 대규모 전투다. 육지에서처럼 죽이기 위해 반드시 치고 받을 이유도 없다.

그냥 거리를 두고, 확실하게 조지기만 하면 된다. 말이야 쉽지, 원래는 어려운 일이다. 하지만 이화매가 이끄는 오홍련은 된다.

너무나 쉽게.

이 열째 부쳤을 때, 이제야 반격이 시작됐다.

쉬이익!

픽!

우드드득!

포탄 하나가 날아와 이화매 뒤에 처박혔다. 통상탄이다. 하지만 춘신에서는 그 어떤 신음도 흘러나오지 않았다. 이미 모두 피했고, 이 정도로 소란을 일으킬 정도로 하수들이 아닌 까닭이다.

파편이 튀어 이화매의 볼을 스쳤다.

화끈거리는 통증 뒤 볼에서 피가 주륵 흐르기 시작했다. 여인의 얼굴에 상처라. 하지만 이 정도쯤이야 뭐…….

그녀의 몸에는, 지독할 정도로 많은 흉터가 있다. 관통상, 화상, 검상부터 시작해서 셀 수도 없을 정도로.

그러니 이쯤이야 진짜 아무것도 아니다.

대신에 이게 이화매를 자극했다.

"개겨보겠다 이거지?"

입가에 그려지는 미소.

"양 부관."

"네."

"섬멸전 시작해."

"네."

별다를 것 없다.

그냥, 저들의 운명이 결정되는 짧은 대화였다.

반 시진 후.

니가요시의 함선을 비롯해 사십여 척만 겨우 도망쳤고, 나머지는 강소성 연안 앞바다에 모조리 수장됐다.

*　　　　*　　　　*

뢰주.

조휘와 공작대는 전쟁 발발 보름이 지났을 때 뢰주에 도착했다. 도보로 왔다면 훨씬 걸렸겠지만 말을 타고 와서 시간을 굉장히 단축했다. 물론, 말이 지쳐 탈진을 몇 번이나 했을 정도로 혹독하게 이동했다.

그래서 꼴이 정말 말이 아니었다.

거지꼴로 뢰주에 들어선 조휘는 바뀐 뢰주의 분위기에 잠깐 멈칫했다. 뢰주는 활발한 현이다.

타격대 군영에 있을 때도 그랬고, 그 이후에도 그랬다. 그런데 지금은 조용했다. 이상하게 조용했다.

마치… 뭔 일이 터진 것처럼.

조금 더 들어갔는데도 거리는 텅텅 비었고, 불에 탄 건물의 흔적도 곳곳에서 보였다.

슥.

조휘가 손을 들자마자 공작대가 바로 전투 준비를 했다. 사방으로 산개한 공작대를 보며 조휘도 한쪽으로 몸을 숨겼다. 뢰주에 이렇게 사람이 없다? 말도 안 되는 일이다. 뢰주현의 인구는 못해도 수만이다. 해남도와 가깝고, 더욱이 뢰주 상단이 오홍련오 함대와 거래를 트면서 인구는 훨씬 유입됐다. 물론 유동 인구도 만만치 않았다. 그런데 지금은 황량한 벌판을 보는 느낌이다.

게다가 군데군데 무너진 집과 잿더미들을 보면, 생각나는 건 딱 하나다. 전쟁의 불길. 누가 봐도 전화가 휩쓸고 간 모습이다. 하지만 또 이상한 게, 전화가 쓸고 간 것 치고는 그 피해가 그리 크지 않다는 점이었다.

"따로 들어온 정보는?"

"없었습니다."

조현승의 대답에 조휘는 인상을 미미하게 찌푸렸다. 이런 일이 있었는데도 아무런 연락이 없었다?

어이가 없는 일이다.

조휘는 일단 이동하기로 했다.

"일단 뢰주 상단으로 이동한다."

목적지는 당연히 뢰주 상단.

정보를 얻기 가장 가까운 곳이다.

사주경계를 철저히 하며 움직이다 보니 이동은 느렸다. 반 시진에 가깝게 이동하고 나서야 조휘는 뢰주 상단에 도착했지만, 박살 난 장원의 정문을 보며 입술을 깨물어야 했다. 조각난 대문.

반으로 뚝 부러져 삐걱거리며 걸려 있는 현판.

누가 봐도 습격당한 모양새다.

"이화."

"네."

상황이 상황인지라 이화도 조용히 답하고, 장원 안으로 진입했다. 몸놀림 하나만큼은 최고인 이화이니 안에서 어떤 일이 벌어져도 대응할 수 있을 것이다. 일다경 정도 흘렀을 때, 이화가 돌아 나와 들어오라며 손짓했다.

조휘와 은여령이 먼저 이동했다.

장원으로 빠르게 들어가니, 시선에 걸리는 건 잿더미가 된 장원 내부다. 불에 홀랑 탔다. 하지만 그게 전부는 아니다.

도처에 핏자국이 널려 있었다. 하지만 시체는 없었다.

"수습했군."

조휘의 말에 은여령과 막 들어선 조현승도 바로 주변을 살펴보곤 고개를 끄덕였다. 전투의 흔적이 이렇게 적나라한데 사망자가 없다는 건 말도 안 되는 일이다.

"생존자가 있는지 찾… 을 필요도 없겠군."

수습까지 누군가가 한 이후인데, 생존자가 있을 리가 없었다.

"그래도 혹시 모르니 찾아보겠습니다."

"……"

조현승의 말에 조휘는 대답 대신 고개만 끄덕였다. 가슴이 조금씩 답답해지고 있었다. 이곳, 뇌주 상단은 오홍련을 뺀다면 조휘와 인연을 맺은 단 한사람이 있다.

서문영.

바로 그녀다.

볼에 검상을 입고 슬퍼하던 여인.

검상을 입은 이후 철부지 아가씨에서 이제는 어엿한 여인이 되었다고 들었다. 아니, 그걸 넘어 여장부가 됐다고 했다.

이후 솔직히 관심을 끊었다.

그런 걸 생각할 상황이 아니었고 그럴 겨를도 없었다.

일단 감정을 바로 잡은 조휘는 이상한 점부터 찾아냈다.

"뢰주 상단이 습격당했는데 뢰주현 자체가 이리 조용하다라… 말이 안 되는데."

"대대적인 전투가 있었던 게 아닐까요? 군데군데 보였던 불탄 건물들을 보면……."

"그래서 생계활동을 정지하고 모두 집에서 떨고 있다?"

"충분히 가능성은 있어요."

"그런가… 확인해 보면 알겠지."

조휘는 공작대 몇을 불러 민가를 확인하러 보냈다. 만약 집안에 사람이 있다면 은여령의 말이 맞는 거고, 아니라면 다른 이유가 있다는 뜻이었다.

뢰주.

이곳 솔직히 조휘에게는 전혀 좋은 기억으로 남은 곳이 아니었다. 오히려 웬만하면 오기 싫은 곳이다. 십 년을 이곳에서 억울하게 복역했는데, 그 장소에 정을 느끼는 게 더 이상한 일이다.

크지 않은 장원이라 수색은 금방 끝났고, 위지룡이 다가와 결과를 보고했다.

"생존자… 없습니다."

조휘의 표정이 좋지 않음을 느꼈는지, 목소리가 살짝 늘어졌다. 뒤이어 밖으로 내보냈던 공작대원들이 다가왔다.

마을 주민들은 있다고 한다.

그렇다면…….

"뇌주 상단만 습격당했다는 얘긴데… 이거 나 때문인 것 같은데."

조휘는 이 습격, 자신과 분명 연관이 있음을 직감했다.

황실의 정보력을 우습게 보면 안 된다. 아니, 아마 처음부터 모든 것을 알고 있었을 것이다. 조휘와 서문영이 서로 인연이 있음을.

그렇다면 이 습격, 이해가 간다.

"해남도로 간다."

"네."

확실히 알려면 원룡, 그를 만나야 했다.

*   *   *

다행히 원룡은 해남도에 있었다.

서로 마주 앉은 상태에서 차가 나왔다. 담소라도 나눌 건가? 아니었다. 조휘도 그렇고, 원룡의 얼굴도 싸늘하게 굳어 있는 상태였다. 항상 기분 좋은 미소를 머금고 사람을 대하는 게 원룡이다.

그래서 사람들이 오해하곤 한다.

원룡이 정말 선한 사람인 줄. 하지만 누구보다 매정하고, 차갑고, 잔인한 작전을 펼치는 게 원룡이다.

그의 사전에 포로는 없고, 모조리 섬멸전이다.

끝까지 쫓아가서 적을 귀신도 놀라 도망갈 얼굴로 섬멸을 명하는 게 원룡이다. 그런 그가 지금 섬멸전 때나 지을 살벌한 얼굴을 하고 있었다.

"……."

차가 나왔음에도, 침묵이 이어졌다.

조휘는 보채지 않았다.

급하게 알아야 할 사안이긴 하다. 하지만 원룡의 표정이 심상치 않았다. 겁먹은 건 아니다. 천하의 마도가 누구에게 쫄 인간은 아니니까. 그냥 그가 정리할 시간을 주는 거다. 자신에게 해줘야 할 말을 정리할 시간.

차가 식었다.

그때쯤 원룡의 입이 열렸다.

"미안합니다."

"……."

의외의 첫말이라 그런지, 조휘는 침묵했다. 무엇이 미안한가? 알고 싶지 않은데… 알아버렸다.

"납치입니까?"

"네."

"금의위?"

"서창입니다."

"……."

서창이란 말에 뒤에 서 있던 은여령의 기세가 즉각 일변했다. 같은 하늘을 이고는 절대로 살 수 없는 관계. 그게 은여령과 서창의 관계다. 따지고 보면 자신과 적무영의 관계와 아주 똑같다.

"전쟁이 터졌다는 서신은 당연히 받았을 겁니다."

"네, 복귀 중 받았습니다."

"전쟁이 터진 직후, 오홍련은 련과 관련이 있는 상단을 보호하기 위해 지부의 병력을 보내 호위를 시작했습니다. 분명 대군을 이끌고 진격하기 시작했지만, 산발적 작전도 있을 거라는 작전부의 예상이 있었기 때문입니다."

"이해합니다."

긴 말에도, 극히 딱딱한 어조로 대답하는 조휘다. 용건, 용건이 빨리 듣고 싶었다. 하지만 과정도 당연히 들어야 하는 법. 그래서 원륭의 대화를 끊지 않았다.

"각 지역 모든 상단에 정예 병력 이백씩 투입했습니다. 그리고 실제로 투입 이후 상단들이 대대적인 공격을 받았습니다. 이곳 광동성만 해도 여섯 개의 상단이 공격당했습니다. 하지만 말 그대로 기습, 전멸을 염두에 두고 들어온 공격이었습니다만… 뇌주 상단만 달랐습니다."

"전멸이 아닌… 납치. 대상은 서문영이군요."

"네… 맞습니다."

"목적은 당연히 나……."

"……."

이번엔 원륭이 침묵했다.

조휘의 말이 진실이기 때문이다.

마도를 끌어들일 생각이 아니라면 서문영을 납치해 갔을 리가 없었다. 서문영은 오직 마도에게만 쓸 수 있는 패이기 때문이다.

"후우……."

짜증이 난다.

이래서 서문영의 마음을 받지 않았다.

분명 피해가 갈 까봐.

'그래서 매정하게 끊어냈는데……'

그냥 거절해도 될 걸, 일부로, 군이 상처를 주면서 거리를 뒀는데, 결국은 사단이 일어나고 말았다.

'하긴, 그 개새끼가… 그냥 넘어갈 리가 없지…….'

적무영.

천하의 개 쓰레기다.

자신의 흥미와 재미를 위해서라면 무슨 짓이든 할 새끼. 그런 놈이 납치 이후 벌어질 상황에 관심을 안 가질 리가 없었다.

'만약 그게 아니라면… 이번에 끝장을 보자는 뜻일 거고.'

어찌됐건, 가야 했다.

천리통혜? 그 여인이 했던, 기다리란 말을 지킬 상황이 아니었다.

"후우… 얼마나 지났습니까?"

"사흘 됐습니다."

"사흘… 얼마 안 지났군요. 혹시 추적조는 붙였습니까?"

"물론입니다만… 서창입니다. 찾기 쉽지 않을 겁니다. 게다가 사흘이면 충분히 광소성으로 들어갔을 겁니다. 광소성은 황제를 따르는 놈들이니……."

"더더욱 쉽지 않겠고……."

피식.

어쩌다가 이렇게 됐는지, 진짜 기도 안 찼다.

인생이 진짜… 파란만장하다.

뭐 하나, 자신의 뜻대로, 의지대로 풀려가는 게 하나도 없는 인생이다. 접고 싶은 마음까지 들 정도로 열불이 터졌다. 하지만 지금은 참아야 할 때다.

'냉정하게…….'

가슴은 터지더라도, 머리만큼은 식혀야 할 때였다.

"뇌주 상단의 피해는 어떻습니까?"

"서윤걸 상단주께서는 그날… 운을 달리하셨습니다. 황곽님은 중상을 입고 현재 해남도에서 치료중이고, 그 외의 가족 분들도 무사하십니다."

"오직 서문영만 노리고 들어왔다는 소리군요."

"네, 진 대주가 썼던 방법을 고스란히 썼습니다."

"제가 썼던? 아아……."

완파된 정문이 떠올랐다.

최초 포격으로 정면을 뚫고 그대로 밀고 들어갔단 소리다. 포는 어떻게 구했냐고? 무려 서창이다. 이놈들의 은밀함과 능력이면 어떻게든 들고 왔을 거다.

"무려 삼백이 들이닥쳤고, 서문영 부단주를 납치하고 사라졌을 때는 오십도 채 못 돼서 도망쳤습니다."

"하지만 작전은 성공."

"네."

"…후우."

전후 사정은 전부 들었다.

속은 시원해졌을까? 전혀… 돌덩이가 내려앉은 것처럼 묵직한 답답함만이 느껴지고 있었다. 오만가지 나쁜 생각이 마구 몰려들었다.

'내가 목적이라면… 죽이진 않겠지.'

그렇다.

조휘가 목적이면 그녀를 죽일 이유가 없다. 왜? 납치 자체가 인질로 쓰기 위해서일 것이기 때문이다. 죽은 인질 따위는 들어본 적도 없었다. 시신만큼이라도 필요한 정말 특수한 상황이 아니라면 인질은 무조건 숨이 붙어 있을 때 그 가치를 발휘한다.

'하지만 단순히 나를 열 받게 하는 게 목적이라면……?'

그렇다면 얘기가 또 달라진다.

단순히 조휘의 분노가 목적이라면, 아마 죽었을 거다. 하지만 이 경우는 말이 안 되는 경우다.

'그랬다면 아예 처음부터 죽였겠지. 굳이 납치할 필요도 없이……'

납치는 반드시 목적이 있는 경우에나 일어난다. 목적이 없는 납치 따위는 있을 수 없는 거다. 재화를 노리던, 어떤 협상을 원하던, 반드시 목적이 있을 거다.

적무영…….

역시, 개새끼다.

스윽.

끝난 게 아니었는지, 원룡은 조휘에게 피 묻은 서신 하나를 내밀었다.

"서문영 부단주의 방에 있던 서신입니다."

"……."

조휘는 말없이 서신을 펼쳤다.

내용은 간단했다.

시작하자.

"큭큭……."

결국, 조휘의 입에서 비틀린 웃음이 흘러나오기 시작했다.

제80장
빌어먹을 상식

확실하다.

운명의 여신이 있다면, 그년은 자신을 버렸다.

"이따윈데… 나더러 기다리라고? 큭!"

어처구니가 없을 뿐이다.

억눌린 한 마디 한 마디를 흘려내는 조휘의 기세는 순식간에 뒤바뀌었다. 착 가라앉은 눈매 사이로 번들거리는 눈빛은 이 순간 조휘를 사람이 아닌, 마귀로 바꿔놓았다.

서문영이 중요해서?

소중해서?

절대로 그런 게 아니었다.

이렇게 얻어터지기만 하는 지긋지긋한 현실 때문이었다.

"어쩔 생각입니까……?"

원륭의 질문이 날아들었다.

그도 지금 충분히 화가 난 상태라 조휘와 별반 다를 것 없는 상태였다. 다만 냉정하게 사태를 파악하고 있었다.

시작하자.

적무영이 남긴 서신은 누가 봐도, 어떻게 보더라도 조휘를 자극시키는 게 목적이었다. 그리고 지금 충분히 목적을 이룬 걸로 보였다.

원륭은 그걸 아니 그리 물었다.

하지만.

"어떻게 할 것 같습니까……?"

조휘는 그냥 조용히 넘어가고픈 생각이 절대로 없었다. 이딴 식으로 건드려 오는 것은 조휘의 기준에서 참을 수 있는 선을 넘어섰다. 그것도 아주 완벽하게.

"이십만 대군입니다. 그게 끝이 아니고 전 중원에서 후속 병력이 속속들이 놈의 본대로 집결 중입니다."

"그래서 원 제독도 제게 지금 참으라고 하는 겁니까?"

"상식적으로 생각하세요."

피식.

"상식이라… 그 상식은 이미 깨진지 오래고."

"진 대주. 일단 총 제독을 만나십시오. 서문영 부단주의 행방은 내가 무슨 수를 써서라도 알아내서 보내주겠습니다."

"……"

원륭의 말에 조휘는 가만히 그의 얼굴을 들여다봤다. 원륭에게는 앞마당이라 할 수 있는 뇌주다. 그런 곳이 탈탈 털렸다. 심지어 요인 납치까지 당했다. 이 일 자체가 원룡의 자존심을 찢어 발기는 일이었다.

그런데도 이 자는 참는다.

그 속 터지는 울화를 꾹꾹 눌러내고 있었다.

조휘는 그 반대다.

참고 싶었는데, 참을 수 있었는데 시작하자는 한 마디가 모든 것을 뒤집어 버렸다. 조휘가 부족해서?

아닐 거다.

이건 아주… 당연한 일이었다.

"진 대주. 제 말 믿으세요. 일단 총 제독을 만나 상의를 하십 시오. 지금 놈에게 가는 건 화약을 이고 불구덩이에 뛰어드는 것과 하나도 다를 게 없어요."

나직하게 나온 원룡의 말에 조휘는 튀어나오는 조소를 막을 길이 없었다. 그 조소에 원룡의 표정이 딱딱하게 굳었지만, 그 마저도 무시했다. 지금 조휘가 몰라서 그러는 게 아니다.

이십만 대군.

일이만도 아니고 무려 이십 만이다.

아니, 십오 만인가?

하지만 지원 병력까지 합치면 이십만이야 어차피 거뜬히 넘을 거다. 그런 곳으로 놈을 죽이겠다고 뛰어들어봐야 남는 건 저승 길 배표밖에 없다는 걸 너무나 잘 안다.

"날 믿으세요. 진 대주."

"……."

후우.

이성과 감성.

머리와 심장.

두 놈이 죽어라 서로 싸워댔다.

한 놈은 당장 적무영의 모가지를 비틀어 뛰어들라 소리치고, 한 놈은 일단 확실한 때를 기다리라 시키고 있었다.

"진 대주. 아직은 아닐세."

"……"

그때 조용히 서 있던 오현이 조휘를 향해 나직하게 한 마디를 건넸다. 뒤이어 조현승도 거들었다. 적무영과 서문영. 직접적으로 연관이 있는 건 조휘니 알 수 있는 말들이었다. 조휘는 가만히 은여령을 바라봤다.

"……"

서로의 시선이 딱 마주쳤는데, 은여령이 가만히 고개를 저었다. 조휘가 본 이유도 명확하고, 답도 명확했다. 가면 죽는다는 뜻이다.

"미치겠군."

조휘는 이 한 마디로 상황을 정리했다.

*　　　　*　　　　*

끼익.

경첩이 삐그덕거리는 소리와 함께 문이 열리고, 복면을 뒤집어쓴 이들이 안으로 들어섰다. 그들은 마치 가장 안쪽에 옷가지 하나 걸치지 못한 채 몸을 웅크리고 있는 여인에게 다가갔다. 여인은 손발이 전부 묶여 있었고, 얼굴에는 검은 보자기 같은 걸 씌워 놓고 있었다. 복면인들은 보자기를 풀고, 얼굴 앞에 나무 그릇에 담은 죽 한 사발을 던지듯 놓고 다시 밖으로 나갔다.

문은 열려 있어 빛이 환하게 안으로 들어왔지만, 여인은 감았던 눈을 뜨지 못했다. 조금이라도 뜨려고 하면 찢어지는 고통이 망막부터 시작됐기 때문이다. 장시간 빛을 보지 못한 결과였다.

"……."

하지만 여인, 서문영은 말없이 머리를 움직여 그릇에 얼굴을 박았다. 살아야 했다. 가축 같은 취급을 하는 저들에게… 복수를 하려면 어떻게든 살아야했다. 잊지 못한다. 아버지의 심장에 뾰족한 송곳이 꽂히던 순간을.

그 순간을!

서문영은 뇌에 불에 달군 인두로 지진 것처럼 각인시켰다.

그래서 살아야 한다.

살아야지.

개처럼 굴어서라도… 살아야지!

어떻게든… 살아남아서! 반드시… 반드시! 복수하겠다는 일념으로 이 모든 걸 견뎌내고 있었다.

비참하게 죽을 먹기 시작한 지 얼마 되지도 않았는데 복면인들은 다시 들어와서 그릇을 낚아챘고, 다시 서문영의 머리에 보자기를 씌웠다.

끼익, 쿵.

그리고 다시 마차 문이 닫혔다.

"…흑!"

억눌린 흐느낌이 결국은 흘러나왔다.

솔직히 참을 수 있는 행동들이 아니었다. 아버지의 복수만 아니었다면, 절대로 못 참았을 거다. 이 악물고 버티고는 있지만 서문영은 힘들었다. 너무 힘들어 혀를 깨물고 싶은 적이 한두 번이 아니었다.

더불어 자신이 왜, 대체 왜 이런 꼴을 당해야 하는지 이해도 안 갔다. 도화선에 불이 붙어 전쟁이 터진 거야 알고는 있었다. 하지만 그런 거대한 전쟁에 자신이 왜 필요해서 납치를 한 건지, 그게 도무지 이해가 안 갔다.

"내, 내가 왜… 이런 꼴을… 흐윽!"

말도 제대로 하지 못해 목소리가 쩍쩍 갈라졌지만, 그런 건 지금 서문영에게 중요하지 않았다. 단지 왜 이런 신세가 됐는지, 그게 중요할 뿐이었다. 마차는 하염없이 달렸다. 빛 한 점 들어오지 않는 곳에 갇혀서 몇 날 며칠을 계속 이동만 할 뿐이었다. 방향감각도 당연히 사라져 어디로 끌려가는지도 몰랐다.

끝이 없는 막막함, 이동이 끝나고 찾아올 상황에 대한 두려움까지. 모든 것이 그녀를 흔들고 있었다.

범인이라면 정신이 무너지고도 남을 상황에서도 용케 서문영은 버티고 있었다. 하지만 그녀는 알고 있었다.

슬슬… 정신이 한계에 도달해 가고 있다는 것을.

언제 무너질 지, 언제 끊어질 지 모르는 아슬아슬한 상태라는 것을 자각하고 있기 때문에… 더더욱 무서웠다.

그때마다 서문영은 한 사람을 생각했다.

태어나서 아버지 말고, 가슴에 담은 단 한 사람.

서늘한 눈빛으로 매정하게 자신을 내쳤던 사람.

조휘다.

서문영은 납치된 이후, 비참한 대접을 받으면서 항상 그가 생각났다. 구해주겠지. 그라면… 어쩌면 그 사람이라면, 나를 구해주겠지. 나의 납치 소식을 듣고, 나를 찾아 나서고, 결국엔 나를 찾아… 이 지옥에서 벗어나게 해주겠지.

구원.

희망.

조휘는 서문영에게 지금 그런 존재였다.

서문영은 본능적으로, 생각만 해도 가슴이 뛰는 조휘를 의도적으로 떠올리기 시작했다. 그래야만 버틸 수 있기 때문이다.

'그 사람의 처음은……'

달콤 살벌했다.

솔직히 기대하긴 했었다.

뢰주에서 마도 진조휘를 모르는 이들은 없었다. 과장 좀 보태면 세 살 배기 애들도 알 정도였다. 왜냐고? 마도의 신위가 뢰주를 든든히 지켜준다 믿었기 때문이다. 항상 연 백호, 그가 작전을 나갔다 오면 공적을 상세히 적어 공고문을 붙이는 곳에 의도적으로 붙였었다. 거기에 아주 상세하게 적혀 있었다.

마도가 왜 마도로 불리며, 마도가 왜 왜구에게 사신으로 불리는지를.

그러니 꽃다운 방년에 마도가 안 궁금할 리가 있나. 서문영에게 마도의 소식은 오홍련 총 제독인 이화매만큼이나 기다려지는 소식 중 하나였다.

'물론 그건 얘기 안 했지만… 지금 생각하니 아쉽다. 하하.'

솔직하지 못했던 점.

그게 너무 아쉽다.

서문영의 생각은 마도와의 만남에서, 그에게 의도적으로 시비를 걸었을 때까지 넘어가고 있었다. 매일 하던 상상이라, 이제는 굉장히 살이 붙고 또 붙어 현실적으로 변했다.

마도에게 시비를 걸던 순간부터 상상은 다시금 시작되어서, 그의 도가 자신의 검을 부수고 목 밑에 대어 다음에 대들면 볼기짝을 두들기겠다고 말한 순간까지.

그 모든 게 아련하면서, 심장이 콩콩 뛸 정도로 행복했다.

이어서 진짜 볼기를 때리던 그때와, 산적들을 만나 마도의 실력을 유감없이 발휘할 때가 지나갔고, 죄 없는 모녀를 보고 분노하던 그가 떠올랐다.

'그때 알았어. 그는 원래 따뜻한 사람이란 걸……'

착각이지만… 누구도 그 착각을 착각이라 해줄 이가 없기 때문에 서문영은 그냥 오해한 채 상상을 이어갈 뿐이었다.

항주에 도착한 이후, 서문영은 생에 깜짝 놀랄 순간을 맞이했다. 그녀가 그토록 존경하는 오홍련의 이화매 총 제독을 만나게 된 거다.

'대단하셨어. 나도 그렇게 되고 싶었는데. 아… 안 돼.'

순간 현실로 의식이 돌아왔지만, 서문영은 악착 같이 고개를 털어 억지로 다시 상상 속으로 기어 들어갔다.

놀랄 만한 일이 벌어졌다.

이화매가 그를 영입하려 한 것이다.

서문영도 소문으로 들어 알고 있었다. 진짜 제대로 된 이들은 이화매가 직접 나서 영입한다고. 그리고 끝까지 포기 안 하고 악착같이 자신의 사람으로 만든다고. 그런 소문을 들어서 알고 있었지만, 눈앞에서 보는 건 처음이었다.

하지만 더 놀라운 건, 그가 거절했다는 사실이었다.

'정말 그때는 기절할 정도로 놀랐는데… 이제는 이유를 좀 알 것 같아.'

아쉽지만, 그 생각 이후 상상이 뚝 멎었다.

다음 상상들은… 가슴이 저리는 상상들이었다. 헤어짐 이후, 열병처럼 찾아온 연모의 감정. 둑 터진 물처럼 가슴에 차고 들어와, 나가지 않은 그 감정은 생각만 해도 가슴이 저릿했다. 하지만 서문영은 억지로 이어나갔다.

거래 물품을 검수하면서도 툭 하고 그가 생각났고, 늦은 끼니를 해결하면서도 그가 생각났고, 피곤한 몸을 이끌고 집으로 들어설 때도 그가 생각났다. 늦은 저녁을 먹을 때는 물론, 욕실에서 땀에 젖은 몸을 씻을 때마저도 생각났다.

잠자리에 누우면 더 생각났다.

심지어 꿈에서도 그가 나타났다.

계속, 계속해서 그가 생각났고, 열병은 가라앉지 않고 그 세를 불리고 불려 서문영이라는 사람의 가슴과 마음을 모조리 독차지했다.

그랬던 그와 마지막 기억은… 냉정하게, 매정하게 자신을 바라보던 눈빛이다.

'치, 당신 알고 있었으면서……'

감으로 알 수 있었다.

왜 그랬던 거예요?

좀 따뜻하게 말해줄 수도 있는 거잖아…….

괜찮냐는 말 한 마디 정도, 해줄 수도 있는 거잖아…….

없는 그에 투정을 부리는 서문영.

들어줄 이 없는 극한 상태에서 서문영이 자신을 보호하기 위해 선택한 방법 또한 극단적이었다.

이렇게라도 버티려고 하는 서문영이 대단하긴 하다. 하지만 언제까지 버틸 수 있을지는 역시 미지수였다.

생각이 점차 힘들어졌다.

익히 느끼던 감각.

죽에 탄 수면제.

그녀는 알면서도 먹었다.

그래서 꼭 하고 싶은 마지막 말을 겨우 이어갔다.

'보고 싶어……'

그러니… 나 좀 구해줘요.

뚝.

상상은 거기서 끝나고, 그녀의 의식은 위험하다 싶을 정도의 짙은 어둠으로 빨려 들어갔다.

*　　　　*　　　　*

전쟁 발발 한 달 하고 일주일 째, 제남성은 아직 함락당하지 않고 있었다. 황군 십오만이 제남성을 포위했다고 했다는 소식이 들리기 시작했을 때부터 거의 모든 호사가들이 입을 모아 말했다. 길어야 일주일이라고.

하지만 그렇지 않을 거라 했던 호사가들의 말이 정답이 됐다.

반윤.

대단했다.

그의 지도력과 용병술은 정말 대단했다.

첫 번째 공성 무기와 포를 이용한 공성전이 벌어졌을 때, 그때는 가히 지옥도 한 폭이 인세에 강림했다 할 수 있을 정도였다.

오전 오후로 벌어진 전투에서 죽은 사망자만 무려 오만 이상이었고, 부상자는 그 배에 달했다.

그럼에도 제남성은 무너지지 않았다.

꼴랑 오만의 병력으로 갇혔음에도 반윤은 악착같이 적을 막아냈다. 심지어 선두에 서서 말이다. 그런 반윤의 모습에 병사들도 일치단결, 죽음을 각오하고 황군을 막아냈다. 첫 번째 전투 이후 삼일은 서로 대치 상태로 지난 이후 이차전이 벌어졌지만 반윤은 이번에도 견뎌냈다. 그 이후 다시 삼 일마다 계속해서 전투가 벌어졌지만 제남성은 함락당하지 않았다.

부족한 병력은 건장한 백성들을 설득, 훈련시켜 보충했다. 물자는 넉넉했다. 이런 상황을 예견해 이화매가 미리 한 달을 버틸 군량을 극비리에 제남성에 축적시켜 줬기 때문이다. 특히나 공성에 필요한 물자들이 주를 이루는지라, 아낌없이 써버리면서 반윤은 악착같이 버텼다. 그렇게 칠차 전투까지 벌어졌을 때, 이화매가 이끄는 십만 대군이 제남성 남쪽에서 자리를 잡았다.

물론 황군도 그대로 당하지는 않았다. 모리휘원이 이끄는 오만 병력이 오홍련 주둔지 동쪽에 자리를 잡았다.

이때부터 일촉즉발의 대치 상태가 시작됐고, 서로 피 말리는 기 싸움과 눈치 싸움이 시작됐다. 물론, 척후끼리의 치열한 전투도 벌어졌고, 산발적인 소규모 회전도 계속해서 벌어졌다. 이주 정도가 지났을 때, 전장의 긴장감은 극한으로 올라갔다. 어느 한 쪽이 선제공격을 감행하는 순간 끈은 당연히 끊어질 것이고, 지옥도가 아닌, 지옥 그 자체가 제남성을 중심으로 펼쳐진다는 걸 웬만한 병사들도 전부 알고 있었기 때문이다.

팽팽한 끈.

이 상황에 소규모 무리가 은밀히 오홍련의 주둔지로 몰래 들어섰다. 당연히, 조휘를 비롯한 공작대였다.

*　　　　*　　　　*

주둔지 전방에 위치한 이화매의 개인 군막은 총사령관의 군막치고 크지 않았다. 십 인이 들어가면 비좁을 정도의 군막이었다.

"……"

서로 마주 보고 앉았는데, 서로의 얼굴만 바라볼 뿐 아직까지 어떤 대화도 오가지 않았다. 이화매는 신경질적인 얼굴이었고, 조휘의 얼굴은… 전에 없을 정도로 가라앉아 있었다. 양희은이 준비한 차가 식을 때까지도 두 사람은 입을 열지 않았고, 급기야 날선 기세가 서로에게 피어올라 부딪치기까지 시작했다.

이때부터 군막 안의 관계가 여실히 드러나기 시작했다. 오현은 입술을 깨물고 물러났고, 조현승은 조휘의 뒤에 여전히 서 있었다. 은여령은? 당연히 서 있었다. 다만 이화는 안절부절 못하기 시작했다.

이화매의 뒤에 있던 유키와 이안, 양희은은 천천히 각자의 무기에 손을 대기 시작했다. 그러자 즉각 장산과 위지룡도 각자의 무기에 손을 댔다.

팽팽한 대치.

대체 왜 이런 상황이 벌어진 걸까?

조휘 때문이었다.

현재 조휘의 심정은 최악이었다.

서문영이 납치당한 이후, 여태까지 당했던 것들이 전부 폭발해 버렸다. 물론 참으려고 노력은 했다. 대충 한 것도 아니고, 최대한 참고 또 참았지만 결국은 터져 버렸다. 눈을 떠서, 잠들기 전까지, 조휘는 조휘가 아닌, 마도로서 존재했다.

하루 종일을… 정신이상자라 해도 부족하지 않을 마도로 서 있는 거다. 그러다 보니 제남성까지 이동하면서 조휘는 변했다.

"마도."

드디어 이화매가 입을 열었다.

하지만 조휘는 대답하지 않았다.

"마도. 적당히 하지? 안 그래도 짜증나는데?"

"짜증……?"

큭, 조휘의 입 사이로 비릿한 조소가 튀어나왔다. 이어서 지어진 표정은 어이가 없어 죽겠다는 표정이었다. 누가 봐도 비웃는 모습. 하극상이라 할 수 있는 모습이라 양희은의 얼굴에 잔 균열이 잔뜩 갔지만 경거망동하지는 않았다.

"나랑 당신. 누가 더 짜증날 것 같나?"

"당신?"

"지금 이 상황에 나한테 존대를 바라지는 말고… 다 때려치우고 싶으니까."

"……."

이화매의 얼굴에도 조휘처럼 어이가 없다는 감정이 떠올랐다. 그녀는 이화매. 수십만이 뭉친 오홍련이라는 거대한 집단의 수장이다.

"더러운 상황 때문에 내가 오홍련에 의탁한 건 맞아. 그래, 맞다고. 근데 오홍련이 나한테 해준 건 대체 뭐지?"

"뭐?"

"조선에서 그 말도 안 되는 작전도 뛰었다. 적무영이 거기 있다는 정보가 있으니 나한테도 손해는 아니었어. 그런데 작전 내용이 이 씨발… 거지 같았다고. 그런데도 뛰었어. 뒈질 뻔했지만 겨우 살아 나왔어."

"……."

으득!

이를 간 조휘가 이화매의 눈을 뚫어버릴 듯이 노려보다가 다시 입을 열었다.

"뭐? 최선을 다해? 정보는 오염된 폐급 정보를 줄 때가 있지 않나, 적의 무기에 심장이 뚫릴 뻔하질 않나. 조선보다 더 말도 안 되는 포달랍궁의 작전도 전부 뛰었어. 해달라는 건 다 해줬다고."

"……."

"그럼 최소한… 나한테 날아오는 수작질 정도는 막아줬어야지."

"……."

"안 그래?"

"……."

이화매는 답을 하지 않았다.

그녀도 서문영이 납치당한 사실은 당연히 알고 있었다. 서신의 내용도 당연히 알고 있었다. 적무영 그놈이 조휘를 끌어들이기 위해 선택한 게 서문영이라는 걸 너무나 잘 알고 있었다.

"말도 안 되는 작전들… 다 해줬으면 최소 그 정도는 해줘야 되는 거 아닌가? 오홍련은 그 정도도 못하나?"

"적당히 하지……?"

"적당히는 니들이 적당히 해야. 말이야 번드르르하지, 나한테 한 말 중 제대로 지켜진 게 하나라도 있나?"

"……."

"아, 하나 있군. 적무영 그 새끼 찾아준 거."

"……."

"근데, 그거 빼면 있나? 있음 좀 말해보든가."

짜증 가득 담긴 조휘의 말에 이화매는 여전히 침묵했다. 입술을 질끈 깨물었는데 얼마나 세게 깨물었는지 피가 줄줄 흐르기 시작했다. 눈빛은 정말… 살벌했다. 탁자 위에 올라온 두 손은 주먹을 꽉 쥔 채 부들부들 떨리고 있었다. 극에 달한 분노. 툭 건드리면 즉각 터질 것 같은 모습이었다.

하지만 조휘가 어디 그런다고 멈출 인간인가?

"대체 뭐 하자는 거야. 나를 쓰고 싶으면… 내가 제대로 움직일 판을 만들어주든가. 어? 단 한 번이라도 있었어? 그런 순간이? 화운검도 그렇고, 신무기도 그렇고, 우광도 그렇고, 포를 장착한 채 쾌속선을 쫓아온 것도 그렇고……. 판단은? 조선전쟁부터 예 좀 들어봐? 무너진다며? 절대 못 막는다며? 니들 잘난 작전부에서 그렇게 판단했다며?"

"그만……."

그만? 그만하라고 그만하기에는, 지금 조휘의 상태가 매우 좋지 못했다. 이미 조휘를 지탱하던 이성의 끈은 끊어진 상태라 봐도 무방했다.

"덩치만 부풀리니 둔해진 거지. 씨발, 이런 데서 뭘 하겠다고……."

"그만하라고!"

결국 이화매의 입에서 날카로운 고함이 터졌다. 이후 이를 다시 악무는 그녀. 눈동자는 새빨갛게 충혈되어 있었다. 그녀도 안다. 그동안 계속 얻어터지기만 했다는 걸.

정보, 무기, 계략.

어느 하나 앞서지 못했다.

하지만 오홍련은 그녀가 각고의 노력 끝에 이룩한 성과다. 그녀 전대에도 이 정도까지 세를 불리지는 못했다. 못해도 반절은 부족하다 할 수 있을 거다. 이게 전부 그녀가 저 멀리, 세상의 반대편까지 기나긴 항해를 하며 인맥을 쌓고, 싸우고, 교섭하면서 이룩한 성과란 소리다. 그런 그녀의 앞에서 오홍련의 무능을 논한다. 이건 곧, 이화매의 무능을 논하는 것과 하나도 다를 게 없었다.

근데, 이게 틀린 말이 아니었다.

"뭘 그만 하라는 거야. 이렇게 싸잡혀 욕 처먹으니까 가슴에 대못질이라도 하는 것 같아? 그럼 나는. 현장에서 개처럼 구른 나는? 너는 욕만 먹으면 끝나겠지만… 나는, 우리는 목숨이 걸려 있어."

"……."

"그리고 지켜준다며? 황제가 와서 개지랄 떨어도 지켜준다고 그때 해남도에서 서윤걸 상단주한테 호언장담했지?"

"……."

"근데 죽었어. 니가 그렇게 안심시켰던… 상단주는 죽었고, 나를 걸고 넘어가려고 부단주까지 납치했지."

"……."

"이딴 식인데… 내가 더 작전을 뭘 수 있겠어? 정보가 잘못됐을지도 모르는 거지 같은 상황에, 어떤 신무기가 있을지도 모를 상황에, 적의 계략에 속아 넘어갈 확률이 더럽게 높은 작전을 내가 뛰겠냐고?"

"……."

"니가 나라면 뛰겠냐고……!"

쩌렁!

갑작스럽게 나온 조휘의 고함에 이화매는 움찔하고 놀라더니 털썩 주저앉았다.

천하의 이화매가 기세에서 밀린 것이다.

물론 평상시라면 절대로 있을 수도 없는 일이겠지만 지금은 조휘가 그동안의 울분을 토해내며 이화매의 정신을 마구 건드렸기 때문에 가능한 일이었다.

그러나 그것도 잠깐이었다. 이화매의 눈빛은 다시금 차분하게 돌아왔다. 과연… 이화매다. 제왕의 기질을. 아니, 이미 제왕이라 할 수 있는 그녀다. 하지만 아직 끝나지 않았다.

조휘는 이미 결정했다.

"공작대 대주직은 반납하지."

획!

이화매의 얼굴에 균열이 와르르 일어났고, 양희은을 포함한 그 말을 들은 전부가 놀랐다. 설마 조휘가 대주 직을 사퇴할 거라는 말을 할 줄은 예상도 못했기 때문이다. 하지만 조휘는 진심이었다.

"더 이상 개죽음 당할 작전은 사양이니까."

획.

조휘는 바로 오홍련에서 받은 장비를 풀어 탁자 위에 던졌다. 이어서 자리에서 일어나 바로 군막을 벗어났다. 그런 조휘의 뒤로 은여령과 장산, 위지룡, 그리고 조현승만 따라 붙었다. 오현과 이화는 결국 조휘를 따라 나서지 않았다.

조휘는 말없이 공작대의 군막으로 향했다. 아니, 그 중 자신의 군막으로 향했다. 공작대는 조용히 장비를 점검하고 있었다. 조휘가 오자 짧게 군례만 올렸고, 조휘는 그걸 대충 받으며 안으로 들어갔다.

"후우……."

조휘의 한숨이 나옴과 동시에, 세 개의 침묵이 생겨났다.

"……."

원래 화나면 뒤집히는 조휘다.

하지만 여태껏 그건 적에게 향했지, 동료에게 향한 적은 한 번도 없었다. 진짜 단 한 번도. 근데 그게 오늘 터졌다. 그리고 그것이 오홍련 총 제독인 이화매에게 직접적으로 터졌다. 그것도 폭언의 형태로. 눌러 놨던 것들이 일시에 폭발한 거다.

"내일 떠난다."

나직하게 나온 조휘의 말은, 오홍련과의 이별에 쐐기를 박는 말이었다.

*   *   *

이화매는 양희은까지 내보내고 생각에 잠겨 있었다. 아니, 혼란에 빠져 있었다. 조휘가 했던 말들이 계속해서 머릿속을 맴돌며 그녀를 괴롭히고 있었다.

"나는… 여태껏 잘 하고 있었나?"

그래서 그동안 자신이 해왔던 일을 의심하는 지경에 이르렀다. 솔직히 그녀는 잘했다. 오홍련 역사를 통틀어 봐도 이화매만큼 잘 이끈 사람도 없었다. 있다면 아무것도 없던 상태로 이씨 세가를 일군 초대 가주 정도밖에 없을 거다.

그만큼 이화매는 대단했다.

하지만 조휘가 한 말은 이화매의 자존감 근간을 와르르 무너뜨렸다. 왜? 틀린 말이 하나도 없었으니까…….

뿌득!

지금 생각해 보니 조휘의 말은 솔직히 전부 맞는 말이다.

그녀는 마도에게 거의 불가능한 임무만 내렸다. 진짜 말도 안 되는 임무만 내려놓고, 부탁한다고, 살아오라고 했었다. 물론 지원이야 최우선으로 해줬었다. 하지만 그걸로 끝이었다. 그녀는 스스로에게 물었다.

일만이 넘는 대군의 틈으로 잠입해 지휘관의 목을 따올 수 있나?

답은 없었다. 딱 이렇게 바로 즉답으로 나왔다. 그럼 오홍련의 무인들은? 유카나 이안, 알이 들어갔어도 불가능했을 것이다. 무력의 차이야 거의 없다. 아니, 오히려 일 대 일 대결이라면 저 셋이 마도보다 강하다. 하지만 그들은 선상 백병전, 혹은 소규모 집단 난전에 능한 이들이지, 암살이나 작전에 능한 이들이 아니었기 때문이다.

"후우……."

말도 안 되는 작전 수행 능력을 지닌 게 바로 마도다.

그가 현장에서 느꼈던 걸, 지금 자신의 앞에서 모조리 풀어놨다. 아주 격렬하게, 그래서 지금 정신을 못 차리고 있는 거다.

"그래… 정신 못 차린 건 나였다고 치자고. 아니, 인정한다고.

하지만⋯ 그딴 막말은 아니지, 새끼야⋯⋯."

뒷골목 파락호와 아주 흡사한 말투다.

이화매는 빠르게 정신을 차렸다.

그 덕분에 지금 당장 해야 할 일도 깨달았고, 바로 실행하려고 자리에서 일어났다. 검을 손에 쥐고 걸음을 입구로 옮기던 이화매는 휘장을 걷기 직전, 등골을 타고 와다다 내달리는 소름에 초인적인 인내력으로 손을 멈췄다.

"⋯⋯."

살기?

아니었다.

아무것도 느껴지지 않았지만, 수많은 전투에서 그녀의 목숨을 보전시켜 준 생존 본능이 마구 울고 있었고, 이화매는 그걸 무시할 생각이 전혀 없었다.

'살수? 이 미친⋯⋯.'

적진까지 깊숙이 살수를 침투시켰다.

말도 안 된다는 생각은 아예 들지도 않았다. 당장 이쪽만 봐도 마도가 있으니까. 그러니 저쪽이라고 불가능이 가능한 살수가 없단 단정은 절대 지을 수 없었다.

'음⋯⋯.'

이화매는 두어 발자국 물러나서 속으로 침음을 흘렸다. 그 순간에도 머리는 팽팽 돌아가고 있었다.

'이 새끼를 어떻게 잡을까?'

가장 좋은 방법은 소리치는 거다.

탁자 위에 종을 치기만 하면, 우르르 몰려들 것이다. 하지만 그 방법으론 절대 살수를 잡을 수 없다는 것도 알았다. 여기까지 조용히 뚫고 온 놈이다. 종을 치는 순간 바로 병사들의 틈으로 숨어들어갈 거다.

'그냥 나가는 건… 멍청한 짓이고.'

이화매는 스스로의 무력을 맹신하지 않았다. 그녀의 무력 수준은 잘 봐줘야 오홍련 정예 대원보다 조금 더 나은 정도다. 딱 공작대에서 가장 약한 수준? 그 정도다. 그런 수준으로 저 휘장을 열고 나가는 건 그야말로 미친 짓이다.

품 안에 살수를 품고 다니는 건 절대 사양이다.

"야! 밖에!"

"네!"

획!

이화매의 외침에 근처에서 대기 중이던 대원 하나가 들어왔다. 이화매의 군막 부분은 취약한 것 같지만, 절대로 아니었다. 병사들 틈에 대원을 섞어 절대로 쉽게 공격하지 못하게 만들어 놨다.

모두 불시의 순간을 위해 만들어 놓은 건데, 이게 쓰임새에 맞게 사용되고 있었다.

"양 부관 좀 불러와."

"네!"

들어왔던 대원이 바로 나갔다. 물론 그냥 나가지는 않았다. 이화매가 건네 준 종이를 품에 넣고, 눈을 빛내고는 나갔다. 그녀 주변의 호위대는 다 눈치가 좋은 놈들이다. 아둔한 놈들은 아예 넣지도 않았다.

이제 저 종이가 양희에게 전달되면 살수 잡는 올가미가 조용히 만들어질 것이다. 반각도 안 지났을 때, 이화가 조심스럽게 제독 언니! 제독 언니 저 들어가도 되요? 하고 물어왔다. 시기가 너무 좋게 찾아오니 이화매는 그녀의 볼에 뽀뽀라도 해주고 싶을 지경이었다.

"들어와."

"네!"

안으로 들어온 이화는 쭈뼛거리며 그녀에게 다가왔다.

"왜?"

"아니 그냥… 걱정도 되고, 그냥 그래서……."

"풉. 걱정 마. 내가 누구야?"

"그야 제독 언니……."

"아니, 내가 뭐하는 사람이냐고."

"오홍련 총… 제독이요."

대화는 이렇게 흘러가지만, 입만 열어 대화를 나누는 게 아니었다. 이화매는 바닥에 죽죽 글자를 적어 필담을 따로 나누고 있었다.

이화도 눈치가 좋아 처음 그 말투를 그대로 유지했다. 하지만 눈빛은 필담의 시작에서 반짝였다가, 살수란 단어에서는 서늘한 기세가 여지없이 흘러나왔다.

그만. 기세 죽여.

바로 이화매는 그녀를 눌러 놓고, 입을 열었다.

"언니는 괜찮거든? 우쭈쭈, 우리 예쁜 꼬맹이, 언니 걱정했어요?"

"히히… 뭐, 조금요?"

그 대화 밑에 다시.

총 들었으면 위험할 테니, 먼저 나가서 엄호해 줘.

네, 언니.

필담이 빠르게 오고갔다.

씩 웃음 이화매가 이화의 머리를 쓰다듬었다.

"착하네, 언니 근데 좀 피곤한데."

"아… 네! 언니 쉬세요!"

"응."

이어서 이화는 들어왔을 때와 크게 다르지 않은 모습으로 나갔다. 허험. 이화가 나가자 양희은의 기침 소리가 들려왔다.

신호.

이화매는 잠깐, 하고 좀 큰 소리쳤다가 반 다경 정도 뒤에 밖으로 나왔다. 밖으로 나오자 언제나 한결같이 굳건한 표정의 양희은이 보였다.

스윽.

양희은은 그녀에게 다가와 팔뚝에 걸어 놨던 검은 외투를 어깨에 걸쳐줬다.

오홍련의 제독임을 상징하는 붉은 연꽃이 수놓아진 외투다. 그 꽃의 개수는 총 다섯 개다. 총 제독의 외투였다.

"가지."

"네."

외투를 걸친 이화매는 그제야 걸음을 뗐다. 천천히 수뇌부 전체가 모일 때 쓰는 대형 군막으로 향하는 길이었다.

상체를 틀면서 이화매는 모든 전경을 눈에 담았다. 물론, 그냥 스쳐 지나가는 것처럼 담았다. 안 그러면 살수는 눈치를 바로 채어 작전을 중지하고 몸을 숨길 것이다.

쿵, 쿵쿵.

심장이 격렬하게 뛰고 있었다.

어디에 있을지 모르는 살수를 상대해야 하는 상황이니 심장이 안 뛸 리가 없었다. 왜 굳이? 왜 위험을 자초할까? 누가 들으면 분명 이화매를 그렇게 비판할 것이다. 무식하다고. 하지만 무식해도 해야 할 일이 있는 법이다. 지금이 딱 그때다.

아까도 말했듯, 품속에 적을 알면서도 가만히 내버려 두는 건 미련의 끝이기 때문이다. 게다가 그냥 살수도 아니다. 제대로 된 놈. 마도처럼 십만이나 되는 군 주둔지로 침투한 실력이 있는 놈.

그녀는 자신의 사전에 미리 눈치챘으니 초짜라고 생각할 수도 있었지만 그렇게 쉽게 판단하지 않았다.

생존 본능 때문에 알아차린 거지, 그게 없었다면 아예 감지도 못했을 것이다.

지끈!

뒷골이 순간적으로 쪽 당겨졌다. 신경통처럼 온 감각에 전신으로 소름이 일시에 내달렸다. 동시에 고개를 아예 바닥으로 처박았다.

타앙……!

동시에 한 발의 총성이 이화매의 옆, 이십 보도 안 되는 거리에서 터졌다. 또 다른 막사 안에서 저격이 일어난 거다.

총성이 울린 직후, 호위대가 즉각 반응하고 병사들이 쓰는 막사로 달려들었다.

푹! 푸부부북!

차가운 쇠붙이가 육신을 찔러대는 소리가 어둠 속에서 흘러나왔다.

"제독님!"

"아으……."

정말 제대로 바닥에 처박혔는지, 눈앞에서 별이 반짝거렸다. 근육도 놀랐는지 뻐근함이 같이 올라왔다. 자리에서 일어나려던 이화매는 순간적으로 다시 흠칫 굳었다.

'어……?'

여전히 등골에 남아있는 소름은, 아직 끝나지 않았다고 경고하고 있었다.

스으으윽.

일어서는 이화매의 동작은 매우 굼떴다. 고개를 뚝뚝 꺾으면서, 아주 작은 소리로 양희은에게 말했다.

"안 끝났다."

"…괜찮으십니까? 의원! 의원 불러와!"

양희은의 반응은 빨랐다.

잠깐 침묵했다가 바로 의원을 불렀다. 이제 끝났다고, 상황을 반 정리시키려는 외침이었다. 양희은의 외침에 그리 멀지 않은

곳에서 하얀 의복을 입은 의원이 나오더니, 사방을 두리번거리다
가 바로 달려왔다.

"괘, 괜찮으십니까?"

"아, 괜찮아."

"제가 진맥 좀 하겠습니다!"

"그래, 후우……."

이화매는 그렇게 말하고 고개를 털었다.

손목을 잡으려는 순간, 고개를 돌리던 이화매가 의원의 목줄
을 움켜쥐었다. 여자의 악력이라고 얕봐서는 곤란하다. 그녀는
뱃사람. 뱃사람은 특히 육체적인 힘이 굉장히 필요한 직업이다.

그래서 의원은 목이 잡히자마자 그대로 경직됐다. 순식간에
기도가 막히고, 목이 뜯겨 나가기 일보 직전에서 올라오는 고통
에 그녀의 손목을 잡으려던 움직임도 그대로 멈췄다.

"큭!"

"의원 손이 이따위로 거칠어도 되냐?"

이화매의 서늘한 말이 떨어짐과 동시에 어느새 옆으로 돌아
간 양희은의 검이 벼락처럼 안면을 후려쳤다.

퍼걱!

날이 아닌 면으로 관자놀이를 제대로 얻어맞은 살수가 그대
로 풀썩 쓰러졌다.

"후우……."

쿵쿵거리는 심장을 지그시 누르기 시작한 그녀는, 입속에서
씨발, 하고 나오는 욕을 막을 수가 없었다.

도대체가… 경계를 어떻게 하는 건지, 본진 한복판에서 암살

시도를 당했다. 짜증도 짜증이지만, 이래서는 전투고 나발이고 그 이전에 목이 날아가게 생겼다.

"이 새끼 고문을 하든 약을 쓰든 해서 싹 토해내게 해."

"네, 알겠습니다."

그리고 다시 걸음을 옮기는 이화매. 좀 전에 암습을 받은 사람답지 않게 표정은 담담했다. 그게 마음에 안 들었나? 그녀의 뒤로 이십 장 정도 떨어진 군막에 있던 병사가 가만히 총을 들어 올렸다.

세 번째. 아니, 마지막 저격수였다.

이중 삼중으로 덫을 쳐놓고 기다리고 있던 거였다. 하지만… 이화매는 이마저 예견했다. 그래서 한 사람에게 군막을 나서기 전 조용히 부탁했었다.

"어머, 안녕하……."

"……."

이화의 목소리에 살수는 그녀의 말이 끝나기도 전에 고개를 숙이며 뒤로 돌아섰다. 아니, 돌아서려 했다가 더 정확하다. 하지만 끝까지 돌진 못했다.

빡……!

거무튀튀한 목도가 살수의 골반을 그대로 후려갈겼고, 맞자마자 올라온 끔찍한 고통에 입을 쩍 벌렸다.

"노릴 사람을 노리셨어야지. 쯔쯔."

그녀 특유의 상냥함과 장난기가 섞인 말투와는 아주 거리가 먼 싸늘한 뒷말이 나온 뒤에, 다시 빠각! 하고 골을 흔드는 일격이 턱에 들어갔다. 웬만한 적각무사도 혼자 잡아 족치는 게 이화다.

속도도 속도지만, 힘도 웬만한 성인 남성의 힘을 훨씬 웃돌았다. 그런 힘이 담긴 목도에 턱을 맞았는데 살수 따위가 버틸 수 있을 리가 없었다.

털썩.

짚단처럼 풀썩 쓰러지는 살수를 보며 이화는 짧은 한숨과 함께 콧잔등에 송골송골 맺힌 땀방울을 닦아 냈다.

"임무 완료!"

이어서 나온 경쾌한 한 마디가 이화매 암습의 끝을 알렸다.

          *   *   *

"실패?"

"네."

수하에게 암습 실패 보고를 들은 적무영은 잠깐 붉은 술이 담긴 잔을 바라보다가 피식 웃었다. 어차피 실패할 거라고 예상하긴 했다. 그렇게 쉽게 죽일 수 있는 사람이었으면 이미 예전에 시체가 되어 썩어 문드러졌을 거다.

"이 조는?"

"대기 중입니다."

"흠……."

하지만 그걸 적무영도 아니, 이중 삼중으로 작전을 짜라 지시를 내렸다. 첫 번째 암살로 끝내는 게 아닌, 기회를 노려 계속 시도를 하라 시켰다는 소리다. 투입된 살수만 무려 삼십이 넘는다.

북경의 밤을 지배한다던 놈들을 잡아내, 가족들을 인질로 잡고 살려주는 대신 한 사람의 암살을 지시했다. 당연히 그 대상은 이화매다.

"대기하라고 해."

"네."

대답을 하는 이자도 살수였다.

일체의 감정도 내보이지 않는 말투에는 미약하지만 적의가 섞여 있었다. 하지만 적무영은 아예 신경도 쓰지 않았다. 손짓으로 나가라고 하곤 술을 들이키는 적무영. 그가 잔을 다시 내려놓자 옆에 있던 서희가 기계처럼 손에 쥐고 있던 술병을 들어, 잔에 따랐다.

쪼르르.

피처럼 붉은 술이 잔을 가득 채웠고, 적무영은 다시 잔을 들이켰다. 그런 행동이 몇 차례나 반복되고 나서야 적무영은 술잔을 손에서 놨다.

그러자 서희도 술병을 내려놓고 자리에서 일어나 입고 있던 옷가지를 천천히 벗었다. 서희는 지금 이 순간이 끔찍하게 싫었다. 하지만 어쩔 수 없었다. 살고 싶었으니까. 반항하는 순간 어떤 일이 벌어지는지 서희는 일 년이 넘도록 적무영의 옆에 있었기 때문에 그 누구보다 잘 알고 있었다.

그런 서희를 보던 적무영은 피식 웃고는, 그대로 누웠다. 그의 모습에 서희는 또 속 입술을 깨물어야 했다.

수치심이… 감당 못 할 정도로 올라왔다.

어느 순간부터 이랬다.

갑자기, 손 하나 까딱하지 않고 모든 행위를 서희가 스스로 하게 만들었다. 아직 방년도 되지 않은 나이의 서희다. 그런 그녀에게 몸 파는 기녀들이 할 법한 일을 시키고 있었다. 그의 하의를 벗기고, 그의 더러운… 양물을 세우고, 그 위에 올라타는 이 순간이 못 견디도록 더러웠지만, 그래도… 살고 싶었다.

이렇게 해서라도, 살고 싶은 마음이 정말 너무 강하게 그녀의 머릿속을 지배하고 있었다. 입술을 꾹 깨물고 몸을 움직이기 시작한 서희의 귀로 적무영의 서늘한 한마디가 날아들었다.

"살기 싫으냐."

낮게 깔린 어조.

서희는 정신이 번쩍 들었다.

이 사내의 심기를 거슬렀다는 걸 깨닫고는 급히 고개를 도리질했다. 얼굴에도 웃음꽃을 힘들게 만들었다.

그러지 않으면, 서희의 앞에서도 수없이 많은 목숨을 찢어발겼던 저 손이, 붉게 물든 것 같은 착각이 저 손이 목을 움켜쥐고, 연약한 뼈를 분질러 버릴 테니까, 그걸 잘 아니까 급히 정신을 가다듬었다.

"아니요……."

"기분이 좋지 않으니… 내 인내심을 시험하지 마라."

"네……."

이어서 서희는 다시 허리를 움직였다.

살려면, 구더기가 온몸을 훑고 지나가는 것 같은 이 감각도 참고 이겨내야만 했다. 그런 서희를 적무영은 어딘가 일그러진 얼굴로 보다가, 갑자기 상체를 벌떡 세웠다. 꺅! 하는 서희의 비명이 이어졌고, 적무영은 그녀를 밀쳐냈다.

"나가……."

"…네."

서희는 급히 옷가지를 챙겨 입었다. 음부에서 올라오는 저릿한 통증 따위는 상관없었다. 당장 이 자리를 벗어나야 한다고, 본능이 미친놈처럼 경종을 울려댔다. 서희가 나가고 적무영은 옆에 있던 술병을 들어 벌컥벌컥 마시기 시작했다.

탁!

"크으……."

알싸한 주향을 토해내며 이를 갈던 적무영은 술병을 내던졌다. 자기가 퍽! 소리를 내며 깨지고, 적무영은 손으로 얼굴을 덮었다. 이어서 그 사이로 나오는 격렬한 분노가 섞인 한 마디.

"도대체 나한테… 무슨 짓을 한 거냐……."

두어 달 전 만났던 의문의 여인.

그 여인과 만남 후, 적무영은 뭔가 잘못 됐다는 걸 바로 알아차렸다. 느껴져서는 안 될 게 느껴졌다.

감정.

말라비틀어져, 깨져 바스러진, 불에 타 재도 남지 말았어야 할 감정이 명확하게 느껴졌다. 분노부터 시작해 증오, 경멸, 인간이 느끼는 감정이 느껴지기 시작했다.

당황스러웠다.

감정 없이 살던 게 십 년 이상이다.

그런데 갑자기 희노애락을 느끼니 머릿속이 복잡해져 미칠 지경이었다. 그래서 서희를 통한 욕구 해소는 횟수와 강도를 더해

갔고, 매일매일 술을 찾기 시작했다. 그게 육신을 망가뜨리는 걸 알면서도, 끊을 수가 없었다.

마치 아편처럼······.

더 미치고 환장할 일이 있었다.

서희의 눈빛에서 보이는 감정을 읽어 내자 죽이려고 했다. 목을 비틀어 죽이려고도 해봤고, 사지육신을 갈가리 찢어볼까도 해봤다. 하지만 그럴 수 없었다. 손이 나가지도 않았고, 검을 들어 그녀의 몸을 뚫을 수도 없었다.

감정이··· 본능이··· 말리고 있었다.

전쟁은 그래서 일으켰다.

더 이상 지체하다간 뭔가 잘못될 것 같다는 느낌에 급히 대군을 일으켜 정벌을 시작했다.

적무영의 목적?

처음에는 그저 재미였다.

세상을 불태우면, 그건 재미있을까··· 하는 그런 재미.

딱 그 정도 의미밖에 없었다.

아니, 이유는 사실 있었다.

무의 상실시대를 재림시키려는 이유?

그건 무영의 맥을 이을 때, 그때 유서처럼 같이 있던 한 권의 서적을 보면서 '나도 해볼까?' 하는 이유에서 시작됐다.

황제를 찾아간 것도, 왜놈들 손에서 전쟁을 직접 겪어본 것도, 전부 자신의 능력을 확인하기 위함이었으며 자신을 막을 수 있는 자가 없다는 걸 알고는 바로 황실을 장악했다. 그리고 지금이다.

"마도······."

거기다가, 꼭 죽이고 싶은 놈이 생겼다.

그래서 놈과 연관이 있는 자를 찾다가, 서문영의 존재를 알고
는 납치를 지시했다. 만약 조휘가 무시해도 상관없었다.

그냥 벌레처럼 굴려 가지고 놀다 죽이면 그만이니까.

물론, 마도가 흔들리면 그것도 나름 재미있을 것 같고.

"음······."

서문영을 짓이기는 상상을 하던 적무영은 갑자기 침음을 흘렸
다. 좀 전에 밖으로 내보낸 서희가 생각난 것이다.

으득!

자신이 서희를 생각했다는 사실에 적무영은 이를 갈았다.

느낄 필요도 없는, 느껴져서는 안 될 감정을 느낀 탓이다.

"정신 차려······."

사랑 따위, 방해만 된다.

적무영은 빨갛게 충혈 된 눈으로 서희가 나간 입구를 노려봤
다. 이변은··· 점점 커져, 이제는 걷잡을 수 없을 정도로 거대화
되어, 몇몇 사람의 운명을 전혀 예상치 못하게 만들고 있었다.

*   *   *

조휘는 했던 말처럼 바로 떠나지 못했다. 그 이유는 여러 개
가 있었는데, 일단 기본적인 이유는 주변의 만류였다.

공작대는 다음 날 바로 조휘가 이화매에게 했던 말들을 전해
들었다. 그리고 난감해졌다. 공식적으로 오홍련 공작대는 이화

매 직속 부대다. 이화매가 이런 일을 예상해 최정예만 선별해 훈련시켰고, 그걸 조휘가 맡았던 거였다.

충성심.

그건 오홍련을 향해 있었지, 조휘를 향해 있던 게 아니었다. 하지만 그동안 조휘와 작전을 뛰며 전우애가 아주 탄탄하게 형성된 상태였다. 그래서 공작대 전부가 조휘를 만류했다. 특히 조장들의 만류는 심했다.

오현과 중걸, 악도건은 악착 같이 조휘를 말렸다. 조금만 더 냉정하게 생각해 달라고. 극구 만류했다.

하지만 진짜 이유는 따로 있었다.

새벽녘, 은밀히 이화매가 찾아왔었다.

그녀는 아주 솔직하게 자신의 오만과, 실수를 인정했다. 그리고는 고개를 숙였다. 조휘는 그걸 빤히 보다가, 진심이라는 걸 깨달았다.

그래서 마음을 고쳐먹었다.

한 집단의 수장이 저렇게 머리를 숙이는 건 사실 쉽지 않은 일이다. 원래 높은 자리에 있을수록 모가지가 빳빳해지기 때문이다. 그런데 이화매는 그냥 집단도 아니라, 중원을 지배하는 명황실에 버금가는 오홍련의 수장이다.

그런 그녀가 진심으로 고개를 숙였고, 웬만하면 번복을 잘 안 하는 조휘마저 흔들렸다.

"하여간 대단해."

"네?"

"이 제독 말이야."

"아아."

그때, 은여령도 자다 깨서 조휘와 함께 봤다. 날카롭게 곤두선 감각이 비록 옆 막사라지만 이화매의 접근을 바로 알아차린 것이다. 이화매의 모습은 그녀에게도 신선한 충격이었다. 언제나 강철처럼 굳건한 모습만 유지했던 이화매였기 때문이다. 그래서 조휘는 남기로 했다. 이런 수장이라면, 한번은 더 믿어 봐도 될 것 같았기 때문이다.

둘은 아침을 먹고, 조용히 차를 즐겼다.

전장에서 이런 건 사치라 하겠지만, 언제 터질지 모르는 전면전에 투입될지도 모르니 누릴 수 있을 때 차라리 누리는 게 좋다는 게 조휘의 생각이었다.

그렇게 조용히 차를 즐기고 있는데 밖에서 소리가 들렸다.

"대주, 조현승입니다."

"들어와."

스르륵.

대답과 동시에 천이 걷히면서 조현승이 안으로 들어왔다. 그는 짧게 목례하고는 조휘의 앞에 앉았다. 그가 앉자 은여령이 차를 내오겠다며 일어났고, 조현승은 조휘를 보며 단도직입적으로 물었다.

"이제 어쩔 겁니까?"

"뭘?"

"떠날 겁니까? 아니면… 남을 생각입니까?"

"남는다."

"잘 생각했습니다. 아직은… 오홍련 아래 있는 게 낫습니다."

후릅.

"왜 그렇게 생각하지?"

차를 한 모금 마시고 난 뒤 나온 반문에 조현승은 바로 대답
했다.

"마도의 진짜 무서움은 혼자 있을 때도 여지없이 나오지만, 공
작대와 함께할 때 배가되기 때문입니다."

"그게 전부가?"

"그렇게 치부할 일이 아닙니다. 개인의 무력은 한계가 있습니
다. 그동안 대주가 혼자 치렀던 작전은 전부 무모했던 데다 저와
함께 있을 때 치렀던 작전도 더하면 덜했지, 부족하지 않았습니
다. 하지만 이제 어쩌면 전쟁의 마지막. 그 적무영이란 자와 자
웅을 가릴 순간이 거의 다가왔다고 봅니다. 이런 상황에 대주에
게 공작대는 반드시 필요합니다."

"흐음……."

"그리고 서문영, 그 소저를 구하기 위해서도 말입니다."

"알아."

"네?"

툭 던진 조휘의 말에 조현승은 눈을 동그랗게 떴다. 의외의 말
이었기 때문이다. 그런 조현승의 모습에 조휘는 피식 웃었다. 그
러자 조현승은 눈을 몇 번 깜빡이다가 다시 입을 열었다.

"설마 연극이었습니까?"

"아니, 진심이었다. 하지만 고쳐먹었지. 이 제독이 정신을 차렸
으니까."

"그걸 어떻게… 아, 따로 만났습니까?"

"그래. 제대로 정신 차렸더군. 목숨을 다시 맡겨도 될 정도로."

"아아… 다행입니다."

"나도 그렇게 생각한다."

조휘도 바보가 아니었다.

이제부터 자신이 필요한 모든 상황이 혼자로는 결코 성공적으로 이뤄낼 수 없다는 걸. 바보도 아니고 그걸 몰랐다면, 지금까지 조휘가 살아 있을 수도 없었을 거다. 머리 회전은 비상하게 돌아가니 말이다.

은여령이 다가와 차를 조현승에 앞에 놓는 순간.

"대주! 총 제독 호출입니다!"

밖에서 악도건의 목소리가 들렸다. 그에 조현승이 찻잔을 들다 말고 쓴 웃음을 머금었다.

"차를 마실 여유도 안 주는군요. 서운하게. 하하."

"갔다 와서 마시자고."

"네."

셋은 바로 일어나서 이화매에게 갔다.

그녀는 개인 군막이 아닌, 대형 지휘부 막사에 있었다.

조휘가 들어가자마자 휙! 하고 뭘 던지기에 받았더니 대나무로 된 쪼가리였다. 그 뒷면을 천천히 읽어 내던 조휘는 입가에 슬슬 미소가 걸렸다.

"좀 전에 온 뜨끈한 정보다."

"바로 출발하겠습니다."

"그래, 죽지 말고."

"네."

바로 뒤돌아서 막사를 나온 조휘는 이미 눈빛이 변해 있었다.

죽간 뒤에는 서문영의 위치가 적혀 있었다.

제81장
서문영 구출전

산동성 림청현.

현재 서문영이 있다는 장소다. 이곳에서 최초 행각이 오홍련 비선에 잡혔다는 보고다. 조휘는 떠나기 전, 조장들과 회의를 가졌다. 그럴 수밖에 없는 이유가 있었다. 림청에서 제남으로 올 수 있는 길은 무려 여섯 개다. 그것도 길이 평탄한 관도만 따졌을 때 여섯 개지, 관도가 아닌 곳으로 이동한다면 몇 개인지 감히 셀 수도 없이 많아질 것이다.

"수가 너무 많은데 이거."

오현이 지도를 살펴보다, 인상을 찌푸린 채 말문을 열었고, 그 말에 모두가 동의했다. 조휘도 물론 동의했다. 그가 보기에도 이건 뭐… 어디로 움직여야 할지, 감도 안 잡혔다.

"잘못하다가는 그냥 지나칠 수도 있습니다."

조현승도 한숨을 내쉬며 의견을 말했고, 이번에도 모두가 고개를 끄덕였다. 그리고 그게 최악의 경우다. 최초 목격지를 알았는데도 놓친다면… 조휘는 정말 생각조차 싫었다.

"그렇다고 제남성 근처에 있을 수도 없겠고……"

"그랬다간 곧바로 황군에 둘러싸일 겁니다. 이들도 척후병을 엄청 움직이고 있으니까요."

"그렇지. 으음……"

이래저래 곤란한 상황이었다.

조휘는 일단 말을 아꼈다.

'어디, 어디냐……'

어디로 서문영을 끌고 오는 것인지만 알면, 미리 나가서 타격해 서문영을 구출할 수 있다. 하지만 역시 이놈들 쉽지가 않다.

아니, 적무영이 이 새끼가 쉬운 새끼가 아니었다. 분명 함정도 깔려 있을 거라 예상이 됐다. 그리고 조현승도 그 부분을 눈치챘는지, 입 밖으로 얘기를 꺼냈고 다들 고개를 끄덕였다.

"대주."

"왜."

"어디로 갈 생각입니까?"

"아직 결정 못했다."

"그냥 찍으십쇼."

"뭐?"

위지룡의 무책임한 말에 조휘는 눈살을 살짝 찌푸렸다. 원래 저런 말을 하는 놈이 아니라는 걸 알고는 다시 인상을 펴고 놈을 보자, 위지룡이 입가에 씩 미소를 짓고는 말을 이었다.

"대주의 감. 오랜만에 좀 써보십시오."

"감이라… 그러다 틀리면? 그땐 상황이 더 더러워져."

"그럼 뭐, 뾰족한 수라도 있습니까?"

"없지. 없으니까 이러고 있지."

"그래서 하는 말입니다. 언제나 우리를 지옥에서 강제로 끌어올렸던 그 감. 이번에도 거기에 매달려 봅시다."

"으음……."

마도의 감.

그의 감은 나쁘지 않다.

아니, 은여령과는 다르게 위기에 진짜 강하게 작용하는 게 마도의 감이다.

이상하게도 정말 더러운 상황에서 그가 내리는 감에 의한 선택은 구원의 줄이 되어 타격대를 구했다. 위지룡은 지금 그 감에 매달려 보자고 말하고 있었다.

'하지만 위험부담이 너무 커.'

말했듯이, 감이 빗나가면 지불해야 할 대가가 너무나 크다. 서문영은 분명 자신 때문에 납치당했다. 그건 이견조차 불필요한, 아주 확실한 진실이다. 그러니 서문영은 구해야 한다. 책임이라는 게 있다.

서문영은 피해자다.

자신 때문에 수작질의 대상이 된 피해자. 그러니 조휘는 그 책임을 분명하게 질 생각이었다.

그렇기 때문에 감에 의존하고 싶지 않은 거다.

'하지만… 딱히 방법이 있는 것도 아니지.'

상황이 이렇다 보니 입에서 쓴소리가 저절로 나왔다.

"미치겠군."

그 말은 현재 조휘의 심정을 적나라하게 대변했고, 그 한 마디 때문에 분위기는 무겁게 가라앉았다.

"조현승."

"네."

"방법이 없겠나?"

"정보가……."

"그래, 그렇긴 하지… 정보가 너무 없지. 후! 빌어먹을."

낮게 혀를 차고는 또 쓴소리를 내뱉는 조휘다. 현 위치 정보. 그래 그것만 해도 사실 감지덕지이긴 하다. 그러나 그 이상은 절대 아니다.

"일단 움직이면서 비선의 정보를 기다리는 건 어떨까요?"

은여령의 의견이었지만, 조휘는 고개를 저었다.

"정보는 아무리 빨리 전달되어도 놈들의 이동보단 느려. 우리가 받았을 때, 놈들이 우릴 지나치면 그 정보는 아무런 소용도 없어."

"뒤쫓아가면……."

"힘들어. 거리로 봤을 때, 절대 도보로 움직인 것 같진 않으니……."

"네."

은여령은 더 이상 고집부리지 않았다.

그녀도 서문영을 구하고 싶었다. 서문영은 장소취와 많이 닮아 있었다. 하는 행동거지나 성격, 얼굴까지 전부 닮았다. 그래서 동생 같았다. 이유가 하나 더 있었다. 같은 사내를 가슴에 품었다.

서문영의 마음을 알고 있었으면서도, 은여령은 조휘에게 다가 갔다. 마음을 열어 표현했고, 그의 마음도 확인했다.

이 부분에서 솔직히 이상할 건 없는데… 이상하게 죄책감이 들었다. 표현을 서문영이 먼저 했기 때문이었다. 그래서 마치, 빼 앗은 것처럼 느껴졌다. 가슴 한 켠에 그런 죄책감이 있었고, 그 래서 꼭 서문영을 구하고 싶었다.

"대주."

"말해."

조현승이 다시금 조휘를 부르자 조휘는 일말의 기대감과 함께 대답했다.

"오홍련의 낭인대를 움직여야겠습니다."

"낭인대? 아아."

"네, 현재 속속 제남 쪽으로 모이고 있을 겁니다. 총 제독의 재가만 얻는다면 못해도 천 이상의 낭인대를 움직일 수 있을 겁 니다."

"으음… 나쁘지 않아. 우리는 그럼?"

"은밀히 움직이고 있을 테니 병력 수는 그리 많지 않을 겁니 다. 저희도 둘로 찢어져 움직이는 게 어떻겠습니까?"

"둘로? 각개격파의 위험이 있어."

"그 정도는 알아서 피할 능력이 충분히 되지 않습니까? 천하 의 오홍련이고, 그 중 고르고 골라 훈련시킨 공작대입니다. 이들 의 능력은 대주가 더 잘 알지 않습니까."

"……."

확실히.

공작대 정도면 수작질에서 충분히 될 만한 능력이 된다. 어떤 곳에 던져놔도 살 구멍만 있다면 알아서 찾아 그곳으로 빠져나올 놈들이다. 조휘는 오현을 바라봤다.

"알겠네. 내가 중걸과 도건이를 데리고 반을 맡지."

"저도 오 조장님 쪽에서 움직이겠습니다."

둘의 말에 조휘는 천천히 고개를 끄덕였다.

오현과 조현승, 거기에 중걸과 악도건이라면 충분히 믿고 대를 반으로 쪼갤 수 있을 거라는 확신히 서서히 들기 시작했다. 조휘는 오래 끌지 않았다. 지금 이 순간에도 서문영은 제남성으로 향하고 있을 테니까.

정말 재수 없으면 적무영에게 도착할 것이고, 그 이후의 상황은… 그저 끔찍하다. 서문영의 목숨도 그때부터는 보장할 수 없었다. 아니… 아마 살릴 수 없을 거다. 서문영을 구하고 싶다면, 지금이 마지막이다.

"이 제독에게 갔다 올 테니까 돌아오면 바로 출발할 수 있게 준비해."

"네."

"알겠네."

두 사람의 대답을 들은 조휘는 바로 자리에서 일어나 짐을 꾸렸다. 짐이라고 해봐야 별것 없긴 해도 분신과도 같은 풍신과 쌍악은 단단히 챙기고는 바로 이 제독에게 갔다. 낭인대를 움직여 달라는 부탁은, 말을 꺼내자마자 승인이 떨어졌다.

*　　　　*　　　　*

　덜커덕! 덜컥!

　마차 바퀴가 돌밭을 구르는지 쉴 새 없이 속박당한 서문영의 육체가 튕겨 올랐다. 퀴퀴하다 못해, 코가 썩어 들어갈 정도의 악취가 마차 안에 맴돌았다. 하지만 서문영은 이미 후각이 마비라도 됐는지, 어떤 냄새도 맡지 못했다.

　"……."

　감옥 같이 꾸며 놓은 마차 안으로 미세하게 들어오는 햇빛에 비치는 그녀의 동공은 텅 비어 있었다. 탁한 잿빛마냥, 생기가 쭉 빠져나가 있었다. 여기까지 오면서 버티고 버텼지만, 한계치는 이미 넘어 이제는 맹목적인 생존 본능만이 남아 있었다. 그저 음식이 들어오면 개처럼 먹고, 다시 그걸 뺏어 가면 시체처럼 누워 아무것도 하지 않았다. 이제는 버티기 위한 행복한 상상도 그만 됐다.

　아니, 못 한다는 게 옳은 말일 것이다.

　그녀의 정신력은 한계를 넘어가 부서지기 시작했다. 그래서 행복한 상상은 무슨, 생각을 한다면 그 자체가 용할 정도였다.

　덜컥거림이 멈췄다.

　마차가 멈춘 것이다.

　꿈틀.

　그러자 서문영이 본능적으로 몸을 뒤척였다. 마차가 멈추면 음식이 들어오는 게 본능에 각인이 되어 있었기 때문이다.

"흐으……."

침이 줄줄 새며 신음을 흘렸고, 이번에도 본능적으로 음식을 찾았다. 살아가기 위해서라면 무슨 짓이든 하겠다는 다짐이 만들어낸… 현상이었다.

끼이익.

한참을 기다렸을 때, 이윽고 단단히 봉해놓은 문이 열리며 그녀가 기다리던, 음식이 들어왔다.

아니, 솔직히 음식이란 단어를 쓰기에는 미안할 정도다. 이건 그냥 잔반이라 해야 할 것이다. 이들이 먹고 남긴 음식. 그걸 섞어 서문영에게 주는 것이다. 하지만 현재 서문영에게는 그 정도도 감지덕지한 상태였다.

뭐라도 먹어야, 살 수 있으니까.

다행히 잔반이라도 인간이 살 수 있는 필수 영양소는 충분히 들어 있었고, 굶어 죽지 않고 생명은 충분히 연장되고 있었다. 그러니 안 먹을 수가 있나, 개처럼이라도… 먹어야지. 주둥이를 처박고 게걸스럽게 그릇의 음식을 먹는 서문영을 바라보는 복면인.

"……."

복면인은 서문영을 잠시간 아무 말도 없이 바라보다가, 이내 등을 돌려 밖으로 나갔다.

이놈들도 징했다.

최초 서문영을 납치하고, 옷을 벗겨 사지를 단단히 구속하고 마차 안에 감금만 했을 뿐, 아무런 짓도 하지 않았다. 게다가 그 어떤 말도 하지 않았고, 폭력도 없었다. 그냥 끌고 가기만 할 뿐이었다.

마치 그것만이 임무란 것처럼.

근데 웃기게도 그게 서문영을 더 무섭게 만들었고, 정신을 더 빠르게 무너지게 만들었다. 뭔가 의도를 알아야 이를 악물고 버티겠다고 다짐이라도 해보겠는데, 이런 식으로 아무런 반응도 없으니 어마어마한 공포감이 서문영을 강타한 것이다.

반 다경 정도 지났을까? 아니, 그보다 더 짧다.

끼이익.

다시 문이 열렸다.

그 소리에 서문영은 본능적으로 그릇을 뺏긴다는 걸 알고는 먹는 속도를 올렸다. 하지만 아무것도 없이 그냥 입으로만 먹는 거라 음식이 제대로 안으로 들어갈 리가 없었다. 게다가 그릇이 마치 호리병처럼 생긴 놈이라 맨 위 폭이 굉장히 짧아 먹기도 힘들었다. 절대로 배를 채울 수 없는 구조의 그릇으로 바뀐 거다. 그녀가 반항할 생각을 아예 버리게끔, 체력적으로 문제를 만드는 방법, 지극히 더럽고, 비열한 방식이다.

하지만 그런 상황 속에도, 정상적인 상황이 존재했다.

툭.

복면인이 실수인지, 아니면 고의적인지 그릇을 발로 툭 쳐서 쓰러뜨린 것이다. 그 덕분에 안에 있던 음식이 주르륵 흘렀다.

"……."

복면인은 잠시 멈췄다가, 쓰러진 그릇을 들고 다시 밖으로 나갔다. 이어서 드르륵! 쇠사슬 걸리는 소리가 나더니 문은 다시금 단단히 고정되었다.

쿵, 쿵쿵.

서문영은 본능인적으로 그릇이 나가고도 나는 음식 냄새에 코를 쿵쿵거렸다. 후각이 즉각 반응한 것이다.

그녀는 다시 머리를 처박았다. 바닥이 더럽건 말건… 그런 건 상관없었다. '살고 싶다면 그걸 먹어서라도 살아라! 먹고 기력을 찾아라! 정신을 찾아라!'라고 무언의 명령이 내려지고 있었고, 서문영은 착실히 그 명령에 따랐다. 아니, 거부할 정신조차 없는 상태였다.

끼기긱……! 꽈득! 터엉……!

그렇게 바닥에 엎어진 음식을 먹고 있는데, 갑자기 세 가지의 소리와 함께 마차가 붕 뒤집혔다.

세상이 빙글빙글 돌았고, 그 순간… 서문영의 입가에는 미소가 매달리기 시작했다.

*   *   *

운이 좋았다.

아니면, 그녀가 다른 이의 손도 아닌, 조휘에게 구해질 운명이었던가.

연락이 닿은 건 김문택이었다. 그의 오백으로 이뤄진 낭인대를 열 개의 조로 찢어서 완전히 림청현을 둘러싸듯 포위했다.

자칫 잘못하면 황군에 걸려 아무것도 못하고 포위 및 섬멸을 당할 수도 있는데도 김문택은 조휘의 서신을 받고 자신의 낭인대를 그렇게 찢었다. 물론 조휘도 당연히 움직였다. 서신을 보낸 뒤, 곧바로 그 뒤를 따라갔다. 그렇게 도착한 곳이 림청에서 동남쪽의 임평현이다. 말을 몇 번이나 갈아치울 정도로 쉬지 않고 이동하여 도착하기까지는 금방이었다.

조휘는 그곳에서 기다렸다.

거기서 딱 걸려들었다.

수상한 마차 한 대와 호위 병력으로 백 명이나 되는 일단의 무리들. 조휘는 딱 그것이라고 생각했다.

위치는 임평에서 북쪽으로 반나절 거리인 고당현이었고, 즉각 출발해 낭인대와 접선, 표식을 확인하며 뒤쫓았다. 이놈들은 고당에서 제남까지 지나가는 관도를 타지 않고, 오히려 다시 북쪽으로 올라갔다.

목적지는 덕주현 아니면 평도현으로 보였다.

그렇게 다시 삼 일을 쫓아 드디어 꼬리를 잡을 수 있었다.

확실히… 수상한 무리였다.

겨우 마차 한 대를 호위하는 일인데도 범상치 않게 느껴지는 놈들이 백이나 된다. 게다가 조휘가 직접 야간을 이용해 확인해 보니, 느껴지는 기질이 굉장히 차가웠다. 이런 기질을 가진 놈들, 조휘는 잘 알고 있었다.

동 아니면 서.

조휘와 은여령의 철전지 원수인 놈들이다.

게다가 뇌주 상단을 습격한 놈들도 이놈들이다. 지금은 안 나지만, 조휘에게는 느껴졌다. 저놈들이 평소에 묻혔던 피 냄새가, 본능적으로 아주 적나라하게 느껴졌다. 덕분에 조휘는 저 마차가 아닐 수도 있다는 일말의 가능성도 가질 수 없었다.

게다가 저런 놈들로 굳이 마차 하나를 호위하게 할 이유가 없었다. 있다면… 저 마차에 굉장히 중요한 무언가가 있어야만 할 것이다.

소휘는 그게 적무영이 자신을 몰아세울 수 있는, 서문영이라는 존재일 거라 생각했다. 하지만 무작정 공격할 수는 없었다. 혹시 모를 함정일지 모르니까. 그래서 삼 일간이나 뒤쫓았다. 이 놈들은 절대 급하게 움직이지 않았다. 보통 속도로, 보통 관도로 움직였다. 그렇게 덕주까지 올라가더니 다시금 동남쪽으로 난 관도를 타고 남하하기 시작했다.

그때 거의 팔 할 이상 확신했다.

이 관도를 타고 쭉 내려가면 제남으로 직행하니 말이다. 하지만 이 시기에 제남으로 향하는 관도를 탄다?

진짜 말도 안 되는 일이다.

이제는 거의 전 중원이 제남성의 상황을 알고 있다.

황실과 오홍련의 전쟁.

좀 더 자세히 아는 자들은 금의위 도지휘사(都指揮使) 적무영과 오홍련의 이화매 총 제독간의 전쟁이라는 것도 안다.

그런 마당에 제남으로 향하는 관도를 탄다고?

미치지 않고서야… 절대로 있을 수 없는 일이다. 하지만 그럼에도 조휘는 더 기다렸다. 아직 시간은 있으니까. 마지막 확신은 낮에 관도에 멈춰 놈들이 끼니를 때울 때, 마차 문을 열면서 빛이 들어갈 때, 그때 이화가 겨우겨우 확인했다.

마차 안에 나신의 여인이 있음을.

조휘는 그게 서문영이라 봤고, 곧바로 계획을 세웠다.

　　　　*　　　　　*　　　　　*

　"밤은 움직이기 힘듭니다. 경계를 철통같이 몇 겹으로 세워 소리 없이 파고들기는 불가능합니다."

　조현승의 선을 긋는 듯한 말에 조휘도 수긍했다. 낮에는 그냥 평범하게만 움직이는데 비해 이놈들은 밤만 되면 돌변했다. 자신들이 범상치 않은 놈들이라는 기세를 아주 사방에 흩뿌렸다.

　접근 불허.

　다가오지 마라.

　죽이겠다.

　딱 이런 기세였다. 그렇다 보니 조용히 파고드는 건 아무리 봐도 힘들었다. 경계망도 상당히 촘촘해서 그냥 들어갈 수 있는 수준이 아니었다. 한쪽이든 파고들려면 처리를 해야 하는데, 불규칙한 시간차를 두고 계속해서 휘파람으로 경계조끼리 신호를 주고받았다. 너무 불규칙해서 이 신호 간격은 조현승도 파훼하지 못했다.

　"그렇다면 결국은 낮에 치는 수밖에 없겠군."

　"네, 만약 기습을 받으면 그 순간 서 소저를 해칠지도 모르니까요."

　"어찌 해볼 틈도 없이 단숨에 제압하려면… 앞에서 쳐야겠지?"

　"네."

　조현승은 조휘의 말에 대답하고는, 손짓으로 공작대원 한 명을 불렀다. 그에게 혹시 모르니 조현승이 따로 챙겨 준비한 짐을 가져오라 일렀고, 그 짐짝에서 조현승은 돌돌 말려 있는 철삭(鐵索)을 꺼냈다.

조휘는 철삭을 보자마자 조현승이 어떤 생각을 하고 있는지 알아차렸다.

"보니까 마차는 선두 쪽에서 달립니다."

"알고 있어."

"그러니 철삭을 관도에 심어 놨다가, 선두 조가 지나간 다음 당겨 마차 앞바퀴 쪽에 걸리게 합니다."

"멈출 정도로 달리지는 않던데?"

"단단하게 고정해야지요. 거기에 더해 말의 엉덩이를 노리고 홍뢰를 쏴서 날뛰게 만드는 순간을 바퀴가 철삭이 걸리는 순간을 딱 맞추면 마차는 분명 탈선할 겁니다. 그때를 노려 공작대가 돌격, 창의 요원들을 섬멸합니다."

"음……."

조현승의 작전은 간단한 것 같으면서도 서로 합이 맞지 않으면 실패로 이어질 수 있는, 너무나도 어려운 작전이기도 했다. 하지만 가능성이 전혀 없는 건 아니다. 홍뢰를 쏴서 말을 맞추는 순간과, 철삭이 바닥에서 올라와 바퀴에 걸리는 순간만 맞추면 확실하게 마차를 멈출 수 있고, 빠르게 서문영을 확보할 수 있다.

마차 문을 단단히 봉했다고 해도 은여령이 있다. 내력을 담은 그녀의 검격을 버틸 쇠는 아마 없을 거다. 전설로만 전해져 내려오는 한철로 만들어진 것이 아닌 이상 말이다.

"좋아, 반 시진 동안 쉬고, 밤새 이동해서 작업하는 걸로 하지."

"준비하겠습니다."

"……."

조휘는 말없이 고개를 끄덕이고는 자리에서 일어났다. 현재 조휘는 서문영이 갇혀 있는 마차에서 상당히 떨어진 곳에 있었다. 그래서 작업을 하려면 밤새 빙 돌아서 앞으로 치고나가야 했다.

반 시진, 길다면 길고 짧다면 짧은 시간이다.

조휘는 그 시간 동안 잠시 혼자 생각할 시간이 필요했다. 뒷목에서 지끈지끈 올라오는 통증 때문이었다.

적무영을 만난 이후 한동안 뒷골이 아팠다. 두통 같은 게 찾아와 괴롭히다가 최근 잠잠하더니, 지금 또 발작했다.

조휘가 생각할 시간이 필요한 이유는 누구에게도 말 안했지만, 이런 통증이 찾아올 때마다 좋지 않은 일이 벌어졌기 때문이다.

적무영과의 일전, 모리휘원에게서 입었던 피해 등, 여태껏 그랬다.

이번에도 솔직히 뭔가가 있는 것 같았다.

"여기서 뭐해요?"

조용한 곳을 찾아 온 조휘를 손님이 찾아왔다.

당연히 은여령이었다.

그녀는 조휘의 걸터앉은 바위 앞에 쪼그리고 앉아 조휘를 올려다봤다. 달빛이 너무나 환해서 서로의 얼굴 정도는 확실하게 보였다.

"안색이 안 좋아요. 무슨 고민 있어요?"

하지만 안색이 보일 정도까진 아니다. 때려 맞춘 건가? 이런 생각을 하던 조휘는 곧 은여령이 내력을 가진 고수라는 점을 깨달았고, 피식 웃었다.

"왜 웃어요?"

"아니, 요즘 당신이 어떤 사람인지 자꾸 까먹는 것 같아서."

"제가 어떤 사람인데요?"

"강한 사람이지."

"에이, 안 그래요."

은여령은 조용히 웃었다.

그러다 아차, 하는 얼굴이 됐다.

"왜?"

"미안해서요."

"……"

은여령의 미안해하는 대상이 누구인지는 조휘도 금방 알 수 있었다. 딱 한 명, 조휘가 지금 구하려는 서문영이다. 그녀의 감정을 아니까, 그녀가 왜 납치 당한지 아니까 미안한 것이다. 은여령은 죄책감이 가득한 얼굴을 했다. 그 죄책감 어린 얼굴의 이유는 지금 당장 이 순간을 좋아한 자신이 너무나 싫고 이기적이라 생각했기 때문이었는데, 그런 그녀의 어깨를 조휘는 툭툭 쳤다. 그러자 은여령은 희미한 웃음을 조휘에게 보였고, 조휘도 그저 고개를 끄덕였다.

대화가 아닌, 몸짓, 눈빛으로 나누는 교감.

조휘는 이런 게 좋았다.

자신의 감정은 이미 솔직하게 인정하는 상태다. 다만, 상황도 상황이고 조휘 본인의 성격이 그런 감정을 솔직히 표현하지 않는 성격이었다.

그렇기 때문에 이런 게 좋다.

눈빛을 통한 교감.

"느낌은 어때?"

"그냥… 특별한 건 없어요."

"난 안 그래. 이상하게… 뭔가 불안해."

"그래요?"

"응."

은여령과 함께 있는 지금, 아직도 뒷골을 찌르르 울리는 통증은 사라지지 않고 있었다. 감이 자신보다 좋은 은여령이라 물어봤지만, 은여령은 그저 고개를 갸웃거렸다.

'아무런 일도 없다는 건가……?'

그럼 이 통증은?

조휘는 이 통증을 죽음의 위기와 동일시했다. 타격대에서도 그랬고, 전역한 이후에도 그랬다.

"후우, 일어나지."

"네."

더 생각해봐야 어차피 답은 안 나온다. 그리고 반 시진은 길지만, 짧은 시간이기도 했다. 자신도 슬슬 가서 준비를 해야 했다. 조휘가 움직이자 은여령이 그의 옆에 착 붙어 걸었다. 그렇게 두 사람은 다시 나란히 숲속으로 사라졌다.

          *   *   *

하루는 금방이다.

해가 뜨고, 해가 지면 하루가 다 가는 거니까.

하지만 이번만큼은 길었다.

혹시 몰라 공작대 셋을 따라 붙였지만, 그래도 혹시나 마차를 돌렸으면 어쩌나 하는 불안 등이 조휘의 심리를 마구 건드렸다.

"슬슬 올 때가 됐는데……."

조휘의 조용한 말에는 초조함이 잔뜩 배어 있었다.

만약 마차를 돌렸으면?

아주 지랄 같은 상황인 거다. 여기 와서 작업하고 합을 맞춘 모든 게 소용이 없어지는 거고, 그렇게 되면 찾아올 허탈감은 말도 못 할 거다.

거기에다가 더 최악의 상황은, 마차를 돌린 건 그냥 돌린 게 아니라 추적을 눈치채고 돌렸을 가능성도 존재할 거고, 그 경우라면 서문영의 목숨도 장담할 수가 없었다.

물론 공작대가 그 정도에 걸릴 정도로 수준이 낮진 않다. 하지만 또 모르는 거다. 그 틈 안에 실력을 숨긴 실력자가 하나 숨어 있을지는.

"대주, 걱정 마십시오. 아직 추적조에게서 연락도 오지 않았습니다. 만약 마차를 돌렸으면 단숨에 예까지 신호를 보냈을 겁니다."

"그렇기야 하겠지……."

소리 나는 연락은 취할 수 없다. 그러니 공작대가 직접 달려올 텐데, 예상했던 시간까지 조용한 걸 보니 아직 눈치채지 못했다고 조현승은 말하고 있었다. 조휘도 그렇게 믿고 싶었다.

서문영.

곤란하게 만들기만 할 뿐이었던 꼬마 숙녀가, 이제는 어엿한 여인이 되었다. 하지만 결과가 너무… 나쁘다. 아주 최악이다.

'구해줄게. 조금만 더 버텨……'

살아 있을 거라는 확신은 있었다.

그녀를 죽여 봐야 조휘가 당장 심적으로만 힘들어 할 뿐이지, 그 이상 흔들리지 않을 거라는 건 적무영도 잘 알 것이다. 그러니 납치라는 방법을 택한 것일 거고, 납치는 당연히 살려서 와야 쓰임새가 있는 법이다.

조휘는 후우, 후우, 심호흡을 하며 정신을 가다듬었다. 초조함은 작전을 망치는데 아주 지대한 역할을 할지도 모르는 악재로 작용할 수도 있다.

그렇게 다시 한참을 기다렸다.

그러자 기다리던, 서문영을 납치해 가는 놈들이 나타났다.

인내는 쓰고, 열매는 달다고 했던가?

조휘를 포함한 공작대 전체에 순식간에 감염되듯 번진 생각이었다.

*　　　　*　　　　*

퉁! 퉁!

짧게 터진 두 발의 소성과 함께 관도 양옆으로 기척까지 죽이고 숨어 있던 오현과 장산, 위지룡, 악도건이 철삭을 한번에 당겼다.

관도 아래 은밀히 숨겨져 있던 철삭은 그 힘에 팽팽하게 올라와, 마차의 바퀴 윗부분을 정확히 걸었다.

히히힝!

그리고 홍뢰 두 발이 마차를 끌던 두 마리 말의 엉덩이에 정확히 박혔다.

엉덩이에 불이 나니 말은 당연히 철삭이 바퀴 윗부분을 걸고 있는데도 앞으로 나가고 싶어 발광했고, 바퀴가 움직이질 않으니 마차가 미친 듯이 요동쳤다.

삑!

'개시!'

저 멀리서 조현승이 작전 개시를 알리는 호각을 불었다. 그 소리는 조휘의 귀에도 아주 잘 박혔고, 이미 몸은 소리에 즉각 반응해 앞으로 내달리고 있었다. 갈대숲에서 몸을 일으키자마자 놈들도 재빠르게 반응했다.

채재재쟁!

곧바로 꼬챙이 같은 검을 빼내어 마차를 둘러싸려 했다. 하지만 이미 바퀴 부분은 우그러졌고, 말이 발광을 떨며 어떻게든 앞으로 움직이려다 엉켜 관도를 벗어나 처박혔다. 당연히 마차도 전복되듯 반쯤 뒤집혀 버렸다.

투웅……!

내달리는 조휘의 등 뒤에서 경쾌한 소성이 울렸다. 딱 봐도 시위 튕기는 소리.

슈우우욱! 픽!

조휘 쪽으로 마주 달려오던 놈의 머리를 가공할 속도로 꿰뚫는 이화의 저격을 보면서 조휘는 쌍악을 뽑았다.

인원이 많다.

파바박!

달리던 속도 그대로 조휘는 흑악을 쭉 그었다. 검은 궤적이 순식간에 허공을 갈랐고, 예상치를 웃도는 속도에 멈칫하던 놈은 목 언저리부터 그대로 갈라졌다.

푸슉!

피가 허공에 튀어 올라 얼굴로 쏟아졌지만 조휘는 멈추지 않았다.

깡!

옆구리로 치고 들어오는 꼬챙이를 백악으로 빗겨내자 은여령의 고속 검격이 정확히 심장을 찌르고 들어갔다 나왔다.

치익!

피가 증발하는 소리와 동시에 너무 익숙한 혈향이 퍼지기 시작했고, 조휘를 시작으로 공작대 전체에 관도 양 쪽에서 나오기 시작했다.

퉁! 투두둥!

길게 포진해 빠르게 다가오며, 홍뢰로 가장자리부터 치기 시작한 조휘를 피해 놈들을 저격했다. 이게 바로 수없이 연습했던 기동 사격이다. 전투라고 할 것도 없었다. 시작부터 지금까지 반 다경도 흐르지 않았는데 벌써 반 이상이 급소에 홍뢰가 박힌 채 바닥을 굴렀다.

전투가 아니라, 그냥 학살이었다.

그만큼 잔혹한 손속으로 가차 없이 학살 중이었다. 조휘는 빠르게 은여령과 함께 빠르게 마차 쪽으로 이동했다. 그런 조휘의 앞을 막는 놈들이 있었지만 애초에 상대가 되질 못했다.

지잉!

머리를 울리는 위험 신호 따위도 느끼지 못하는 실력이다.

그리고 애초에… 조휘가 강했다.

그동안의 전투로 조휘는 스스로 인식은 못했지만, 모든 면에서 실력이 일취월장한 상태였다. 이제는 웬만한 적각은 몇 번의 칼질로 목을 뜯어버릴 수 있을, 그 정도까지 실력이 오른 상태였다.

내력이 없는 무인들 중에서는, 아마도 견줄 수 있는 이들이 몇 되지 않을 거다.

푹!

그런 조휘의 흑악이 옆구리 아래서부터 위로 비스듬히 뚫고 올라갔다. 그리고 칼날이 심장에 도달했다.

"크륵……."

"……"

예전 같았으면 '아파?' 하고 물었을 테지만 지금은 그러지 않았다. 그저 차갑게 가라앉은 눈빛으로 슬며시 웃어줄 뿐이다. 떠드는 것도 사치다. 최대한 빨리 정리하고 서문영을 구하는 게 목표였다.

그리고 그건 공작대 전체의 목표였다.

뜨끈한 차 한 잔을 여유롭게 마실 시간이 지났을 무렵, 전투는 끝났다. 아니, 학살은 끝났다. 단 한 놈도 서 있는 놈들이 없었고, 숨이 붙어 있는 놈도 없었다.

"은여령."

"네."

조휘의 부름에 그녀는 앞으로 나서, 단단하게 묶여 있는 쇠사슬을 가벼운 동작으로 툭 쳤다. 서걱 하는 소리와 함께 잘린 쇠사슬을 조휘는 직접 풀었다. 그리고 빗장까지 들어 올려 문고리를 잡고 여니……

"으음……"

"흠."

구역질이 절로 올라왔다.

맡아 본 적이 있다.

타격대 시절, 왜구들에게 포로로 잡혔던 이들이 갇혀 있던 곳이 딱 이런 냄새를 풍겼다. 이 악취는 온갖 오물이 뒤섞인 냄새였다. 사람을 가축 취급할 때나 나는, 그런 악취였다.

뿌드득!

이가 갈렸고, 절로 두 눈을 잠시간 질끈 감았다가 떴다. 햇빛이 어둠을 몰아낸 마차 안 전경이 조휘의 두 눈에 담겼다. 저 구석에 몸을 웅크리고 있는 전라의 여인이 보였다. 여인이라 추측한 이유는 너무 마른 육체의 곡선과 산발의 머리카락 때문이었다.

삐걱.

조휘는 직접 올라갔다.

가까이 다가가 축 늘어진 여인의 머리카락을 치웠다.

온갖 분비물이 얼굴에 묻어 있었지만 조휘는 알 수 있었디.
서문영이 맞았다.

"은여령."

"네."

"사슬……."

"네."

은여령도 올라왔다.

가까이 다가온 그녀가 바로 서문영의 사지를 구속 중인 쇠사
슬을 조심스러운 동작으로 끊어냈다. 철컹 하는 소리와 함께 마
지막 사슬이 바닥에 떨어지자 조휘는 아무런 미동도 없는 서문
영을 안았다.

그녀는 그래도 아무런 미동도 없었고, 죽은 것처럼 축 늘어져
있었다. 하지만 숨은 붙어 있었다. 얼굴을 확인하면서 맥도 이미
확인했다. 악취가 코로 들어와 후각을 마비시킬 정도로 강했지
만, 조휘는 신경 쓰지 않았다.

이런 악취 한두 번 맡아본 것도 아니다 보니 내성도 있었고,
거기다가 자신 때문에 납치당한 서문영이었다. 냄새 때문에 다
른 이에게 맡길 정도로 조휘는 나쁜 놈이 아니었다.

스륵.

이화가 급히 다가와 검은 천으로 서문영을 덮어줬다.

세심하게 덮어주는 이화의 얼굴은 한없이 일그러져 있었다.

몇 조각인지도 모를 주름이 얼굴 전체에 퍼져 있었다.

마차 밖으로 나온 조휘는 공작대를 보며, 짧게 말했다.

"수고했다. 돌아간다."

"네."

구출작전은 끝났다.

하지만 더 큰 문제가 아직 남아 있었다.

서문영의… 상태다.

＊　　　　＊　　　　＊

"으음……."

서문영을 조심스레 진찰하던 의원의 입에서 결국 신음 같은 탄성이 흘러나왔다. 초로의 노인이고, 공작대가 수소문해 근방에서 가장 실력이 좋다는 의원을 거의 납치하듯 끌고 왔다. 물론, 환자가 없을 때 말이다.

의원은 강단이 제법 셌다. 놀랄 법도 했지만 오히려 조휘를 향해 호통을 쳤다. 하지만 조휘가 비켜서자, 아직도 죽은 듯 누워 있는 서문영을 보고는 바로 호통을 멈추고 그녀를 진맥하기 시작했다.

그게 조휘에게 신뢰감을 줬다.

의원은 한참을 진맥했다.

아주 꼼꼼하게, 서문영을 진찰했고, 이내 신음 같은 탄성을 다시 한 번 흘렸다.

"이 정도면… 죽은 거나 다름없어. 숨만 붙어 있는 상황이야."

"숨만… 말입니까?"

"그래, 숨만."

자연스러운 하대와 공대였다.

노인은 다시금 서문영의 눈동자를 살피더니, 고개를 천천히 저었다.

"쉽게 말해 이성은 사라지고, 본성만 남았어. 모습을 보니 어떤 상황이 이 소저에게 있었는지 짐작이 가네. 그러니 자신을 지키려고 정신을 스스로 봉한 게야. 이성적인 사고가 가능하면 극단적인 선택을 할 까봐, 자의로 마음의 빗장을 걸어 잠근 걸세."

"……."

"외상은 기력이 부족한 것 빼고는 없어. 잘 먹이면 육체적으로는 금방 나아질 테지만 마음에 입은 상처는… 장담할 수 없네."

"……."

의원의 말에 조휘는 아랫입술을 꾹 깨물었다.

제발 아니기를 빌었다.

서문영과 같은 증상을 처음 보는 건 아니었다. 조휘도 타격대에 끌려간 처음엔 넋이 나간 놈처럼 있었다. 아니, 나간 것처럼 아니라 실제로 넋이 나갔다. 너무나 순식간에 박살 난 가정 때문에, 물론 지금의 서문영보다는 덜 하긴 했지만, 어찌됐든 도저히 현실을 인정할 수 없어 거의 반 폐인이 됐었다.

복수라는 하나의 감정만 아니었다면, 조휘도 깨어나지 못했을 거다. 그 이후로도 많이 봤다. 특히 억울하게 끌려온 놈들에게는 어김없이 나타나는 증상이다.

하지만 누구 하나, 심지어 자신조차도 서문영 만큼은 아니었다. 그녀는 그 어떤 것에도 반응하지 않았다.

오직, 후각만 반응했다.

"그래도 음식 냄새에는……."

은여령이 조용히 말했더다.

"살기 위해 본능적으로 움직이는 거네. 하지만 그게 사람인가! 짐승이지!"

은여령의 얘기에 의원의 호통이 바로 날아들었다.

은여령은 고개를 푹 숙였다.

"후우, 이건 방법이 없네. 그저 안전한 곳에서, 이 소저가 믿는 사람이 곁에 붙어서 지속적인 정을 주어야만 할 걸세. 그래도… 괜찮아질 거라는 보장은 없네."

의원의 말은 확인 사살이었다.

실제로 지금 서문영은 매우 심각했다.

동공은 탁했다.

넋이 아닌 영혼이 나간 것처럼.

조희가 귀에 대고 불러도 미동조차 없었다. 그 어떤 소리에도 반응하지 않았다. 오물을 씻어낼 때도 마찬가지다. 뜨거운 물을 구할 수가 없어 이화와 은여령이 조심스럽게 냇가에서 씻겼다.

냇가의 물은 시원하니, 어떤 식으로도 반응을 할 법한 데도 아무런 미동도 없이 정말 시체처럼 꼼짝도 안 했다.

시각, 청각, 촉각까지. 세 개의 감각을 아예 닫아버린 거다. 오직 미각과 후각만 본능적으로 살기 위해 남아 있는 상태였다.

"한 놈 보내. 돌아가면 약 한 첩 지어 보낼 테니까."

"네, 고맙습니다. 그리고 무례하게 모셔서 죄송합니다."

"됐네, 그나마 오홍련 놈들이니 왔지, 딴 놈들이 왔으면 절대 안 왔어."

"네……"

의원은 손을 휘젓고는 일어나 서문영을 잠시 보더니 한숨을 내쉬고는 돌아갔다. 눈치 빠르게 악도건과 대원 둘이 따라 붙었다. 의원이 간 후 방 안에는 다섯이 남았다. 은여령, 이화, 오현과 조현승, 그리고 조휘.

다들 말이 없었다.

처참하게 망가진 서문영의 모습은 그만큼 충격이었다.

"부대 정비하겠습니다."

"험, 나도 같이 가겠네."

조현승과 오현이 그 말만 남기고 먼저 방을 나갔다.

"죽 좀 쒀올게요."

"어, 저도요!"

은여령도, 이화도 나갔다.

방에는 조휘만 남았다.

"……"

기분이… 매우 이상했다. 아니, 심란했다. 미안함을 비롯한 온갖 감정들이 조휘의 머릿속으로 차오르기 시작했다. 여태 남에게 피해를 주며 살았다고 생각해본 적이 없었다. 오히려 도움이 되면 됐지, 자신의 존재 자체로 남에게 해를 끼치진 않았다고 생각했었다. 왜구들에게도 가족이 있다고 쳤어도, 그들에게 절대로 미안하지 않았다. 죽을 짓을 했으니까, 죽였을 뿐이다.

또한, 놈들을 죽이지 않았으면 내가 죽었을 테니까…….

정당방위라 생각했다.

그 마음은 지금도 변하지 않았다.

하지만 지금은 달랐다.

미안하고, 또 미안했다.

적무영.

그 개새끼가… 자신을 휘두르기 위해 서문영을 납치했고, 한 달이 조금 넘는 시간 동안 서문영은 처참하게 망가졌다.

몸에는 손끝 하나 대지 않았다.

손목, 발목에 연결한 쇠사슬 때문에 멍은 들어 있었지만, 그게 끝이었다. 체력적으로 부담이 와서 탈진 상태였지만 그것도 잘 먹으면 해결된다고 좀 전에 의원이 그랬다.

하지만 그러면 뭐하나…….

정신이 망가졌는데.

"미안하다……."

깊은 곳에서부터 흘러나온 사과.

그럼에도, 그렇게 듣고 싶은 목소리였을 텐데… 서문영은 꼼짝도 하지 않았다.

제82장
제남대회전 시작

우와아아……!

거대한 함성이 사방 곳곳에서 울리는 이곳, 제남성이다. 조휘가 떠난 이후 산발적인 소규모 전투는 더욱 잦아졌고, 저런 식의 도발도 마찬가지로 훨씬 잦아졌다. 온갖 욕설을 퍼부었는데 그 대상은 주로 제남성을 지키고 있는 반윤이나 이화매에게 쏟아졌다. 사내인 반윤이야 할 욕이 거의 정해져 있다 쳐도, 이화매에게 하는 욕설은 이미 도를 넘어도 훨씬 넘은 상태였다.

피식.

"지랄들을 해요, 아주."

하지만 이화매에겐 어떠한 감흥도 선사할 수 없었다. 오히려 콧방귀를 뀌며 비웃을 정도였다. 지금도 대체 몇 놈이 지르는지, '이화매 이 화냥년아!' 하는 고함이 들려왔다. '갈보 같은 년! 으하하! 네 년은 대원도 허리 솜씨 보면서 뽑는다며!' 등의 저열한 욕설이 들렸다. 그러나 그런 욕설도 이화매는 콧소리를 내며 별 감흥 없이 들었다.

오히려 부하들이 욱해서 이화매가 말릴 정도였다. 그 정도로 이화매의 정신 수양은 깊었다. 특히 저런 식의 도발은 가뿐히 무시할 줄 아는 게 이 여자다.

"얼굴 좀 펴, 양 부관. 그대까지 이러면 어떡해?"

"네, 제독."

딱딱하게 군은, 아니 살벌한 양희은의 어깨를 툭툭 치며 한 이화매의 말이다. 자신의 자리로 돌아온 이화매는 목을 우득! 우득! 소리 나게 풀고는 말했다.

"새끼들, 방법은 좋았는데, 상대가 아쉽네? 후훗."

이화매의 말은 사실이었다.

유치할 것 같은 저런 도발은 사실 굉장히 효과가 좋은 법이다. 옛 고사를 봐도 저런 도발에 넘어가 작전을 그르친 경우가 한두 번이 아니다. 물론 역으로 이용한 적도 있었다. 웃음을 정리한 이화매가 양희은을 보며 말했다.

"보고."

"동북 방향에서 전투가 벌어졌습니다."

"자세히."

"아군 중보병 이백, 낭인대 삼백과 적군의 칠백 보병과 붙었습니다."

"이겼겠군."

"네, 적군 오백 여를 죽였고, 아군 피해는 백 정도입니다. 또한 곳곳에서 승전보가 울리고 있습니다."

"흐음……."

크지도 작지도 않은 규모의 전투에서 승리했다. 하지만 이화매의 표정은 그리 좋지 않았다.

"저 새끼들 증원군은?"

"비선의 보고로는 오만 이상입니다. 합류 시기는 일주일 정도 걸릴 것 같습니다."

"일주일이라……."

이화매의 표정이 승전보를 들었음에도 좋지 않은 이유가 바로 이것 때문이었다.

병력 차이.

제남성과 이화매가 이끌고 온 병력보다 적무영의 병력이 훨씬 많았다. 두 배 까지는 아니어도, 반 배 이상은 차이가 난다.

그런 상황에 오만 이상의 증원군이 일주일 뒤 합류한다는 정보까지 들어왔다. 이건 절대 쉽게 넘어갈 일이 아니었다. 전쟁에서 병력 차이가 절대적인 건 아니지만, 유리하게 작용이 되는 건 맞으니 말이다.

지휘관이 등신이면 걱정 안 하겠지만, 보아하니 그것도 아니었다. 적무영과 모리휘원은 군을 제대로 통솔할 줄 아는 놈들이었다.

게다가 지금 이 상황, 먼저 잘못 움직이면 필패의 상황으로 흘러가는 것도 놈들은 안다.

왜냐고?

먼저 움직이는 놈의 뒤통수를 제대로 후려칠 수 있는 여건이 만들어지기 때문이다. 한 방향만 상대하는 것과, 양방향을 다 상대하는 것의 차이다. 그것도 산발적으로 작은 전투만 일어나는 거다.

도발도 마찬가지고 말이다.

만약 이화매가 먼저 움직였다면?

모리휘원의 부대가 그대로 후미를 뚫고 들어올 것이다. 제대로 저항도 못해보고 그대로 쓸려 버릴 수도 있다. 이러한 경우를 양측 모두 알고 있는 상태다.

"우리 증원은?"

"삼 함대 윤 제독이 현재 모으고 있는 걸로 알고 있습니다. 하지만… 아마 저쪽보다는 늦을 것 같습니다."

"곤란한데……."

"하지만 지금도 과할 정도로 모은 상태입니다. 현재 바다 쪽 임무도 여유가 없는 상황이라 합니다."

"후우."

이화매가 끌고 온 병력의 태반 이상이 함대원들이다. 육지전보다 해상전의 경험이 더 많은 이들이란 소리다. 반대로 적무영의 황군은 북방군을 필두로 한 정예병들이다. 특히 북로 원정군 출신들이 다수 포진된 기병은 굉장히 까다롭다. 이화매가 함부로 움직이지 못하는 이유도 기병 때문이었다. 물론, 그 기병대가 함부로 움직이지 못하는 것도 오홍련의 총병대 때문이었다. 서로 무장 상태는 비슷비슷하지만 결국 차이가 나는 건 병력 차이였다.

"이걸 한 방에 뒤집을 묘수는 없을 거고……."

전쟁은 운이 아니다.

제대로 된 병력 운용과 전술이 전투의 승패를 좌지우지한다. 이걸 모르는 지휘관은 그냥 머저리다.

그때 막사 안으로 간부 하나가 급히 들어왔다.

"무슨 일이지?"

"적군이 움직이기 시작했습니다!"

"적군? 어느 쪽? 북서쪽? 아님 동쪽?"

"양측 다 군의 반으로 쪼개 천천히 남진 중입니다!"

"반씩?"

"네!"

"알았어, 양 부관."

간부를 나가게 하고 양희은을 보는 이화매. 단단한 표정의 양희은이 뒷말을 기다렸다.

"모리휘원쪽 맡아. 난 북서쪽을 맡지. 운용은 그때 설명했던 대로. 오면 가차 없이 갈겨."

"네!"

휙! 이화매의 명령을 받은 양희은이 바로 자신의 간부들을 데리고 막사를 빠져나갔다. 이어서 이화매는 잠시 지도를 노려봤다. 거리는 꽤나 된다. 아직 생각할 시간은 있었다. 지도를 노려보던 이화매의 인상은 딱딱하게 굳어 있었다.

'뭐지? 지금 이 시기에 움직일 리가 없는데?'

보름 후면 증원군이 온다.

그걸 적무영이 모를 리가 없었다. 단순 병력 차이는 꽤나 전쟁에 큰 영향을 미친다. 특히 병사들 사기 증강 측면에서 매우 큰 도움이 된다. 한 배 반과, 두 배는 아예 다른 법이다. 그것도 모를 적무영이 아닐 거다.

그래서 이화매는 의심이 들었다.

여기에 또 뭔가 끼어 있는 게 아닌지.

'원래 뒤통수 잘 치는 놈이야. 기다리다 지쳐 미치지 않은 이상 지금은 전투 시기가 절대 아니야. 아니, 잠깐만. 아닐 수도 있는 이유가… 있나?'

세상일은 뭐든 내 생각을 잣대로 단정 지을 수는 없는 법이다. 절대적이란 건 없으니까 말이다.

'뭐냐, 왜 이 시기에 튀어나오는 거냐고. 정말 기다리다 지쳐 미쳤냐? 이제 그만 끝장내고 싶어?'

입술을 질끈 깨문 이화매의 얼굴은 초조함이 잔뜩 들어가 있었다.

지휘관이다. 십만 대군을 이끄는 지휘관. 선택 한 번 삐끗하는 순간 남는 건 잔혹한 학살밖에 없다. 이화매가 이러는 이유는 하나다.

전투 준비.

이미 시켜놓긴 했지만, 그렇다고 전부 준비가 된 건 아니다. 양측이 서로 대치하는 상황에 긴장의 끈을 계속해서 팽팽하게 유지할 수는 없는 법이다. 당길 땐 당겨주고, 풀어줄 땐 풀어준다. 그리고 돌아가면서 휴식을 돌려야 한다.

긴장이 육체에도 독이지만, 정신에는 더더욱 좋지 않게 작용하기 때문이다. 그래서 여태 그렇게 순번을 정해 병사들을 휴식시켰다. 지금도 그 병력의 반 정도는 휴식 중일 거다. 전투 준비도 없이 대대적인 전투가 벌어지면 어떻게 되겠나? 우왕좌왕하다가 그대로 쓸려 나간다. 그냥 마음 편히 전 병력 전투 준비를 시키면?

'어쩔 수 없지……'

피로도가 올라갈 때 놈들이 후퇴한다면 원하던 대로 당한 게 되겠지만, 그래도 지금은 이 방법 밖에 없었다.

스윽.

결정을 내린 이화매는 고개를 들어 전쟁터와 어울리지 않는 복장의 세 사람을 바라봤다. 오홍련 전체에서 가장 강력한 개인 무력을 보유한 동료 셋이다. 이안, 유키, 알. 셋 중 명 출신은 한 명도 없었다.

이안은 서역, 유키는 왜, 알은 사막 나라 태생이다.

"각 부대로 가서 준비해."

말이 끝나자마자 셋의 표정이 일변했다.

이어서 바로 신형을 돌려 막사를 빠져나갔다.

믿어도 될 거다.

개인 무력만큼은 정말 최고인 셋이니까.

셋 다 은성검과 견주어도 결코 떨어지지 않으니까.

"후우."

끈적끈적한 긴장감이 서서히 심장과 뇌를 압박해 오기 시작했다. 하지만 그뿐이었다. 이 정도로 쫄 정도로 이화매는 약한 사람이 아니었으니까. 막사를 벗어난 이화매의 손에는 마상용 언월도가 들려 있었다.

피가 덕지덕지 묻은 언월도가 말이다.

    *   *   *

 제남성 일대 긴장감이 고소뇌기 한 시신 전, 직무영은 보고를 받고 있었다.

 "또, 또 실패했군."

 "……."

 지독하게도 내리깔린 목소리였고, 그에게 보고를 올리는 수하는 완전히 얼어붙었다. 옆에 있던 서희도 마찬가지였다. 처음 봤다. 이렇게까지 낮게 깔린 그의 목소리는. 그는 언제나 감정의 고조가 없는 어법을 썼었다. 그런데 요 근래부터 이상하게도… 극명하게 감정 표현을 하고 있었다.

 지금도 마찬가지였다.

 아주 적나라한 살기를 내포한 그 한 마디는 막사를 아예 꽁꽁 얼려 버렸다.

 "실패한 이유를 설명해……."

 "오홍련 공작대가 끼어들었습니다."

 "공작대… 마도가 움직였나?"

 "네, 생존자는 없으나 자상에서 마도의 병기 상혼이 나왔습니다."

 "큭… 하핫!"

 웃음이 터진 후, 멈췄을 때 앉아 있던 적무영은 사라졌다. 그리고 곧바로 컥! 하는 억눌린 신음이 들렸다. 어느새 수하의 앞까지 온 적무영이 손으로 목줄을 쥐고 있었다. 수하의 체격이 보통 성인보다도 큼에도 신경 쓰지 않고 그대로 쭉 들어올렸다.

"도대체가… 제대로 할 줄 아는 게 뭔지 설명 좀 해주겠나?"

"그륵……."

"말해 보라니까? 말해야 살 수 있어."

"크르륵……."

목줄을 쥐고 들어 올려놓고 말을 하라고 하면 과연 말할 수 있는 사람이 있긴 할까 의문이지만, 그건 적무영에게는 아무런 이유도 되질 못했다. 그는 단순히 지금, 화가 나서 폭력을 휘두르고 싶을 뿐이었다.

수하의 눈을 똑바로 보며 웃어준 적무영이 그대로 손에 힘을 줬다.

둑! 뚜두둑!

두 번에 걸친 뼈 소리와 함께, 하나의 생명이 꺼졌다. 손아귀 힘이 얼마나 센 건지 아예 목을 쥐어짜고, 뜯어버렸다. 선혈은 당연히 튀어 올랐고, 그 피는 그대로 적무영의 얼굴로 쏟아졌다. 축 늘어진 시체를 휙 던져 버린 적무영이 천천히 돌아섰다. 그 모습은, 그 얼굴은… 악귀가 따로 없었다. 서희에게는 이 세상 모든 악한들을 모아 만든, 그런 자가 바로 적무영이었다.

하지만 모순되게도, 서희는 그런 적무영의 비위를 맞춰서라도 살고 싶었다.

"무서워?"

툭 하고 날아온 말.

그때와 똑같은 말.

"아, 아니요……."

서희는 당장에 눈을 내리 깔고 고개를 크게 저으며 대답했다. 적무영은 이런 걸 좋아했다. 뭐든 크게, 뭐든 과장되게, 그 어떤 행동을 하던, 어떤 질문을 하던 확실하게 보여주고 답하는 걸 좋아했다.

"그래, 넌 나를 무서워하지 마."

"네, 네⋯⋯."

왜?

서희는 그렇게 물어보고 싶었다. 하지만 그래선 절대로 안 된다는 것도 알았다. 목숨은 하나니까. 다가온 적무영의 피 묻은 손이 뺨에 붙었을 때, 서희는 수천 마리의 벌레가 온몸을 기어 다니는 것처럼 소름이 끼쳤지만 필사의 인내로 참았다.

"슬슬 끝내야겠다. 어느 쪽으로든."

스윽.

뺨을 따라 손이 내려갔고, 비릿한 피 냄새가 코끝으로 훅 치고 들어왔다. 손가락이 턱을 스치며 내려갔고, 그대로 적무영은 몸을 돌려 막사 밖으로 나갔다. 털썩, 서희는 바닥에 주저앉았다.

이럴 때마다 멍하니 혼이 빠져나가는 것 같았다.

"흑, 흐윽⋯⋯."

결국 억눌린 울음이 흘러나왔고, 반 시진 정도가 더 지났을 때 온 사방이 살기로 요동치기 시작했다.

*　　　　*　　　　*

전면전.

제남성 포위가 시작되고 한 달이 넘은 시점에 터진 첫 번째 대규모 회전. 회전의 시작은… 당연히 포격전이었다.

콰과광……!

콰앙!

천지개벽보단 종말이란 단어가 훨씬 어울리는 광경이 연출됐다. 고막을 찢는 굉음과 함께 사방에서 흙구덩이가 비산했다. 양측의 포격 수는 비슷했지만, 승자는 확실하게 오홍련쪽으로 갈렸다.

오홍련의 포격은 정교했다.

무수히 많은 전투를 경험했던 정예병들인 데다 애초에 포탄이 달랐다. 황군에 비격진천뢰 형태의 포탄은 제남성을 공략하느라 얼마 남아 있지 않았다. 하지만 오홍련은 달랐다. 해전에서 선원 학살용으로 쓰는 화염탄과 진천뢰를 섞어서 썼다. 거기다가… 전에도 말했듯이, 이화매가 이끄는 함대의 특징은 정밀 포격이라고 했다. 바다에서 노렸던 함선을 정확하게 노리는 포격. 그게 오홍련 일 함대의 특기다.

그러니 거의 모든 포격이 원하는 곳에 떨어져 지독한 살상력을 이끌어 냈다. 피해봐야 소용없는, 그런 초정밀 포격이었다.

그럼으로써 황군의 예봉은 순식간에 무너졌다. 팔다리가 날아가는 게 육안으로 보일 정도였고, 그와 함께 새빨간 증기가 올라왔다. 불길에 피가 타며 검붉은 안개 같은 게 형성된 것이다. 세상이 무너져 버릴 듯한 비명이 천지를 울렸고, 지휘관 계통에 혼선이 왔다.

그나마 살아남은 병사들은 당연히 우왕좌왕했고, 어떻게든 뒤로 빠지려고 발악을 했다. 하지만 그걸 봐줄… 이화매가 아니다.

따가닥거리는 말발굽 소리가 규칙적으로 울렸다.

오홍련이 자랑하는 무인 셋이 각자의 대를 이끌고 최전방으로 도열하기 시작했다. 가장 후미에 두었던 기병 육천이다. 게다가 총병까지 대비해 철갑을 입은 기마고, 위에 병사들도 마찬가지였다.

여기에 정말 천문학적인 금액이 들어갔다.

이럴 때를 대비해 꽁꽁 숨겨 둔 채 겨우겨우 육성한 병력이다. 이안, 유키, 알에게 각 이천씩 나눠 지휘관으로 배정했다.

기병의 최대 장점은 가속도를 이용한 관통력이다.

"준비 끝났습니다."

매캐한 연기를 심유한 눈으로 보며 이안이 말했고, 이화매는 천천히 고개를 끄덕였다. 그녀도 어느새 중갑으로 무장했다. 하지만 동양식 갑주가 아닌, 서역의 갑주였다. 원래 서양식 갑주는 움직임이 매우 불편하지만 개발부에서 보수에 보수를 걸쳐 중량을 줄이는 대신 활동력을 최대한 살린 갑주였다.

"이안, 유키, 알."

"네."

"말씀하십시오."

"명령은……?"

셋을 호명하자 삼인 삼색의 대답들이 나왔다.

나른하고, 다부지고, 짙은 살기가 끼어 있는, 완전 다른 대답이었다.

그런 셋의 대답에 피식 웃은 이화매는 옆구리에 끼고 있던 투구를 뒤집어 썼다. 무광의 회색에 푸른색이 미약하게 감도는 전신 갑주는 이화매의 극한으로 끌어 올렸다.

다가닥.

몇 발자국 말을 끌고 나간 이화매가 천천히 언월도를 들어 올리며 짧은 명령을 내렸다.

"팔열지옥대(八熱地獄隊)."

불교의 팔열지옥.

감히 상상도 못할 만큼 무수한 살생으로 팔열지옥에 떨어질 각오를 하란 뜻에서 붙인 유치한 이름이나, 이만큼 잘 어울리는 이름도 없다. 물론, 아직 첫 전투지만 말이다.

"돌격."

그 말을 시작으로 이화매를 필두로 이안, 유키, 알이 천천히 튀어 나갔다. 대열을 이 열, 삼 열, 사 열, 오 열 등으로 줄을 이룬 팔열지옥대가 돌격을 시작했다. 육천 기병. 오홍련 병력 수를 생각하면 그리 많은 수는 아니었다.

하지만 기세만큼은 천지를 쪼개고도 남을 엄청난 투기(鬪氣)를 뿌려댔다. 그 투기는 점점 승천하기 시작했고, 그때쯤 북로 원정군의 기둥이었던, 광활한 초원의 기병에도 밀리지 않았다던 북로 기병이 황군의 대열을 가르고 마주 돌격해 왔다. 하지만 대열도 제대로 정비가 되어 있지 않았다.

포격에 제대로 쓸린 것이다.

콰앙……!

콰과광……!

그리고 지금 이 순간에도, 북로 기병의 중, 후미 쪽으로 오홍련 정예 포병대의 포격이 가해지고 있었다.

히히힝……!

말과 사람의 찢겨진 파편들이 동시에 수십 기씩 비산했다. 북로 기병의 수는 알려지기로 일만 오천 정도였고, 나머지 이 대의 일만 오천은 모리휘원의 지휘 하에 있었다. 단순 병력 차이는 두 배 이상이지만 말이다.

이미 포격으로 전세는 조금씩 기울고 있었다. 아니, 반절 이상 오홍련으로 기운 상태였다. 그리고 확실하게 끝장내기 위한 기병 대회전이 지금…….

"흐아아압……!"

최전방, 이화매의 기합과 함께 시작됐다.

                    *   *   *

콰앙……!

콰과광……!

아스라이 울려오는 포격 소리. 제남성이 손바닥 크기의 나무 토막으로 보이는 거리에서 조휘는 전쟁에 집중하고 있었다.

서문영은 오홍련 지부를 통해 해남도로 데려다 달라고 부탁했고, 바로 이곳 제남성으로 돌아온 조휘다.

시기가 딱 맞았는지 도착한 지 얼마 지나지 않아 양측의 기세가 심상치 않더니, 포격전을 시작으로 대규모 회전이 시작됐다.

"제대로 작정하고 붙었습니다. 전쟁의 승패는 어쩌면 이번 전투에서 갈리겠습니다."

조현승의 말의 조휘는 고개를 끄덕였다. 이런 식으로 붙으면 반드시 한쪽은 회생 불가의 타격을 입게 된다. 큰 전투건, 작은 전투건 어차피 흘러가는 건 똑같다. 한 번 기울면 웬만해서는 다시 세울 수 없는 게 기세라는 놈이다.

북풍의 바람결에 살타는 냄새와 혈흔이 증발하며 나는 비릿한 혈향이 흘러 들어왔다. 그것도 매우 역하게⋯⋯.

저곳에서 도대체 몇이나 죽어 나가고 있을지, 계산조차 불가능하다. 거리가 멀어서 어느 쪽으로 전세가 기울었는지, 팽팽한 건지 확인도 불가능한 상황이었다.

"어떡하실 겁니까?"

"음⋯ 척후 돌아오려면 멀었지?"

"이각이면 올 겁니다. 몰래 가야하기도 하고, 거리도 꽤 되니까요."

"오면 결정한다."

"네."

조휘는 일단 전투의 승패에 따라 해야 할 일을 정하기로 했다.

'만약 패전이라면, 이 제독을 구한다.'

복수?

저 멀리 어딘가에 적무영이 있겠지만 패전이라면 적무영을 잡을 가능성은 아예 영 할이라 할 수 있었다. 여기까지 와서 멍청하게 목숨을 내던지고 싶은 생각은 절대로 없는 조휘고, 그러니 나중을 기약할 수 있게 구심점이라 할 수 있는 이화매는 반드시 구해야 했다.

그럼 만약 승기가 오홍련에 있다면?

'그때는……'

원하고 원하던 것을 시작한다.

반 각 정도가 지났다. 계속해서 폭음과 총성, 악다구니와 비명이 한둘 어우러진, 정말 말로 설명 못할 만큼의 모든 소음들이 들려왔다. 피 냄새도 훨씬 짙어졌고, 눈으로 보고 있지만 전방, 제남성 전체가 붉게 변한 것 같은 착각이 일 정도였다.

'이 정도였던가……'

꿀꺽.

긴장감이 전신으로 스며들었다.

그렇게 많은 전투를 치렀던 조휘다. 그런데도 이런 대규모 전투를 보니 절로 마음이, 몸이 움츠러드는 것 같았다. 왜냐면 이런 대규모 전투는 조휘도 경험이 없기 때문이다.

'최대 몇백이 붙어 싸우는 것과는 완전히 달라……'

눈먼 화살, 눈먼 총탄이 몇십 배란 소리고, 게다가 포까지 쏴댄다. 천하의 조휘라도 눈에 보이지 않는 속도로 날아오는 눈먼 총탄을 피할 능력은 없었다. 오로지 자신의 감각만 믿고 피해야 하는데, 그 감각으로 무수히 많은 총탄을 전부 피할 수도 없는 노릇이다. 그걸 아니 몸이 긴장되고, 떨린다.

'후우……'

속으로 한숨을 내쉬어 봤지만 역시나 마찬가지. 근데 때마침 그 긴장을 끊는 작은 소리가 들려왔다. 은여령이었다.

"진 대주, 접근하는 무리가 있어요."

"수는?"

"이십 내외예요."

"척후병이군."

"어떻게 할까요?"

피해 움직일까?

설마… 어차피 여기에 흔적이 다 남아 있었다. 따로 보고가 들어가기 전에 그냥 다 잡는 게 낫다는 생각이 들었고, 바로 실행에 옮겼다.

"역포위 시작해."

"네."

은여령이 빠르게 위치, 장소를 잡아주고 먼저 움직였다. 그녀를 시작으로 공작대가 마치 그림자처럼 움직였다. 수풀 건드리는 소리도 거의 내지 않고 움직이는 공작대의 맨 뒤로 조휘도 따라붙었다. 하나 둘씩 제치고 가장 앞으로 나선 조휘는 달리면서도 천천히, 소리 나지 않게 쌍악을 뽑아들었다.

이런 순간에 뽑아드는 소리가 들리면 무조건 눈치채게 되어 있다. 기습의 묘미는 알아채지 못하게 치는 거다.

이제는 조휘의 귀에도 소리가 들렸다. 작긴 했지만 못 들을 정도는 아니었다. 근데 일정한 속도로 앞으로 오는 걸 보니 공작대의 움직임을 역시 눈치채지 못했다.

바스락!

잔가지가 많은 나무를 뚫고 조휘가 몸을 날렸다.

"흡!"

갑작스런 소음과 함께 조휘가 나타나자 가장 앞에 있던 놈이

헛바람을 들이켰다. 하지만 이미 조휘는 몸을 한 차례 굴려 상체를 세우며 솟구치고 있었다.

서걱!

깔끔하게 목울대 위를 손가락 한 마디만큼 갈라 버리며 흑악이 지나갔고, 이는 깔끔한 사인으로 변할 것이다.

퉁! 투둥!

연속해서 세 번의 홍뢰의 발사 소리가 들렸다.

푸부북!

다시 세 번의 파열음이 들렸다. 조휘에게 상체를 돌리던 셋이 심장, 머리, 목옆에 홍뢰를 박고 그대로 멈칫했다가, 허물어졌다.

빠각!

오현의 단단한 주먹이 척후병 하나의 면상에 그대로 작렬했고, 우득! 하는 소리가 곧바로 뒤따랐다. 황소도 한 방에 잡는 주먹이다. 그 단단함과 파괴력은 몸에 힘을 주고 있었다고 해도 그대로 부쉈을 거다.

단번에 스물 이상이던 적이 열댓으로 줄어들었다.

쉭!

바람이 갈라지는 소리가 들리고, 머리 하나가 두둥실 떠올랐다. 어느새 적 후미에서 나타난 은여령의 검격에 잘린 머리였다.

투웅! 픽!

놀라 뒤돌아서던 적병의 면상에 그대로 화살 한 대가 박혔다. 적병의 빛이 사라져 가는 눈동자에 작고 호리호리한 체구의 인형이 보였고, 그게 놈의 마지막 장면이었다.

이화는 어느새 다시 시위에 살을 먹였다.

그러고는 매서운 눈으로 사방을 훑었다.

퉁! 투두두둥!

사방에서 날아드는 홍뢰.

위지룡과 악도건을 포함해 다섯이 전투 상황을 알아보려 빠졌지만 공작대의 화력은 막강했다. 이십이 한두 놈으로 줄어드는 시간은 그야말로 촌각이었다. 진짜 소면 한 그릇 먹는 시간도 걸리지 않았다.

"사, 살려 주십시오……."

서걱!

서걱!

짧은 시차를 두고 두 번의 절삭음이 연달아 울렸다. 조휘의 흑악과 은여령의 검이 그대로 숨을 끊는 소리였다.

호흡이 흐트러진 인원은 하나도 없었다.

"정리해."

"네."

전투에는 참여하지 않았던 조현승이 앞으로 나서 학살 현장을 정리하기 시작했다. 품을 뒤져 조금이라도 의심스러운 물건들은 전부 회수했고, 장비들도 괜찮은 건 전부 챙겼다. 시체는 그냥 뒀다. 어차피 전투의 흔적은 못 지운다. 땅에 시체를 다 파묻어도 피 냄새는 날 테니까. 그 사이 척후를 나갔던 이들이 돌아왔다.

위지룡과 악도건이 앞에 서자마자 조휘는 물었다.

"전황은?"

"이 제독이 이끄는 전투는 오홍련 쪽으로 많이 기울었습니다.

제남성은 황군의 일부가 따로 공략중입니다."

"따로 공략?"

"네. 성의 이면을 포위하고 공략중입니다."

"놈이 거기 있겠군."

"대주, 그런데 양 부관의 부대는 고전 중입니다. 모리휘원이 이끄는 기병의 돌격을 겨우겨우 막아내고 있는 수준입니다만, 제대로 다시 한 번 돌격하면 아마 뚫릴 것 같습니다."

"그래?"

"……."

위지룡이 단단한 얼굴로 고개를 끄덕였다. 공성전이 한창인 곳으로 적무영을 잡으러 갈지, 난전이 벌어지는 곳에 모리휘원을 잡으러 갈지, 답은 정해져 있었다.

*   *   *

난전.

조휘가 생각한 전장이다.

현재 적무영이 이끌고 있는 것으로 보이는 병력은 몇 만이나 뭉쳐 있는 상태다. 오직 제남성 공략만 신경 쓰고, 반으로 쪼갠 밑에 부대가 썰리든 말든 아예 신경도 쓰지 않고 있다고 했다.

조선에서 소서행장의 부대에 잠입했을 때도 진짜 죽을 뻔 했던 조휘다. 그런 경험도 있는데 미쳤다고 그 대군 속으로 적무영을 잡으러 가겠는가.

'그리고… 모리휘원. 이놈과의 은연도 끝내야지.'

조휘는 원한이라는 것을 절대 잊지 않는다.

그리고 이제 남은 가장 큰 원한 중 하나를 이제 끝낼 차례였다. 공작대는 이미 복장을 갈아입었다. 기본이다. 은밀한 공작을 하는 만큼, 적군의 옷을 챙겨두는 것은. 그렇게 옷을 갈아 입고 난전 중인 곳으로 이동 중인 조휘. 뿔뿔이 흩어져 아까 죽였던 병사들의 수급을 챙겼다. 챙긴 목적은 간단했다.

조휘는 모습을 드러낸 후 빠르게 후미 경계를 서고 있는 적병에게 다가갔다. 현재 조휘의 복장은 탈영병을 소탕하는 일종의 별동대주의 복장을 갖추고 있었다. 그걸 알아봤는지 긴장한 표정으로 경계를 서던 놈의 얼굴이 순식간에 뒤바뀌었다.

"어, 어?"

"경계 똑바로 못 서나?"

"아, 그, 그게……."

"탈영병이 나오면 후미 경계조가 작살나는 걸 알고 있을 텐데!"

"죄, 죄송합니다!"

"닥쳐라!"

스릉!

살벌한 기세로 조휘가 풍신을 뽑아들자 놈은 그대로 대가리를 처박았다. '아이고! 살려주십시오! 살려주십시오!'만 연발하는 놈을 보다가 조휘는 콧방귀를 뀌며 그대로 스쳐 지나갔다. 이러한 일이 후미 경계조 사방에서 시작됐다. 공작대의 침투는 의외로 너무 쉽게 이루어졌다. 진형 안으로 들어온 조휘는 자연스럽게 사방을 훑어봤다. 저 앞은 이미 군기 가득한 함성이 울리는 중이었고, 후미에 남은 병사들은 긴장한 채 조휘는 신경도 못 쓰고 있었다. 언제 투입될지 모르기 때문이다.

조휘는 빠르게 앞으로 이동했다.

당당한 걸음으로 걷는 조휘를 제지하는 이들은 아무도 없었다. 당연히 모두 전방의 전투에 모든 신경이 몰려 있기 때문이었다.

"흠."

난전이란 한데 어우러져 어지럽게 싸우는 전투를 말한다. 조휘의 시선에 왼쪽에서 선회하는 기병대가 보였다. 가장 선두에는 새까만 흑갑으로 전신을 뒤덮은 채 머리는 예의 흉측한 악귀 형상의 투구를 쓴 놈이 보였다.

그리고 상당한 거리인데도 느껴지는 강렬한 기세.

모리휘원이었다.

놈은 기병대를 이끌고 다시금 오른쪽으로 쭉 돌아가고 있었다. 조휘의 앞을 지나갈 때 보인 투구 속 빛나는 푸른 눈동자는 살심이 덕지덕지 묻어 있었다. 누가 봐도 지금의 상황을 즐기는 걸로 밖에 보이질 않았다.

'그래, 많이 즐겨. 오늘이… 끝일 테니까.'

조휘는 이 기회를 절대 놓칠 생각이 없었다. 무모하게 들어가는 것도 아니었다. 조현승은 위험성이 있지만 확실한 전략을 단시간에 짰고, 그대로 흘러가기만 한다면 모리휘원은 확실하게 잡을 수 있다는 생각이 들었다.

우측으로 돌아서 다시금 양희은이 이끄는 군세로 돌격하는 모리휘원. 조휘는 그 순간 움직였다. 난전의 가장 후미서부터 들어간 조휘는 끝을 타고 왼쪽으로 이동했다. 어차피 놈의 돌격 전술을 보니 측면에서 파고들어 진형을 헤집는 것 같았다. 그렇다면 다시 뚫고 들어가서 왼쪽 측면으로 나와 빙빙 돌 게 분명했다.

조휘가 노리는 틈은 그 순간이다.

진천뢰와 홍뢰를 이용한 폭격.

진천뢰는 진짜 전천후 무기다. 어느 작전에서도 사용 가능한 만능 무기라 할 수 있었다. 이번에도 목적은 혼란이다. 말을 놀라게 해 모리휘원을 낙마시킨 다음, 조휘를 포함한 은여령과 조장급들이 일시에 달려들어 놈의 숨을 끊는다. 이게 조현승이 짠 작전이다. 그의 작전은 항상 간결하지만, 과감하다.

'하지만 그래서 마음에 들어. 군더더기가 없으니까.'

일 단계, 이 단계, 삼 단계에서 보통 끝나는 작전이다. 첫 수가 매우 중요하지만 성공만 한다면 이보다 확실할 순 없다.

으아아!

우와……!

벌써 격돌이 시작됐는지 전방에서 거대한 함성이 터져 나왔다.

두드드드!

지축을 울리는 강렬한 진동에 저도 모르게 몸이 떨렸다. 반사적인 떨림이었다.

'양 부관. 죽지 말기를…….'

모리휘원의 기병대를 막는 건 분명 양희은일 것이다. 그의 성격 상 절대 뒤에서 지휘만 할 이가 아니었기 때문이다. 그러니 조휘는 속으로 그의 무운을 빌었다. 이화매도 반드시 살아야 하지만, 그녀를 보필한 양희은도 마찬가지로 살아야 했다. 그리고 또 하나, 만약 양희은이 죽으며 대열이 무너지는 순간, 다시 한 번 선회는 하지 않을 것이다. 그러니 양희은은 지금 이 순간 절대 무너져선 안 됐다.

힐끔.

조휘는 모리휘원이 지나간 자리를 놓치지 않았다.

유려한 곡선을 그리며 무수히 찍힌 말발굽. 모리휘원은 분명이 말발굽을 따라 다시금 선회할 것이다.

슥슥.

빠르게 수신호를 보냈다.

그의 신호를 조현승이 각 조장들에게 다시 빠르게 전달했고, 미리 정해뒀던 대로 위치를 잡기 시작했다.

아하하하!

천진난만한 웃음소리가 거대한 천둥소리처럼 조휘의 귀에 들려왔다. 딱 봐도 그 새끼의 웃음소리였다.

'그래, 웃어 둬. 마지막 웃음일 테니까.'

반드시, 반드시 여기서 그를 죽일 거다.

저 멀리서 오홍련 군세의 왼쪽 측면을 뚫고 나오는 흑갑주의 무사가 보였다. 어찌나 칙칙한지 검은 점처럼 보였는데도 조휘는 단숨에 알 수 있었다. 놈은 역시 예상대로 한동안 쭉 직진하더니 그대로 기수를 틀어 말발굽이 자욱하게 난 대지를 따라 다시 내달리기 시작했다.

조휘는 그 모습을 보고 바로 준비 신호를 보냈다. 이번에도 빠르게 서로 수신호가 퍼지면서, 공작대가 은밀히 준비를 시작했다.

기병이라 그런지 거리는 순식간에 좁혀졌다.

두근, 두근두근!

한 번밖에 없는 기회라 그런지 심장이 슬슬 요동치기 시작했다.

아하하하!

이번엔 아이의 해맑은 웃음과는 다른, 비틀림이 가득한 웃음소리가 들렸다. 조휘는 놈이 가까워지자 천천히 고개를 숙였다.

하지만 그 순간, 기가 막히게도 놈이 고개가 딱 조휘에게 넘어왔다. 두 사람의 시선이 스쳐가는 그 순간 마주쳤다.

마주친 이후 반응은 극명하게 갈렸다.

조휘의 입가에는 미소가, 모리휘원의 눈가에는 잔 경련이 갔으니까.

'눈치챘네? 뭔가 잘못됐다는 걸?'

역시 감 하나만큼은 빨랐다.

하지만 상관없었다.

지금 알았다고 해도 막을 수 있는 방법은 없었으니까.

삐익!

조현승의 입에 매달린 호각에서 신호가 떨어졌다. 그 날카로운 소리에 후미에 있던 적병들이 뒤돌아봤지만 이미 공작대 전원의 품에서 나온 진천뢰는 모리휘원을 중심으로 원형으로 떠올랐다.

확실한 화망의 형성이 이 작전의 가장 중요한 부분이다.

"칙쇼……!"

조휘를 스쳐 지나간 모리휘원의 입에서 거친 욕설이 들려왔다. 왜구를 썰 때 수도 없이 들었던 그 욕설을 놈의 입에서 듣자니 절로 입가에 미소가 그려졌다. 물론, 비릿한 미소였다.

쾅……!

콰콰콰쾅……!

도합 사십 발의 진천뢰가 모리휘원을 중심으로 터졌다.

히히히힝! 으아아악!

갑작스런 기습에 기병대의 전열이 그대로 무너졌다. 설마 겨우 사십 발로? 이렇게 생각한다면 한참 잘못된 생각이다.

말은 소음에 굉장히 민감하다.

이렇게 단번에 수십 발의 진천뢰가 터지면 당연히 달리다 말고 지랄 발광을 할 거고, 중, 후미는 속도를 늦추지도 못한 채 그대로 앞 열을 때려 박을 거다. 그렇게 되면 기병대의 가장 중요한 대열이 와르르 무너진다.

붉은 화염과, 검은 연기가 조화를 이루며 제대로 막아섰다.

조후는 이번엔 풍신을 뽑아 들고 불구덩이 속으로 뛰어들었다. 모리휘원을 확실하게 끝장내기 위해서였다.

이 정도 화력이면 보통 죽는다.

적각, 청각만 되도 죽을 거다.

'하지만 흑각은 다르지…….'

이놈들은 괴물이다.

정말 끔찍한 과정을 통해 '제작'된 놈들이라 그런지, 생명력 하나만큼은 정말 어마어마한 놈들이다.

불길을 뚫고 안으로 들어선 조휘는 빠르게 사방을 훑었다. 좌측으로 오장 정도 떨어진 곳에 바닥에 떨어져 꿈틀거리는 놈이 보였다. 새까만 갑주를 보니 놈이 확실했다.

파바박!

목표를 찾은 순간 조휘의 몸이 그대로 포탄처럼 튕겨 나갔다. 손은 어느새 풍신의 자루를 잡았고, 단단히 고정한 상태였다.

"크윽……!"

달려오는 소리를 놈도 들었는지 급히 상체를 세우며 몸을 돌리는 게 보였다.

그아앙……!

풍신이 도집에서 뽑혀 나오는 소리가 비명과 불길이 치솟는 소리들 속에 조용히 섞였다.

깡……!

하지만 역시 상대는 흑각, 모리휘원이다.

놈은 통짜 철로 만든 언월도로 조휘의 발도를 막았다. 하지만 방금 전 입은 부상에다가 준비도 안 된 상태에서 막아 상체가 뒤로 쭉 밀렸다. 조휘는 놈의 얼굴에 얼굴을 바짝 들이밀었다.

히죽.

비릿한 미소를 그려준 후, 입을 천천히 열어 놈의 속을 긁었다.

"반가워."

"크흐! 이 개새… 큭!"

조휘의 인사에 반사적으로 욕설을 내뱉던 모리휘원은 급히 고개를 숙였다.

서걱!

그 위를 정말 종이 한 장 차이로 스쳐 지나가는 은빛 궤적. 은여령의 귀신같은 접근에 이은 검격이었다. 정확히 뒤통수를 노린 일격은 돋아난 한 개의 뿔만 쳤고, 검격에 힘에 투구가 벗겨졌다.

"흐압!"

하지만 아직 공격이 끝난 건 아니었다.

조현승은 모든 조장들이 전부 달려들도록 지시했다. 단숨에 죽이기 위함이다. 가깝게 다가선 악도건이 홍뢰로 상, 하체 갑주의 연결 부위를 노리고 발사했다.

푹!

"큽……!"

헛바람을 들이키는 소리가 들렸다.

하지만 아직이다. 이걸로는 놈을 죽일 수 없다.

위지룡의 저격이 관자놀이를 노린 채 발사되었다. 하지만 용케 고개를 틀어 피했고, 피하는 순간 조휘는 풍신에 힘을 줘 놈을 밀었다. 그러자 고개를 다시 조휘에게 돌린 모리휘원은 악을 쓰듯 고함을 치며, 미는 조휘의 힘에 격렬하게 대항했다.

"흐아……!"

그러나 그때 조휘는 힘을 풀고 슬쩍 뒤로 물러났다. 갑작스럽게 힘이 빠지면 상체가 지탱이 안 돼 중심을 잃을 법도 한데, 역시… 흑각은 흑각이다. 그 순간 한 발 내디디며 중심을 바로 세웠다.

이어서 중걸이 단창을 그대로 등짝에 쑤셔 박았다.

까앙……!

"윽! 이 빌어먹을 것들……!"

중걸의 공격은 흑갑주를 뚫지 못했지만 둔중한 충격은 제대로 선사했다. 악을 쓰며 돌아서는 놈의 옆으로 장산이 치고 들어가 합! 손목의 이음새를 그대로 내려쳤다.

서걱!

창을 든 손의 손목이 떨어지자 모리휘원은 표정을 기괴하게 비틀고는 제 손목을 내려다봤다. 분노로 이성을 거의 잃은 상태로 접근을 너무 쉽게 허용했다. 흑각도 인간이다. 불시에 기습에 이렇게 털리고 있으니 당황하고, 화가 나는 건 아주 당연한 일이었다.

빡……!

오현의 주먹이 놈의 턱을 후려갈겼고, 주먹에 담긴 거력에 턱이 돌아가는 순간.

푹……!

어느새 고쳐 뽑아 든 조휘의 흑악이 턱 아래부터 그대로 뚫고 올라갔다.

"……."

멍한 표정으로 자신을 바라보는 모리휘원. 그러다 이내 비릿한 웃음을 지었다. 그런 모리휘원에게 조휘는 마지막 말을 건넸다.

"이 대 일. 내 승리다, 이 개새끼야."

"크흐……."

"억울해? 그러지 마. 칼날 위에 사는 인생. 언제, 어느 순간에 떨어져도 이상하지 않은 거잖아? 못 배운 새끼도 아니고, 그런 건 알지?"

"커흑……."

"니가 떨어질 때가 지금인 거야. 내가 말했지? 반드시 죽여준 다고. 그 약속, 확실히 지켰다."

"이 개……."

모리휘원의 말이 끝나기도 전에 조휘는 비릿한 미소와 함께 흑악을 뽑고 바로 물러났다. 할 말도 다 했으니까, 이제는 끝낼 때였다.

쉬익……!

서걱.

은여령의 검이 만들어 낸 은빛 궤적이 모리휘원의 목을 그대 로 쳐 날렸다.

*   *   *

반 다경?

아니다.

촌각도 안 되는 시간 만에 모리휘원의 목숨을 딴 조휘는 곧 바로 벗어났다. 정말 말 그대로 촌각이었던 지라, 적병들은 그저 멍하니 그걸 지켜볼 수밖에 없었다. 손으로 수를 헤아려 시간을 잰다면 겨우 육십? 칠십? 그 정도밖에 걸리지 않았을 거다. 조휘 와 공작대의 후퇴를 본 이후에야 쫓아오기 시작했지만 조현승은 이미 후퇴도 당연히 염두에 두고 있었다.

기병을 선두로 어느 정도 쫓아왔을 때, 공작대가 지닌 진천뢰

전부를 뿌렸다. 당연히 여기서 시간이 끌릴 수밖에 없었고, 두 번째로 작전에 참가하지 않은 이화가 양희은에게 급히 달려가 조현승의 부탁을 전했다. 작전을 마치고 추격이 시작되면 지원을 해 달라고.

딱 알맞게 낭인대로 이루어진 기병대가 맹렬히 달려와 북로 기병대의 옆구리를 때려 박았다. 물론 그 이전에 오홍련 정예 포병의 포격도 있었다. 혹시 공작대에 피해가 갈 일은 전혀 없었다. 진짜 포신이 망가져 오발이라도 나지 않는 이상 말이다. 공작대는 빨랐다. 극한으로 수련된 하체와 체력은 뒤도 돌아보지 않고 전장을 탈출하기까지 반각도 걸리지 않은 어처구니없는 결과를 불러왔다.

기습전은 그렇게 끝났다.

이 전부가 절대로 쉬운 게 아니었다.

지휘관은 항상 있기 마련이지만, 아쉽게도 모리휘원은 모든 권한을 스스로 가지고 있었다. 그러니 지휘관이 있었어도 여태 껏 인형처럼 움직이기만 해서 사고가 완전 굳어 버렸다. 반응까지도 늦었고 말이다.

흑각무사치고는 너무나 허무한 최후였다.

하지만 인생이라는 게, 원래 그런 거 아니겠나?

강력한 무력을 지녔다고 해서 꼭 화려하고 극적인 최후를 맞이해야만 한다는 법은 없으니까 말이다.

속전속결의 기습으로 모리휘원의 숨을 끊어내자, 전투는 전혀 다른 양상으로 흘러가기 시작했다. 지휘관을 잃은 부대의 결말은 뻔하다. 그것도 모든 권한을 독점했던 지휘관이 죽었다면 그

밑의 지휘관들에게 기대할 수밖에 없는데, 그렇게 대단한 놈들이 있었다면 애초에 살아 있을 리도 없었다.

모리휘원이 바로 죽었을 테니 말이다.

그러니 어중이떠중이들만 남았고, 그런 놈들의 용병술로는 백전노장인 양희은의 용병술에 대항할 수 있을 리가 없었다.

전투는 일방적으로 흘러갔다.

전군을 이용해 파상공격에 들어갔고, 양군의 병력 차이가 상당했음에도 전혀 상대가 되질 않았다.

양희은은 매서웠다.

가장 선두에 서서 마치 현신한 항우처럼, 무지막지한 지휘로 적군을 거의 파괴하기 시작했다. 전쟁은 결국은 전술, 그리고 그 전술을 그대로 실행할 수 있는 용병술의 싸움이다. 여기서 기세가 갈리고, 사기가 갈린다.

특히 중요한 게 사기다. 사기가 꺾인 병사들은 그냥 허수아비에 불과할 뿐이다. 팽팽할 것 같았던 일차 대회전.

이 전투는 오홍련의 완벽한 승리로 끝났다.

*   *   *

그러나 피해는 역시나 피해갈 수 없었다.

"피해 보고 해."

전투에 승리했음에도, 이화매의 표정은 그렇게 밝은 편은 아니었다. 그럴 수밖에 없는 것이 대규모 회전이었다. 분명 적지 않은 수가 죽었고, 못해도 그에 배에 달하는 수가 다쳤을 거다. 양희은이 아직 피도 제대로 닦지 못한 얼굴로 보고를 시작했다.

"사망은 구천 정도로 추정됩니다."

"추정?"

"네."

그렇다면 분명 더 늘어날 수도 있다는 소리였다. 후우. 이화매의 입에서 짧지만 묵직한 한숨이 나왔다.

"부상병은?"

"후송 조치해야 할 중상자가 일만 오천입니다."

"이만 오천 병력 손실을 입었다는 소리네?"

"네, 그렇습니다. 제독."

"허… 적 추정 사상자는?"

"죽은 사람만 해도 육만 명입니다. 부상자를 합치면 구만에서 십만 명은 나올 것 같습니다."

"큭……."

대승이었다.

이건 정말 어마어마한 대승이었지만 이화매의 입에서 흘러나온 짧은 탄성은 분노로 점철되어 있었다.

원래 이런 여자였다.

승리보다, 목숨에 더 집착하는 여자.

어떻게든 피해를 최소화하려고 그렇게 악착같이 왜놈들과 만력제를 압박했었지만, 결국 전쟁은 일어났고, 이렇게 큰 피해가 나왔다.

"적무영 이 개새끼……."

그녀의 입에서 이 모든 일의 화근을 향한 욕설이 흘러나왔다.

정말 씹어 먹어버리겠다는 화가 느껴졌다.

그건 조용히 듣고 있는 조휘도 마찬가지였다. 적무영이 지휘했던 십만 병력은 결국 제남성을 함락하지 못했다. 오홍련의 포격과, 조휘가 기습으로 모리휘원을 죽여 버린 탓에 워낙 승기를 빨리 잡아 두 군데에서의 전투를 승리한 탓도 있지만, 반윤의 철혈을 방불케 하는 수성 능력이 더 빛을 발했다.

애초에 전투는 제남성이 먼저 벌어졌다. 오홍련의 진지에서 안 보이는 곳으로 이동해 단숨에 밀어붙였지만, 그럼에도 반윤은 버텨냈다. 성벽이 거의 반파됐고, 포격 때문에 성벽에 수도 없는 구멍이 뚫렸지만… 그럼에도, 그럼에도 제남성은 황군의 침입을 허락하지 않았다. 하지만 그 과정에서 양측의 피해도 어마어마했다. 양측 다 삼만 이상의 피해자가 나왔다. 그 중 제남성 병사가 이만에 달했다. 이것도 어쩔 수 없는 게 훈련받은 병사보다 일반 백성을 모병해 뽑은 병사가 더 많았고, 그만큼 숙련도가 떨어졌기 때문이었다. 그럼에도 막을 수 있었던 이유는 성벽을 아주 빼곡하게 채웠기 때문이다.

말 그대로 인해전술.

그게 반윤이 선택한 수성 전술이었다.

지금 제남성을 중심으로 모든 대지는 그야말로 지옥이었다. 수습하지 못한 시체와, 병장기, 그리고 신체 일부, 몸속 장기까지 한데 어우러져 그야말로 인세에 지옥을 완벽하게 강림시켰다.

일부로 안 한 건 아니었다.

"개새끼가… 시체 수습할 시간을 주는 건 예의 아닌가?"

으득!

이를 격렬하게 간 이화매가 억눌린 분노를 터뜨렸다.

이 미친놈은 시체 수습을 하려 할 때면 위협을 해왔다. 실제로 처음 하얀 수의를 입고 오홍련의 병사들이 나갔을 때 기병대를 돌격시켰다. 그 이후 놈은 시체를 수습하려고 할 때마다 지랄을 떨어댔다.

진짜 악마가 따로 없었다. 아니, 놈은 그냥 악마, 그 자체였다. 아니, 아니다. 악마라는 단어로도 적무영 그 개새끼와 비교할 수는 없었다. 오히려 악마가 더 깨끗하게 느껴질 정도였으니까.

"후우······."

거대한 회의용 막사 안에 모인 이들은 하나 같이 낯빛이 굳어 있었다. 죽음이 온 대지를 감싼 곳에 발을 디디고 있으니 당연하기도 했다. 하지만 거기에 더해 적무영, 그 인간 자체에 분노를 느끼고 있었다.

팽팽한 긴장감.

서릿발이 내려앉은 이화매의 기세는 통제가 안 될 지경이었다. 이 냉철한 여인도, 지금 이 순간만큼은 두 주먹을 부르르 떨고 있었다.

그렇게 얼마가 지났을까. 이화매가 천천히 입을 열었다.

"마도."

"네."

언제나 부르는 것처럼 이름이 아닌 별호로 불렀다.

"동심, 그 개새끼 죽었다면서?"

"네."

동심, 모리휘원을 지칭하는 별호다.

물론, 비틀리고 어긋난 의미로 불리는 별호.

"대단하네, 진짜. 그 순간 거길 치고 들어가 놈을 잡다니."

"……."

소휘는 답하지 않았다.

답할 만한 성질도 아니었다. 물론 이 상황에 저걸 얘기하는 건 화제를 돌리겠다는 의도였지만 받을 수가 없었다.

그래서 그냥 침묵으로만 받았다.

피식.

그런 조휘의 모습에 한 차례 웃음을 흘렸을 때, 그녀의 기세는 한결 풀려 있었다. 양희은이 조휘를 보며 조용히 말했다.

"마도가 아니었다면… 아마 저희 쪽 진형은 무너졌을 겁니다."

"그래?"

"네, 무려 북로 기병대였고, 그 지휘관이 흑각의 동심이었으니까요."

"하긴, 흑각 새끼들이 미치긴 했어도 능력 하나만큼은 정말… 끝내주니까."

"이번 전투의 반은 마도가 이뤄냈다 해도 과언이 아닙니다. 허허."

양희은의 입에서 칭찬이 나왔지만 조휘는 가볍게 고개만 숙이고 말았다. 그렇게 분위기는 좀 더 풀어졌고, 소소한 웃음이 조금씩 풀려 나오기 시작했다. 하지만 그것도 잠깐이었다. 이화매가 손뼉을 짝 하고 치자마자 다시금 자세를 바로하고 집중하는 오홍련의 간부들.

"공헌."

"네."

"이후 전투가 다시 벌어질 거라 보나?"

"확실치는 않지만 제정신이라면 아마 수습이 먼저일 겁니다. 사기도 아예 반토막이 났으니 그걸 수습할 시간도 필요할 테고, 병력을 다시 정비하는 것도 남았습니다."

"그렇지. 그건 나도 아는데… 알잖아? 이 새끼 제대로 된 또라이라는 걸. 어째 조용히 넘어갈 것 같지가 않아서 그래."

"준비는 시켜놨습니다. 철저히 경계 중이니 수상한 움직임을 보이면 바로 신호가 올 겁니다."

"그래, 그 부분은 맡겨놓겠어."

"네."

짧은 대화 후, 이화매의 시선이 이번엔 조휘에게 향했다. 정확하게는 조휘의 뒤에 서 있는 조현승을 향했다.

"조현승."

"네, 제독."

"부탁하나만 하자."

"말씀하십시오."

"작전 하나만 짜 봐."

"어떤 작전인지 구체적으로 설명을 부탁드립니다."

"저 새끼들… 원군 넘어오기 전에 싹 조질 수 있는 작전."

"음……."

이번 전투로 대승을 거뒀다고 해도, 병력 차이는 이제야 비슷해진 정도다. 그러니 절대 유리한 게 아니었다. 유리한 게 있다면, 사기의 우세 정도 밖에 없다. 전쟁이란 건 원래 어떻게 될지 모르는 법이다.

이미 한 번 패했던 놈들이니, 다음에 패하면 그땐 다 죽는다는 걸 지들도 알고 있을 것이다. 그러니 필사적으로 전투를 할 거고, 만약 전투에서 진다면? 뒤는 생각조차 싫은 상황이 벌어질 것이다.

그러니 만약 받아들이면 매우 막중한 책임을 져야 한다.

"확답하기 어렵습니다."

그 또한 조현승은 잘 알다 보니 일단 발을 뺐다.

이건 무조건 받아들일 게 아니었다. 실수 한 번이면 대체 몇 명이… 그러니 생각조차 싫은 거다.

하지만 이화매가 거절한다고 그냥 물러날 위인이 아니었다.

"해, 확답. 이 사기를 이어서 선제공격을 해야 하는데, 여기 대부분이 해전 전문이야. 바다 위였다면 그대에게 이런 부탁은 하지도 않았겠지."

"……."

"하루 주지."

"하아, 제독. 촉박합니다."

"말했잖아. 사기가 최대치로 올라간 지금, 지금 해야 된다고. 뭐든지 해낼 수 있다는 자신감이 사라지기 전에 쳐야 된다고."

"……."

조현승은 이번에도 답하지 못했다.

하지만 이는 당연한 일이다. 하루 만에 전술을 짜내라는 소리에 대체 어떻게 답하겠나. 조현승은 스스로를 잘 안다. 재능, 능력은 있어도 자신이 그 옛날 공명처럼 희대의 군사는 아니라는 사실을.

상실시대는 무(武)만 상실시킨 게 아니었다. 문(文) 역시 많이 불탔다. 그리고 그 중 가장 많이 탄 게 바로 전술 전략서다. 그 또한 사람을 죽이는데 사용될 서적들이었으니까.

"제독."

"응? 말해."

조휘는 이화매를 보며 단도직입적으로 물었다.

"이번에 끝장 볼 생각입니까?"

"끝장이라……."

잠시 고민하던 그녀가 다시 입을 열었다.

"가능하면 봐야지. 질질 끌면 괜한 목숨만 점점 잃게 돼. 그러니… 할 수 있을 때 끝장을 봐야지."

그녀의 답에 조휘는 고개를 끄덕였다.

역시, 이화매다운 대답이었다.

그리고 조휘도 그녀의 의견에 동의했다.

"조현승."

"네."

"이번에 끝내자."

"후우……."

조휘까지 나서자 조현승이 한숨과 함께 고개를 절레절레 저었다.

제83장
지긋지긋한 장난질

야심한 밤, 조휘는 이화매와 자리를 가졌다.

"아마 쉽지 않을 거야."

첫 마디에 불쑥 나온 말이었다.

조휘는 그 말에 공감했다. 이화매도 자신이 얼마나 어려운 일을 부탁했는지 잘 알고 있는 것 같았다.

"하지만 어떡하겠어. 이 머리로는 도저히 안 떠오르는 걸, 쯔."

혀를 차는 이화매의 얼굴에는 씁쓸함이 깃들어 있었다. 이화매는 해전 전문가다. 이전 전투에서 승리를 이뤘던 것은 전술 전략의 힘보다는, 그녀의 타고난 용병술 덕분이라고 하는 게 맞는 말일 거다. 물론 기본 전술도 튼튼하고, 좋았다.

그러나 그녀의 지휘가 아니었다면, 분명히 밀렸을 거다. 이화매는 그 전투에서 승리했다는 것만으로도 감사할 뿐이었다. 하지만 여기서 자만해 그녀가 육지전 작전을 짜는 건 위험한 짓이었다. 늘 말했듯이, 그녀는 해전 전문가다.

육지전은 아예 그 궤가 다르다는 걸 잘 알고 있다 보니 병사들을 위험에 빠뜨리는 미친 짓은 절대 하고 싶지 않았다.

"아마 조 군사도 금방 떠올리진 못할 겁니다."

조휘가 아닌 양희은의 대답에,

"그래도 틈을 놓치긴 아까운데……."

이화매는 여전히 아쉬움을 드러냈다.

전쟁이 길어지면 길어질수록 고통받는 건 병사와 백성들이다. 특히 병사들. 이들이 느낄 불안감은 아마 상상 이상일 것이다.

이화매는 그걸 염려해 전쟁을 빨리 끝내고 싶은 거였다. 지금 당장이야 전투의 승리로 사기가 드높지만, 앞날은 어떻게 될지 그 누구도 모르는 법이다. 이 중원 땅의 오랜 역사가 증명하듯, 전투에서 승리했지만 전쟁에서 패배하는 경우가 수도 없이 많았기 때문이다.

이화매는 당연히 그렇게 되고 싶은 생각이 없었다.

"마도, 넌 좋은 작전 뭐 떠오른 거 없어?"

훅 들어온 질문에 조휘는 천천히 고개를 저었다. 솔직히 말하자면 조휘도 답이 없었다. 조휘는 전술을 받아 수행하는 쪽이지, 전술을 짜 맞추는 편이 아니었다.

아무도 없었을 때야 조휘가 직접 다 했지만, 지금은 조현승이라는 전문가가 있다. 괜히 자신의 생각을 얘기해 혼란을 줄 필요는 전혀 없었다.

"후우, 그래. 서 부단주는 좀 어때?"

"매우 안 좋습니다. 상처가 컸는지… 아무도 못 알아보고, 그 어떤 것에도 반응을 안 합니다."

"으음… 뭔지 알겠네. 후우. 지금 어디 있지?"

"해남도로 보냈습니다."

"잘 지켜 줘."

"……"

조휘는 대답 대신 고개를 끄덕였다.

당연히 그럴 생각이었다. 적무영이 자신을 흔들기 위해 납치했고, 그 과정에서 저렇게 다친 서문영이다. 그러니 응당 책임을 질 생각이었다. 게다가 부모님도 다 여의었다. 황곽도 현재 사경을 헤매기까지 하는 세상천지에 혼자 남았다.

서문영은 이번 전쟁의… 가장 큰 피해자 중 하나라 할 수 있었다.

"웃기는 일이야. 참… 벌을 받아야 할 놈은 버젓이 떵떵거리며 살고 있고, 착하게 산 사람은 오히려 벌을 받고……"

갑자기 자조적인 어조로 나온 이화매의 말은 조휘에게도 공감을 일으켰다. 솔직히 조휘는 스스로가 선인이라는 생각을 해본 적이 한 번도 없었다. 그저 억울했고, 살기 위해서 악을 앞으로 갚았을 뿐이었다.

대의? 정의?

그런 건 솔직히 아무런 관심도 없었다.

오직 목표는 부모님의 복수다.

그 복수를 끝내고 두 분의 묘소를 찾아 아버님이 좋아하셨던 술 한잔과, 철이 들 무렵부터 어머님이 먹는 걸 본 적이 없던 맑은 고깃국 한 그릇을 올리면, 딱 그걸로 족했다. 그리고 이제 복수의 끝에 다 왔다고 느끼고 있었다.

감이 말하고 있었다.

이곳 제남성에서 두 사람의 숙명적 대결의 승패가 갈릴 것이라고. 여기서 끝장이 나진 않더라도, 최소한 추는 확실하게 기울 거라고. 그렇게 말하고 있었다. 그래서 매우 만족스러웠다.

"놈의 목은 제 겁니다."

"뭐? 하하. 그럼, 주지. 나는 만력제와 양 태감. 너는 적무영. 만족하나?"

"네."

깔끔하다.

조휘는 자리에서 일어났다. 불러서 오긴 했는데, 할 대화가 없었다. 그리고 스스로 정리할 것도 좀 있었다.

"먼저 쉬겠습니다."

"그래, 시간 뺏어서 미안하고."

"쉬십시오, 그럼."

조휘는 가볍게 목례를 하고 밖으로 나갔다. 그 뒤를 따라 은여령이 붙었고, 두 사람은 말없이 공작대의 진지로 되돌아왔다. 막사로 들어오자 조현승이 가만히 앉아 있었다.

"깜짝이야. 이 시간에 뭐하고 있는 거야?"

"기다렸습니다."

"나를?"

"네."

나를 기다렸다라…….

씨익.

조휘의 입가에 천천히 미소가 맺혔다. 조현승이 굳이 찾아온 걸 보면 이유를 알 수 있었다.

"좋은 게 떠올랐나봐?"

"한 가지 생각한 게 있긴 한데 확신이 안 섭니다. 그래서 대주를 찾아왔습니다. 감 하나만큼은 저보다 좋지 않습니까."

"실없는 소리는. 뭔데? 들어나 보자."

크흠.

목을 다듬은 조현승이 설명을 시작했다.

"아까 그 말을 듣고 적군 진형을 살펴봤습니다. 완전 수비 태세입니다. 원군이 올 때까지 꼼짝도 안 할 생각이 분명합니다."

"그랬지. 나도 봐서 그건 알고 있어."

"첫 번째 대회전에서 우리가 이길 수 있었던 이유 중 하나가 뭔지 아십니까?"

"나야… 모르지?"

"진형을 완벽히 짜고 있었던 오홍련 군에 황군이 이동 중 대열을 흐트러뜨리며 돌격했기 때문입니다."

"아아……."

훈련은 그래서 중요하다.

돌격이 무작정 나 하나만 달려 나간다고 돌격이 아니다. 앞과 양 옆 사람이 줄을 맞춰야지, 안 그러면 뒤죽박죽 섞이게 되고, 그건 그대로 진형의 파괴를 불러온다. 그렇게 되면 그 진형이 가지고 있던 힘을 잃게 되고, 전투에 아주 큰 영향을 미치게 된다.

"진형이 그래서 무섭습니다. 반대로 적군도 지금 진형을 탄탄히 다져놓은 상태입니다. 지금 오홍련의 군세로 잘못 붙었다간 정반대의 결과가 나올 수도 있습니다."

"으음… 그건 동감해야겠군. 그래서?"

"꽁꽁 틀어박혀 있다면 빈대로… 끌어내야지요."

"끌어낸다고?"

"네."

"호오……."

어떻게 끌어낼 건지 솔직히 궁금했다. 하지만 조현승이 여기까지 온 걸 보면, 끌어내는 방법까지 감안해서 온 게 분명했다.

"그래서?"

"그걸… 대주가 해주셔야겠습니다."

"내가?"

조휘의 눈매가 가늘어졌다.

조현승이 무슨 말을 하는지 이해가 안 갔기 때문이다. 하지만 곧바로 조현승이 얘기를 해줘서 이해를 할 수밖에 없었다.

"도발입니다."

"……."

물론 그렇다고 곧바로 작전 준비를 할 수도 없는 문제였다. 도발이라는 게, 잘 먹히지 않으면서도 성공했을 때는 진짜 확실한 효과를 보는 방법이다. 하지만 앞서 말했듯이, 잘 먹히지 않는다는 게 문제인데, 이게 아주 큰 문제였다.

"자신 없는데."

"그래도 대주가 해주셔야 합니다. 적군의 진형은 분명 적무영의 지시일 겁니다. 그러니 그 진형을 무너뜨리려면 적무영의 평정부터 흔들어야 합니다."

"조 군사가 적무영을 잘 몰라서 그래. 그놈은 감정이 없어."

"아니, 아닙니다. 대주."

"맞아. 그건 내가 놈과 대화를 해봐서 잘 알……"

빤히 바라보는 조현승의 시선에, 조휘는 말을 하다 멈췄다. 그러고 보니 떠오르는 게 있었다. 조휘가 태어나서 가장 황당했던 순간. 그 순간이 떠올랐다. 말도 안 되는 소리만 하다가 떠난 진무혜라는 여성이 떠오른 거다.

"잠깐, 잠깐만… 그게 진짜였던 건가?"

"그런 것 같습니다. 대주. 이번 대회전만 봐도 이상하지 않습니까? 놈이 먼저 팽팽하던 선을 끊고 나섰습니다. 그건 곧 감정이 통제가 안 된다는 뜻 아니겠습니까?"

"기다리다… 지쳤다?"

"그럴 수도 있고, 다른 이유가 있을 수도 있겠지요. 예를 들면… 대주를 흔들 서 부단주를 다시 빼앗긴 일 같은."

"……."

조현승의 말은 그럴싸했다.

조휘도 실제로 그렇게 느껴질 정도였다.

'만약 놈이 정말 감정을 되찾고 흔들리고 있다면?'

이건 기회였다.

놈을 확실하게 보낼 수 있는, 아주 천금 같은 기회였다.

"좋아. 받아들이지."

"감사합니다. 은 소저."

그 부름에 은여령의 시선이 조현승에게 향했다.

"네?"

"해주셔야 할 일이 있습니다."

"네, 말하세요."

"꽤나 위험한 작전이 될 겁니다."

"일단 말하세요."

위험하다고 하는데도 은여령은 거침이 없었다. 오히려 조휘의 인상이 조금 굳어질 정도였는데도 말이다. 힐끔, 조휘를 한 차례 바라봤던 조현승이 다시 은여령에게 시선을 던지고 부탁을 얘기했다.

"후우, 아까 회의가 끝나고 이 제독이 극비라고 준 정보가 하나 있습니다. 적무영의 옆에 붙어 있는 인질인지, 아니면 총애하는 시비인지, 그도 아니면 정을 준 여인인지 확실치는 않지만 자금성에서 여기까지 강제로 끌고 온 여인이 한 명 있다고 합니다."

"…지금 그거 설마."

"은 소저가 생각하는 게 맞습니다. 납치해주십시오."

"……."

조현승이다.

너무 올곧아 부러질 위기가 되어서야 오홍련에서 겨우 구한 조현승이다. 그런 그가 지금 납치를 거론하고 있었다. 그것도 눈빛에 아주 단단한 다짐을 새겨 넣고서. 전술 전략에도 당연히 정도, 사도가 존재할 것이다. 그리고 여태까지 조현승이 짰던 작전은 정도를 벗어난 적이 없었다. 과감성, 속도, 화력. 이 세 가지를 중점으로 작전을 짰던 그가 지금은 여인의 납치를 은여령에게 부탁하고 있었다.

사도도 이런 사도가 없다.

"전쟁입니다."

두 사람의 놀란 눈빛에, 조현승이 담담하게 답했다.

"……."

잠시의 침묵 뒤, 먼저 정신을 차린 건 조휘였다.

"불가."

어째서냐는 듯이 조현승이 조휘를 바라봤다. 조휘는 그 시선에 이번엔 바로 답을 줬다.

"너무 위험해. 아직도 수만 대군이야. 그 속에서 여인 하나를 데리고 나오는 게 쉬울 것 같아? 목숨이 열 개가 있어도 부족할 거다."

"지원이 있을 겁니다."

"불가!"

조휘는 짧고, 단단한 음성으로 불가를 외쳤다. 은여령이 소중해서? 그런 것도 당연히 있었다. 하지만 진짜 불가의 이유는 은여령이 들어가고, 지원이 있다고 해도 그 여인을 납치해서 들키지 않고 조용히 나올 수 있는 확률이 거의 없다는 게 가장 컸다. 만약 가능성이 조금이라도 있었다면 조휘가 했을 거다.

하지만 저런 상황에, 저렇게 진형의 문을 꼭 걸어 잠군 상태에서는 천하의 은여령이라도 나올 수 없을 것이다.

내공을 익혔으나 그 이전 그녀는 사람이고, 사람의 한계는 반드시 개개인이 다르지만 분명하게 존재하기 때문이다.

"도발이라면 받아들인다. 그건 가능성이 있으니까. 하지만 지금 그 제안은 가능성이 거의 없어. 아니, 아예 없어. 영 할이라고. 내가 미쳤다고 그런 작전을 허락하겠어?"

"만약, 그 지원이 전혀 예상치도 못한 곳의 지원이라면 어떡하시겠습니까?"

"전혀 예상치 못한 곳……? 뭔가 있구나, 줘 봐."

스륵.

조현승은 품에서 서신 하나를 꺼내 조휘에게 건넸다.

"이 제독에게 아까 같이 받은 겁니다."

고개를 끄덕인 후 서신을 살피는 조휘. 한 자 한 자 읽어 내려갈수록 조휘의 표정은 기괴하게 일그러지기 시작했다.

*   *   *

"이자가 왜……?"

수신자는 그렇다 쳐도, 끝에 발신자의 이름이 조휘의 표정을 구겨 놨다.

"동창 태감, 양명?"

곁눈질로 서신을 살펴본 은여령에 의해서 발신자의 이름이 나왔고, 이어 그녀의 표정도 요상하게 굳었다.

동창태감 양명.

연 백호를 죽이라 지시했고, 만력제를 도와 상실시대를 재림시키려 한 오홍련의 척살 대상 영순위에 자리 잡은 인물의 이름이 바로 양명이다. 지금이야 적무영 때문에 거의 아무런 힘도 못 쓰지만 그 이전에는 나는 새도 손짓 하나로 떨어트리는 무소불

위(無所不爲)의 권력을 지녔던 게 바로 양명이다.

심지어 서창까지 움직였던, 말 그대로 황제의 바로 아래 있는 환관이 바로 양명인데… 문제는 왜 이 자가 이런 서신을 이화매에게 보냈냐는 거다. 아까 전에도 그랬지만, 이화매는 양명을 반드시 죽이겠다고 했다. 만력제와 함께 반드시 말이다.

'그리고 그걸 놈도 알고 있을 텐데?'

등신이 아닌 이상, 만약 적무영이 깨지면 다음은 제 자신이라는 걸 알고 있을 거다. 그런데도 이런 서신을 보냈다.

말도 안 되는 소리다.

적의 적은 아군이라는 말이 있긴 하지만 황실과 오홍련은 이미 서로 돌아오지 못할 길을 거하게 넘었다.

절대로 서로 연합을 할 수 없는 사이라고 생각했는데 떡하니 서신이 날아왔다.

"이 서신을 믿을 수 있나? 함정일 수도 있는데?"

"아니라는 결론이 나왔답니다. 물론 저도 동의합니다. 적무영이 황실을 장악하고 첫 번째로 한 일이 만력제를 가두었고, 두번째가 수족을 자르는 일이었습니다. 그 과정에서 만력제와 양명을 따르던 대신들은 모조리 목이 날아갔습니다."

"피의 숙청이었다던……."

"네, 맞습니다. 그런 그가 적무영을 도와 이런 서신을 보내지는 않았을 겁니다."

"흠……."

그래, 이 서신이 양명이 오홍련을 도와주려 보냈다고 치자. 하지만 그렇다고 다 믿을 수도 없는 법이다. 십 할 진심이 가득 담긴 편지라 하더라도, 은여령 혼자 수만 대군 안으로 들여보내는 건 너무나 위험했다.

"역시 안 되겠어. 그리고 조 군사. 당신답지 않게 너무 무모한 작전인데?"

"위험 부담이 너무 크지만, 성공만 하면 역으로 적무영을 흔들 수 있는 신의 한수가 될 작전이라 어쩔 수 없었습니다. 하지만 사실 진 대주가 거절할 것도 예상은 했습니다."

"예상했다라… 그럼 다른 작전이 있다는 소리로 들어도 되나?"

"물론입니다."

조휘의 입가에 피식, 미소가 맺혔다.

조소가 아닌 기분 좋을 때 나오는 미소에 가까웠다.

"말해 봐."

"아무래도 장난질 좀 쳐야겠습니다."

"장난질?"

"네."

장난질이라… 조휘는 조현승이 어떤 생각을 가지고 있는지, 전혀 알 수가 없었다.

"먼저……."

천천히 운을 뗀 조현승의 말은 한참이나 계속 됐고, 조휘의 입가에 떠올라 있던 미소도 오래도록 지속됐다.

조현승.

역시 그의 머리는 뛰어났다.

이화매는 현재의 사기가 유지되고 있을 때 적진을 무너뜨리길 원했다. 하지만 그건 사실 불가능한 일이었다. 작전을 짰으면 그걸 세세하게 들여다봐야 하고, 입안됐다 하더라도 부대를 운용할 방법을 확실하게 정해야 했다.

그게 안 된다면 아무리 작전이 뛰어나도 망할 수밖에 없다. 손발이 안 맞는데 무슨 작전을 진행하겠나.

그렇기 때문에 조현승의 작전은 이화매의 마음에 들었음에도, 삼일이나 더 지나고 나서야 개시됐다.

광활한 평야.

시체도 수습하지 못했던 평야지만, 이틀간 이화매가 작정하고 화장의 명목으로 불을 질러 버려 버틸 만은 했다.

그래도 여전히 시취가 평야 전체에 스며들어 있었다.

조휘는 혼자 나서지 않았다.

그의 옆에는 이안, 유키, 알, 이렇게 삼 인이 함께하고 있었다. 어쩐 일로 항상 조휘의 옆을 그림자처럼 지키던 은여령은 보이질 않았다.

조휘는 적당한 곳에 자리 잡았다.

조현승의 이렇게, 저렇게 도발해 달라는 부탁을 하진 않았다. 모든 건 조휘가 재량껏 해주기를 원했다.

그래서 조휘는 일단 특별한 행동은 하지 않았다. 그저 말에서 내려와 가만히 기다렸다. 그런 조휘를 포위하듯 둘러싼 이들 중 유키가 입을 열었다.

"이런다고 오겠습니까."

묵직한 중저음의 목소리가 들렸다.

조휘의 풍신과 비슷한 도를 품에 안은 그는 선이 굵직한 미남이었다. 챙이 넓은, 마치 조선의 삿갓과 비슷한 특이한 걸 머리에 쓴 이안과는 전혀 다른 외모였다. 물론, 둘 다 여심을 홀랑 훔치고도 남을 정도의 수려한 외모이긴 했다.

"아마 오늘은 아무런 반응도 없을 겁니다."

조휘의 답에 유키는 그냥 고개만 끄덕였다. 더 물어보고 싶은 게 있지만 그가 이화매에게 받은 명령은 무조건 마도를 지키란 명령이었다. 굳이 쓸데없는 호기심은 접어놔도 알아서 조휘가 할 거라 생각한 것이다.

이안, 알, 이 두 사람은 아예 입을 열지 않았다. 조휘가 평야에 앉아 가만히 있는 두 시진 동안 한 마디도 열지 않았다. 툭툭, 자리를 털고 일어난 조휘는 적진에 시선을 한 번 줬다가 말했다.

"돌아갑시다."

"……."

대답 대신 그냥 고개를 끄덕이는 걸로 세 개의 대답이 돌아왔다. 돌아와 바로 이화매의 막사로 향한 조휘. 막사 안에는 그녀와 양희은 밖에 없었지만, 그녀는 여전히 군용지도를 보면서 생각에 잠겨 있었다.

조휘가 들어왔는데도 고개도 돌리지 않고 있었다. 그만큼 집중하고 있다는 뜻이었다. 조휘는 괜히 기척을 내서 방해하지 않았다. 혹시 모른다. 저 상태에서 절묘한 계가 하나 나올지. 하지만 이각이 지나도 그런 일은 벌어지지 않았다. 후우, 하는 한숨만 나왔을 뿐이었다.

"어, 왔어?"

그제야 조휘를 발견한 이화매가 아는 체를 했다. 조휘는 그냥 고개만 끄덕이고는 빈 의자에 가서 앉았다. 마주 앉은 이화매가 바로 물어왔다.

"어땠어, 나왔나?"

"안 나왔습니다."

"그래? 하긴, 등신이 아니라면 뭔가 의도를 가지고 니가 나갔다는 걸 알 테니까."

"……"

설마 협상을 하자고 조휘가 나가 있진 않을 거라는 건 적무영도 빤히 알 것이다. 그러니 뭔가 꿍꿍이가 있다고 판단, 나오지 않은 것이다. 그러나 그게 이화매를 갸웃거리게 만들었다.

"근데 그놈이 그렇게 조심성이 많은 놈이었나?"

"조 군사가 보고 안 했습니까?"

"보고? 아아… 했지. 그것 때문에 갑자기 사람이 그렇게 변한 거라는 게 난 영 믿겨지질 않아서."

천리통혜, 진무혜를 만났던 일을 말함이었다.

비천성주.

"사람이 그런 일을 할 수 있다는 게 믿겨? 마도 네 생각은 어때?"

"제 생각이고 자시고… 현재 적무영은 실제 변화한 모습을 보이고 있습니다. 안 믿을 수도 없는 노릇입니다. 그리고… 만나봐야 압니다. 솔직히 말해 그 여인은 사람 같지가 않았습니다."

"음… 그 정도야?"

"네. 그냥 인외의 존재. 딱 그 정도가 가장 적당한 표현일 겁니다."

"인외라……."

예전, 아득한 예전엔 좀 흔한 단어였다.

천외천이니, 인외니 하는 단어들은 분명 확실하게 인간에게 붙여 사용할 수 있었던 단어였다. 하지만 지금은 아니었다. 제 아무리 단련이 잘된 무인이라도, 총 한 방이면 저승길로 가는 세상. 지금은 딱 그런 세상이었다.

그렇다 보니 이화매는 잘 공감을 못하고 있었다. 사실 조휘도 마찬가지긴 했다. 제 입으로 말하긴 했지만, 낯선 단어임이 분명했다. 그녀를 표현할 가장 적당한 단어였기 때문에 썼지, 그녀가 아니었다면 결코 쓰지 않았을 단어였다.

"적무영이랑 비교하면?"

"감히… 상대도 안 될 겁니다."

"그런데 왜 살려뒀대? 그냥 죽이면 되는 것 아닌가?"

"무슨 언약이란 걸로 인세에 개입이 힘들다고 하는데… 사실 그건 저도 잘 모르겠습니다. 그리고 개입해서 그 새끼를 죽이는 것도 바라지 않습니다."

"하긴……."

적무영은 조휘의 최종 목표다.

반드시 목을 따고 싶은, 그런 새끼다. 그걸 다른 누군가에게 양보할 생각은 죽어도 없었다.

"그 얘긴 그만 하고, 어때?"

밑도 끝도 없이 묻다 보니 조휘는 잠시 생각해야 했다. 눈치가 빠른 편이라 어떤 주제인지 오래지 않아 떠올랐다.

"모르겠습니다. 일단 조 군사가 부탁했으니 해볼 뿐입니다."

"장난질 친다며? 그건 나한테도 안 말해주던데?"

"혹시 모를 첩자 때문입니다. 그 일은 저와 조 군사, 그리고 은여령 밖에 모릅니다."

"좋아. 궁금하지만 참지. 결과로 보면 될 테니까."

"네."

"하지만… 확실하게 해. 이번에 꼭 저 개새끼… 돌아오지 못할 강 건너로 던져 버리자고."

"……."

조휘는 그 말에 고개만 끄덕여 대답했다. 이런 얘기, 다짐, 언제고 해도 괜찮았다. 과하면 지칠 것 같지만, 조휘는 전혀 안 그랬다. 오히려 독기가 장작이 되어 복수의 불꽃을 계속해서 활활 타오르게 해줬다.

약해지지 않는 것.

현재 조휘에게 가장 필요한 감정이었다.

"저는 이만 일어나겠습니다."

"그래, 오후에 또 나갈 거지?"

"네."

"조심하고."

꾸벅.

가볍게 예를 취하고 나온 조휘는 바로 식사를 했다. 오홍련의 풍부한 자금으로 인해, 식사는 제법이었다. 든든하게 속을 채운 뒤 잠시 쉬다가 신시 말경 다시 삼 인과 함께 평야로 나갔다.

변한 건 아무것도 없었다.

바람 소리만 들리며 악취만 사방으로 흩날릴 뿐인 곳. 조휘는 말에 내렸다.

"옵니다."

말에서 내리기 무섭게 유키의 말이 들려왔고, 고개를 돌려보니 저 멀리 검은 점 비슷한 게 보이긴 보이는 것 같았다. 조휘의 시력으로는 그 정도가 전부였다.

"새까만 갑주, 까지는 확인이 가능하군요."

"……."

말없이 고개를 끄덕이는 조휘. 역시 수준 차이가 났다.

'확실히 내력의 유무가 이런 데서 차이 나는군.'

그나저나… 새까만 갑주라고 했다.

놈이다.

오랜만에 다시… 놈을 대면한다.

타오르는 불꽃같은 갈기가 인상적인 적마(赤馬)를 느긋하게 타고 온 적무영이 조휘와 조휘 일행을 빤히 바라봤다.

"뭐야, 재미없게. 난 또 해보자는 건줄 알고 신나서 왔는데."

히죽 웃는 놈의 얼굴을 조휘는 잠시간 바라보다가, 피식 웃었다.

"반가워, 적무영. 보고 싶었어."

"뭐? 하하하!"

조휘의 말이 웃겼는지 대소를 터트리는 걸 보고, 조휘는 다시 한 번 말했다.

"조선에서 본 이후, 본 적 없잖아? 벌써 몇 년이나 지났다고."

"하하, 그렇지. 벌써 그렇게 흘렀네. 근데 진짜야? 나 정말 보고 싶었어?"

적무영이 환하지만, 안에 깃든 살심을 숨기지 못한 채 물었다.

"그럼, 진짜 보고 싶었어."

"왜?"

"왜겠어? 죽여 버리려면 먼저 만나는 게 먼저잖아?"

"뭐? 하하하! 하하하하하!"

파안대소라고 하던가?

적무영이 말 위에서 고개를 젖히고 미친놈처럼 웃어 재꼈다. 한참을 웃던 적무영은 눈물을 찔끔 닦더니, 환하게 웃으며 말했다.

"많이 컸다?"

슥!

그리고 그 말이 끝남과 동시에 말 위에 있던 적무영의 모습은 조휘의 시선에서 사라졌다.

깡……!

통렬하게 울리는 쇳소리.

"어쭈? 이걸 막아?"

"……."

적무영의 손을 막은 건 유키의 도, 요도 무라마사였다. 그는 냉막한 표정으로 적무영의 말을 흘려 넘겼다.

쉭! 쉬익!

그리고 연달아 울리는 검격.

　이안과 알의 합공이었다. 하지만 상대는 적무영이다. 이해가
안 갈 정도로 빠른 몸놀림을 지닌 놈이라 금세 공격의 사정권
안에서 빠져 나갔다.

　"하긴, 오홍련이 자랑하는 세 명의 무사라면 막을 만하지. 인
정해 줄게. 근데 무서웠나봐? 저렇게 다 데리고 온 걸 보니?"

　"목숨은 소중하니까."

　"큭큭! 그러면서 난 어떻게 죽이게?"

　"걱정하지 마. 어떻게든 죽여 줄 테니까."

　조휘의 그 말에 적무영은 다시 대소를 터트렸다. 어이가 없다
는 듯이, 그리고 자신의 앞에 있는 조휘를 포함한 넷은 안중에
도 없다는 듯이 무방비한 모습으로 웃었다. 그 모습이 극히 거슬
렸지만 조휘는 경거망동하지 않았다.

　말했듯이, 앞에 있는 흑갑주의 사내는 적무영이다. 상실시대
의 유산을 이은, 인외의 경지에 있는 놈.

　잘못 움직였다간 목이 달아난다.

　'잘하고 있겠지.'

　조휘가 조현승에게 받은 임무는 놈의 도발과 함께, 하나가 더
있다. 바로 시간 끌기. 지금 이 시간에도 조현승의 수작은 진행
되고 있었다. 어떤 수작인지는 오직 조현승과 은여령, 그리고 조
휘만 알고 있었다.

　이화매조차도 모르고 있었다.

　"음?"

　적무영이 웃음을 멈추고 조휘의 너머를 빤히 바라봤다. 그 모

습이 마치 광대처럼 과장된 모습이라 조휘는 바로 알 수 있었다.

'시작했군.'

첫 번째.

병력의 움직임이다.

그것도 기병대로 적무영을 포위할 모습을 슬그머니 보여준다.

"뭐야, 설마 시간 좀 끌다가 날 잡아 넣으려고 했어?"

피식. 어이가 없네, 어이가 없어. 하하하. 하고 놈이 웃었다. 당연히 그건 아니었다. 조현승이 바보도 아닌데 다른 놈도 아니고 적무영을 가둘 생각을 하겠나. 저건 그냥 신경만 쓰이게 하는 용도였다.

"그냥 한 번 해보는 거지 뭐. 되든 안 되든 뭐든 시도해 보는 건 나쁘지 않잖아? 니가 이 제독을 암살하려고 한 것처럼."

"큭! 뭐야. 용건이나 말해봐. 한가하게 나랑 놀자고 이러는 건 아닐 테고."

"맞춰."

"뭐?"

"내가… 여기서 왜 이러고 있을까… 맞춰보라고."

"하, 하하. 아하하하. 하하하하하!"

아하하하하하!

재밌나보다. 적무영은 또 다시 웃음을 터뜨렸고, 조휘는 그 웃음에도 담담했다. 신경을 살살 긁는 것, 도발에는 아주 좋은 방법이다. 고개를 절레절레 저으며 웃는 적무영에게 조휘는 갑자기 한 마디 툭 던졌다.

"감정이 되살아났지?"

"……."

그 말에 적무영의 웃음이 뚝 멎었다.

"이제 와서 숨기려 해봤자 소용없어. 들은 것도 있고, 지금 보고도 있으니까."

애초에 저렇게 웃는 게 이상한 일이었다. 천리통혜의 말을 전부 믿는 건 아니었지만, 이제는 믿을 수 있게 됐다.

"솔직히 듣고도 믿지 않았는데, 이젠 확실히 믿겠어. 넌 이제… 그냥 좀 센 놈에 불과하다는 걸."

"……."

적무영의 가장 큰 위험함은 그 무력이 태반을 넘게 차지한다. 그건 누구도 부정하지 않는다. 하지만 조휘는 조금 다르게 생각했다. 살인, 고문, 이러한 것들에 아무런 감정도 느끼지 못하는 성격이 가장 위험하다고 생각했다.

옳고 그름의 결여는… 그 어떤 선택을 내리더라도, 그게 잘못됐음에도 잘못된 걸 느끼지 못하게 하니 말이다.

"무슨 꿍꿍이인지 모르겠는데… 이런다고 뭐가 변하진 않아."

"글쎄, 진짜 그럴까?"

적무영의 으르렁거리듯이 내뱉은 말에 조휘는 천천히 도발이 먹히고 있다고 생각했다. 비틀린 입매와 살의로 번뜩이는 눈빛.

'슬슬 입질이 오는데……?'

역시, 감정이 재생되니 도발이 걸리고 있다. 애써 태연한 척 연기하고 있지만 조휘의 눈엔 다 보였다.

'더 걸어?'

고민이었다.

잘 되면, 잘하면 여기서 잡을 수 있다. 이안, 유키, 알에다가 자신까지 있다. 좀 전 적무영의 공격을 유키는 아주 훌륭하게 막았다. 덤벼든다면 못 잡을 것도 없을 거란 생각이 들었지만 역시 신중해야 했다.

그 이유는 아직 놈의 무력의 끝을 못 봤기 때문이다. 저게 끝이라면 작정하고 도발을 걸어 싸워보겠는데, 그게 확실치 않았다.

도박?

조휘는 별로 좋아하지 않았다.

그래서 고민이 되는 거다.

'아직, 좀 더 시간을 끌자.'

하지만 조휘는 조현승의 부탁에 충실하기로 했다. 그러나 조휘는 모르고 있었다. 자신이 들어주는 부탁으로 지금… 무슨 일이 벌어지고 있는지.

                    *   *   *

이화매의 개인 막사.

그녀는 조현승이 조휘가 나가자마자 은밀히 찾자 급히 막사로 돌아왔다. 막사에 도착하니 조현승, 이화매가 있었고 조현승의 입에서 나온 작전을 들은 그녀는 헛웃음을 흘렸다.

"조현승. 작전이 너무 대담해."

"후우, 어쩔 수 없었습니다. 이 정보를 폐기하기도 그랬고, 그것만큼 확실한 방법이 도무지 떠오르질 않았으니까요."

"마도의 분노는 어떻게 감당할 생각인가?"

"목숨으로 갚겠습니다."

피식.

한 차례 웃음 이화매의 입에서 진심 가득한 말이 흘러나왔다.

"그라면 진짜 목을 날릴 거야."

"알고 있습니다. 그간 옆에서 지켜본 진 대주라면… 제 목을 치고도 남겠지요."

"그런데도 하겠다고?"

"네. 가장 확실한 방법을 포기하는 건 미련한 짓이니까요."

"그렇단 말이지… 은성검의 생각은?"

여태껏 가만히 있던 은여령에게 날아간 질문. 그녀의 눈빛은 이화매가 지금까지 봐왔던 그 어떤 눈빛보다 강렬하게 빛나고 있었다. 게다가 결심을 강하게 했는지 온몸에서 기세가 풍겨 나고 있었다.

그녀의 별호에 아주 걸 맞는 기세였다.

"저도… 하겠어요."

"위험할 거야."

"그는 조선에서 혼자서 했어요. 아무런 도움도 없이."

"그건 마도고, 너는 달라. 애초에 특기가 다르잖아. 게다가 넌 여인의 몸이야. 체형을 숨길 수는 없을 걸."

"그래도 할 거예요. 이번 작전으로 전쟁을 끝낼 수만 있다면……"

"끝난다는 보장은 누구도 못해. 수틀릴 수도 있고."

"……"

대답하지 않고 눈빛으로 대답하는 은여령. 그런 그녀의 눈빛에 이화매는 고개를 절레절레 저었다. 본인이 하겠다고 한다. 하지만 작전이 너무 위험하다. 무슨 작전이냐면, 조휘가 반대했던 그 작전이다.

적무영의 연인으로 추정되는 여인을 납치하는 것. 도움은 동창태감이 주겠다고 했던… 그 작전이다.

이건 진짜 문제가 많은 작전이다.

하지만 이미 조현승은 판단을 내렸다. 양명의 서신은 거짓으로 보이지 않은 거다. 호랑이가 산을 빼앗겼다. 산을 빼앗긴 호랑이는 그 산을 떠나지 못하고, 한 구석에 숨어 때를 기다린다.

양명은 지금이 그때라고 판단했고, 적무영이 자금성을 떠난 지금, 마지막 한 수를 내던졌다. 그게 바로 그가 여태껏 숨죽이며 지켜봤던 서희의 존재다.

서희가 오기 전엔 시비들이 진짜 수없이 죽어 나갔다. 짧으면 즉각, 길면 하루에서 이틀 정도였다.

고문으로 시작해 고문으로 죽일 때도 있었고, 그냥 목이나 심장 같은 급소를 뚫어 죽일 때도 있었다.

그런데 서희는 달랐다.

그녀만 해가 지나도록 살아남았고, 양명은 이걸 적무영이 서희를 가슴에 품었을 거라 확신했다.

솔직히 그 확신은 틀리지 않았다.

문제는 지켜봐 온 자는 확신하지만, 지켜보지 못하고 서신으로 전해들은 자는 이걸 확신할 수 없을 거다.

그러나 조현승은 확신했다.

지금 이 시기에 날아온 양명의 서신. 이건 진실이라고. 그가 동창과 서창의 인력을 총 동원해 서희의 납치를 돕겠다고. 서신 말미에 적힌 대로 양명이 원하는 건 딱 하나였다. 서희의 납치로 인한 적무영의 동요, 이후 폭주, 그 다음이 죽음이다.

물론, 이건 이화매도, 조휘도, 은여령도 마찬가지다. 지상 최대 과제라 해도 과언이 아니다.

"조현승."

"네."

"성공 확률은 얼마나 돼?"

"칠 할 이상입니다."

"정확히!"

"팔 할입니다."

팔 할이라… 성공 확률이 굉장히 높다는 소리다. 하지만 저 팔 할이 영 할로 곤두박질칠 가능성이 있다는 게 역시 문제다. 은여령을 그냥 보냈다는 걸 마도가 알면 아마도 단번에 돌아설 거다.

아마 자신이 말리지 않았다는 것에 굉장한 실망을 가질 거고, 이후부터는 그 어떤 통제도 불가능할 거다.

명령?

'지랄… 부탁도 안 먹히겠지.'

이화매는 고민해야 했다.

고민하고, 또 고민해야 했다. 이 한 번의 선택이 단 며칠 뒤의 상황을 완전히 뒤집을 수 있다. 팽팽하던 전선을 그냥 무너뜨리고 파죽지세로 북경까지 내달릴 수도 있다. 적의 중심은 적무영이다.

'놈만 잡으면… 그 새끼만 잡을 수 있다면……'

전쟁은 끝난다.

양명? 만력제?

적무영이 없는 명군 따위, 전혀 두렵지 않았다. 게다가 아직 연 백호의 아버지인 연 오경의 중앙군은 침묵하고 있었다. 만약의 사태를 위해서였다. 전장의 승기가 기울어 오홍련으로 넘어온 이후 그가 칼을 뽑아들고 나선다면? 명 자체를 뒤집는 것도 가능할 거다. 결심이 섰다. 고민을 끝낸 이화매는 마지막 하나만 더 물었다.

"은성검."

"네."

"살아 돌아와."

"네."

"좋아… 조현승."

결심이 선 그녀의 눈빛은 강렬했다. 그 강렬함에 잠시 놀란 조현승이 뜸을 들였다 대답했다.

"네."

"날 찾아와서 이런 얘기를 해준 걸 보니까… 필요한 게 있는 것 같은데. 뭐야. 뭐가 필요해?"

"팔열지옥대(八熱地獄隊)를 지원해주십시오."

"그놈들? 기병대야. 어디다 쓸 건데?"

"은 부대주가 임무를 마치고 나오는 순간입니다."

"좋아. 전권을 주지. 하지만 지금 거기 부대주 셋이 마도와 함께 있는데?"

"명령만 내려주십시오. 제 명령에 움직일 수 있도록."

"그러지. 언제 시작할 건가?"

"적무영이 나오는 순간, 그 순간 비로 시작할 생각입니다."

"나오는 순간이라."

"네, 은 소저가 약속 장소로 가서 신호를 보내면 바로 양명이 보낸 이들이 올 겁니다. 그들과 같이 들어가서 잠입, 빠르게 적무영의 여인을 납치해서 빠질 겁니다. 은 소저의 움직임을 생각하면 빠르면 반 시진, 늦어도 한 시진이면 끝날 겁니다."

"만약 그 안에 적무영이 돌아오면?"

"진 대주에게 최대한 시간을 끌어달라고 했습니다. 그러니 분명 한 시진은 잡아 둘 겁니다."

"음……."

하나라도 어긋나면 정말 최악의 결과가 나온다. 이미 결심을 했는데도 이화매는 다시금 고민을 할 수밖에 없었다.

"은성검. 마지막으로 묻는다."

"……."

"할 거야?"

"네."

이렇게까지 강직하게 대답하니, 말릴 명분도 없었다. 그리고 솔직히 이화매도 은여령이 해줬으면 하는 마음이 들고 있었다. 양명의 정보가 확실만 하다면, 여인을 잡는 순간 적무영의 평정을 무너뜨리고 적진을 완전히 들쑤실 수 있을 테니 말이다.

'나 하나 지옥에 떨어져서 수만, 수십만을 구할 수 있다

면…….'

웃으며 가리.

그 옛날 소림의 정신을 떠올린 이화매다.

그리고 정말 시기 좋게, 양희은이 들어와서 '마도와 적무영이 만났습니다'라고 간단히 보고를 올렸다.

셋의 시선이 맞닿았고, 은여령이 자리에서 조용히 일어났다.

*   *   *

아무 말도 안 했지만, 은여령은 동이나 서나 둘 다 좋아하지 않는다. 아니, 솔직히 말하자면 증오한다. 그녀의 사형제가 서창의 수작에 모두 죽었기 때문이었다. 그래서 정말 증오한다. 반드시 복수하고 싶을 정도다.

그런데 합동 작전이라니… 솔직히 말하자면 어불성설이지만, 그녀는 이번만큼은 참기로 했다.

'백검의 기치 아래…….'

순수한 무를 지향하는 백검문도였던 은여령이고, 그 기치는 백검에서 적(籍)을 때내고도 아직 확실하게 살아 있었다.

조휘도 그 여인을 잡아오면, 적무영을 혼들 가능성이 높다고 했다. 은여령은 조현승의 말을 들은 게 아니었다. 조휘의 말을 들은 거지. 그가 그 작전을 포기했던 건 자신의 안위를 위해서였다.

'고마워요. 그렇게 생각해 줘서.'

고마웠다.

정말 고마웠다.

그리고 그의 마음을 확인한 것 같아 너무 기뻤다. 말투는 단호했지만, 은여령은 느낄 수 있었다. 그 안에 동료가 아닌 연인으로서 자신을 감싸는 그의 마음을. 그걸 알았기 때문에 그때는 가만히 있었던 거였다.

하지만 조현승이 다시 찾아왔다.

아주 몰래.

조휘에게는 장난질이라고 했는데, 그게 적무영이 아닌… 조휘에게 말한 거였다. 은여령은 이해했다.

아직도 귀에 생생이 들리는 것 같았다.

주먹을 꾹 쥐고, 입술을 깨물고 피를 흘리며 한 말을.

'희생 없는 전쟁은 없습니다.'

그 말을 듣고 은여령은 바로 이해해 버렸다. 조현승이 지금 목숨을 내어달라는 것을. 전쟁의 승기를 뒤집을 한 방을 위해서 말이다. 은여령은 하루만 생각할 시간을 달라고 했고, 밤새 결론을 내렸다.

하기로.

조현승은 분명히 말해줬다.

실패할 확률보다, 성공할 확률이 훨씬 높다고.

판을 읽는 눈이 탁월한 그가 그리 확신한다면, 믿을 만하다고 생각했다. 그래서 조휘에게도 절대 말하지 않았다. 평소처럼 행동하느냐 힘들었지만, 그래도 참고 버텨냈다. 하지만 지금은 아니었다.

"말 안 해서 미안해요."

약속 장소에 도착한 은여령은 그 말을 슬프게 내뱉으며 품에서 호각을 꺼냈다. 이미 주변에서 기척이 느껴졌지만 약속된 신호는 보내야 하니까. 그 호각을 천천히 입으로 가져가며, 짧게 다시 읊조렸다.

"약속할게요. 꼭 살아서 돌아온다고."

이후 입술을 잠시 깨물었던 은여령은 심호흡을 한 후 작게 호각을 불었다. 그러자 반 다경도 지나지 않아 동창 특유의 복장을 일단의 무리가 다가왔다. 칙칙한 기세다. 하지만 범상치 않은 기세이기도 했다.

"은성검?"

쇠를 꼬챙이로 긁는 듯 탁하고 거친 소리가 들려왔다.

"……."

그녀는 대답 대신 고개만 끄덕였다. 그러니 바로 고개만 까닥하며 따라오라는 신호를 보냈다. 뭐, 괜찮았다. 어차피 서로 통성명할 생각 따위는 없었으니까.

놈들의 이동은 빨랐다. 물론 그녀가 못 따라갈 정도는 아니었다.

적진이 보이는 곳에 도착하자 대장으로 보이는 놈이 보자기 하나를 던졌다. 펼쳐 보니 똑같은 복장이 들어 있었고, 그녀는 군말 없이 입었다.

"시간은 많아 봐야 반 시진. 빠르게 안내할 테니까 그 안에 끝내도록 하지."

안으로 들어가는 건 이들이 알아서 할 거다. 동창이든 서창이든 어차피 명패만 떡 하니 눈앞에 꺼내주면 의심은 사지 않을 거다.

대장이 움직이자 은여령은 그의 오 보 뒤로 붙었다. 그녀의 주변을 포위하듯 무리가 산개했지만 그래도 생각은 있는지 기습을 할 거리 안으로는 들어오지 않았다.

쿵, 쿵쿵.

심장이 쿵쿵 뛰면서 긴장감이 고조됐다. 복면을 뒤집어써서 안 보일 뿐이지, 벗었다면 땀이 줄줄 흘렀을 거고, 표정에도 어쩌면 노출이 됐을 거다.

'이런 걸 그는 버텼던 거야⋯⋯?'

그래서 놀랬다.

조선에서 일만이 넘는 대군 속으로 침투했던 그의 대범함에, 포위당하고도 그걸 뚫고 나오던 그의 대단함에, 포기하지 않는 그 끈질김에 정말 놀랐다.

'이겨. 이겨 내. 은여령. 그도 했던 일이야. 아직 그를 이용했던 잘못, 갚지도 못했잖아. 이번엔 내가 그에게 도움이 되는 거야.'

이런 마음으로 스스로를 세뇌하며 뛰는 심장을 진정시켰다. 적당한 긴장은 약이지만, 지나친 긴장은 독이다. 심장박동이 정상으로 돌아왔을 때야 조금은 뻣뻣하던 움직임이 자연스럽게 풀렸다.

적진에서 일단의 무리가 다가왔다.

정찰대이자, 경비대였다.

"소속!"

휙!

말없이 그냥 동창패를 던져주고는 그대로 갈 길을 가는 대장.

은여령도 걸음을 멈추지 않았다. 패를 받은 정찰대원은 흠칫 놀랐다가 얼른 말에서 내려 패를 대장에게 가져다 받쳤다. 그걸 돌려받은 그는 고개도 돌리지 않고 물었다.

"소속."

"시, 십 정찰대 소속……."

"꺼져."

"네! 충!"

급히 경례를 붙이고 사라지는 걸 보며 은여령은 눈을 빛냈다. 모든 게 전혀 어색하지 않았다. 자신을 데리고 가고 있음에도, 그 어떤 긴장의 기색도 없다. 그만큼 현장 경험이 많다는 걸 뜻하며, 또 그만큼 더 믿을 수 있다는 의미였다.

걸음은 빨랐으며, 거침없었다.

새까만 복장으로 일통을 하면 당연히 주변을 시선을 받지만, 그딴 건 아예 개의치 않고 쭉쭉 걸어 나갔다. 그렇게 얼마나 걸었을까, 눈에 다 담기지도 않는 대형 천막에서 대장은 멈춰 섰다. 비슷한 복장의 새까만 것들이 막사를 지키고 있었다.

"류(流)."

"……."

암호였는지, 바로 그들은 비켜섰다.

안으로는 대장과 은여령 딱 둘이 들어섰다. 컸다. 정말 무슨… 애들 열댓은 데려다 놓고 뛰어 놀아라고 해도 결코 부족하지 않을 정도로 컸다. 그 중앙에, 폭신폭신한 이불을 몇 겹이나 펼쳐놓았고, 그 위에 한 여인이 있었다.

윤기가 자르르 흐르는 흑발.

이화매보다 훨씬 또렷한 이목구비가 한족은 아님을 암시해줬다. 예뻤다. 정말 너무 예뻐서, 그렇게 밖에 설명할 수가 없었다. 하지만 눈빛에는 슬픔만 주르르 흐르는 걸 보니, 지금 이 공간이 결코 좋지 않음을 알 수 있었다.

"서희."

"……."

스으윽.

느릿하게 돌아간 고개가 은여령에 다가와, 뚝 멎었다.

"누구……."

"구하러 왔어요."

"……."

답 대신 날아온 침묵에 은여령은 가벼운 걸음으로 그녀에게 다가가, 상체만 숙이며 손을 뻗었다. 그리고 작게, 속삭였다.

"지옥에서, 꺼내 줄게요."

"……."

결정타였나? 서희는 은여령의 손을 망설임 없이 잡았다. 쉽게 포섭했다. 하지만 은여령은 잘 알고 있었다.

지금부터가 작전의 진짜 시작이라는 걸.

                    *   *   *

조휘는 정확하게 한 시진 반만에 돌아왔다. 돌아와 이화매의 막사로 왔는데, 뭔가 이상했다. 조휘의 감은 날카롭다. 예민의 극이라고 해도 과언이 아니다. 그런 그의 감에 뭔가 불쾌한 것들이 잡혔다.

특히 정면에 서서 고개를 푹 숙이고 있는 조현승. 그에게서는 자신에게 향한 속죄의 감정 같은 것들이 보였다.

"……"

조휘도 입을 열지 않았고, 조현승은 물론 이화매와 양희은까지, 같이 들어온 오홍련의 무인 셋도 입을 다물었다.

감이 좋으면 이런 게 안 좋다.

자신이 없던 사이에 무슨 일이 벌어졌는지, 말도 안 했는데도 알아버리기 때문이다.

피식.

허탈한 마음에 헛웃음이 흘러나오는 걸 조휘는 참을 수 없었다.

"장난질이라는 게, 나를 향한 장난질이었나?"

"……"

조휘의 나직한 말에 조현승은 입을 꾹 다물고, 오직 그의 눈만 바라봤다.

"대답해, 조 군사. 혀를 뽑아버리기 전에."

혀를 뽑으면 당연히 더 말을 못 하겠지만, 그것도 알아차리지 못할 정도로 말이 막 나갔다. 조휘의 정신 상태가 지금 순간 흔들리고 있다는 증거였다.

스윽.

오홍련이 자랑하는, 적무영의 공격까지 막았던 셋이 조현승의 주변으로 움직였다. 빠른 상황 판단이었다. 그들이 아는 마도는, 스스로가 정해놓은 감정의 선을 넘는 순간 즉각 폭발하는 사내였으니까.

"작전을… 맡겼습니다."

"알아. 보나마나 내게 말했던 그 적무영의 여자를 납치하라고 시킨 거겠지. 근데 문제는… 그걸 내가 분명 거절했다는 거야."

"……."

큭!

억눌린 웃음이 흘러나왔다.

저 침묵은 긍정 같은 게 아니라 그냥 할 말이 없어 나온 침묵이었다. 조휘의 눈빛에 대번에 마(魔)가 들어섰다. 아주 오랜만에 튀어 나온 놈은 웃기게도 적이 아닌, 동료 때문에 튀어나왔다.

"하극상이네?"

큭큭!

조휘의 번들거리는 시선이 이화매에게 향했다.

"오홍련은 하극상을 어떻게 처벌합니까?"

"……."

이화매도 대답하지 못했다.

왜냐면, 상황에 따라 하극상, 명령 불복종 죄는 즉참해 버리기 때문이고, 지금 그러한 대답을 해줬다간 조휘가 단숨에 조현승의 목을 날릴 것 같았기 때문이다. 천하의 이화매도 지금만큼은 나서지 않았다.

그만큼, 지금 조휘의 모습은 위험했다.

예전에 자신을 몰아붙였을 때는 난폭하고, 격렬했지만 눈빛에 마(魔)를 띄어놓진 않았었다. 하지만 지금은 적나라하다. 감정 상태는 너무 쉽게 파악이 가능해 보였다. 억눌린 놈은 살의. 터지면 반드시 칼부림이 일어난다.

그렇기 때문에 말을… 잘해야 하는 상황이다.

"현 상황을 뒤집을 가장 확실한 방법이라 생각했습니다."

"그래? 누구한테."

"물론… 저희입니다."

"지랄……."

큭큭!

웃음을 흘린 조휘가 한 걸음 내딛었다. 그러자 반응이 즉각 왔다. 이안과 유키, 알이 조현승의 앞과 좌우를 막아섰다.

하지만 막아설 줄 알았다.

조휘의 걸음은 멈추지 않았고, 이화매에게 향했다.

"이젠 확실히 갈라서자는 거지?"

"진정해, 마도."

"진정? 개소리 지껄이네, 썅."

조휘의 입에서 나온 상소리에 막사 안 모두의 얼굴이 굳었다. 조휘가 욕지거리를 아주 찰지게 내뱉을 때는, 칼부림이 나올 때 라는 걸 익히 알기 때문이다.

"실망스럽다, 이화매. 당신 겨우 이 정도밖에 안 됐나?"

"지옥에 가기로 맹세했으니까."

"큭큭, 그 지옥… 가려면 혼자 가. 왜 엄한 사람까지 끌어들여 가면서… 지랄인 건데, 엉?"

"할 말이 없다. 하지만… 이건 은성검도 원한거야."

"원했어도… 말렸어야 하는 게 아닌가? 어쩐지… 하긴, 이상했 어. 굳이 나에게 저 셋을 붙였을 때부터. 큭! 그때 알아차렸어야 했는데……."

까드득!

이가 갈리는 섬뜩한 소리에는 적나라한 분노가 섞여 있었다.

휙.

소휘의 손끝에서 뚝 떨어진 나무 명패. 오홍련을 증명하는 패다. 조휘는 그걸 발로 밟았다.

콰직!

소리를 내며 깨진 명패.

이걸로 조휘와 이화매의 관계는 확실하게 끝장났다. 묵직한 침묵이 감돌기 시작하는데, 분위기 파악 못하고 들어선 이가 있었다.

"제독 언… 아."

이화였다.

그녀는 들어오자마자 눈을 데굴데굴 굴렸다. 풍신의 손잡이를 잡고 있는 조휘. 그런 조휘의 앞을 막고 있는 이안과 유키, 알. 상황이 이상하다는 걸 느끼지 못하는 게 이상한 일이었다.

"저… 그. 그게……."

"그녀는?"

"쪼, 쫓기고 있……."

휙.

조휘는 그 말을 듣는 순간, 미련 없이 신형을 돌렸다.

제84장
그와, 그녀

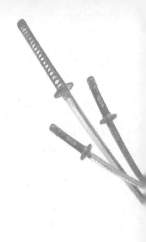

　진지를 빠져 나와 달리는 조휘의 뒤로, 대체 어떻게 알았는지, 공작대가 따라 붙었다. 조휘는 묻지 않았다. 지금 한가하게 대화를 나눌 시간 따위는 없으니까. 하지만 위지룡은 할 말이 있었나 보다.

　"검영을 붙였습니다! 타격대에서 쓰던 표식을 찾아 이동하면 됩니다!"

　"……."

　조휘는 고개를 끄덕이는 걸로 답을 대신했다. 하지만 정말 고마웠다. 조현승이 자신 몰래 수작질을 했는데도, 위지룡은 뭔가 위화감을 느끼고 있었나 보다.

　'그러니 검영을 몰래 붙일 생각을 했겠지. 고맙다, 위지룡.'

　사실 위지룡은 은여령이 조용히 나가는 모습을 봤고, 그때부터 준비를 했다. 이어서 조현승을 찾아가 자초지정을 들은 이후, 바로 검영을 포함해 공작대 다섯 명, 한 개조를 급히 내보냈다. 위지룡의 순간적인 기지가 빛난 순간이었다.

그렇게 한참을 달렸다.

위지룡은 검영만 보낸 게 아니었다. 아예 병력을 따로 빼서 보냈는지, 거리를 두고 공작대가 대기하고 있었다. 조휘는 그들의 안내를 받으며 쉬지 않고 달렸다. 첫 번째, 두 번째 대원들과 합류했을 때는 벌써 반 시진을 훌쩍 달리고 난 뒤였다. 그러나 아직 검영은 만나질 못했다.

아마 계속 은여령을 따라가고 있는 것 같았다. 조휘는 일단 멈췄다.

급하게 가는 것도 좋지만 더 중요한 건 휴식이었다. 지금 당장 그녀의 안위가 걱정된다고 해서 육체에 피로라는 독을 심을 수는 없는 법이란 소리다.

"반각 쉬고 다시 이동한다."

"네."

"위지룡. 표식 찾아."

"맡겨주십시오."

체력적으로 가장 좋은 건 위지룡과 악도건이다. 위지룡이 일어나자 악도건도 따라 일어나서 같이 움직였다. 타격대 표식을 모를 테니, 배워서 같이 찾으려는 것 같았다.

"괜찮나?"

오현이 걱정 가득한 질문에 조휘는 짧게 한숨을 쉰 뒤 고개를 끄덕였다. 사실 전부가 안다. 은여령이 조휘를 가슴에 담았다는 걸. 그리고 그걸 표현했고, 그 표현을 조휘가 받아들였다는 것까지.

공작대 자체가 눈치 없는 놈들이 들어올 수 없는 곳이라 이러한 사실을 모르는 이는 진짜 단 한 명도 없었다.

그러니 걱정이 되어서 묻는 거다.

위지룡에게 들은, 은여령 개인 임무.

그건 너무나 위험한 작전이었다. 솔직히 양명이 보낸 서신이 거짓이라 친다면 은여령은 아예 죽을 자리로 알아서 기어들어간 꼴이 된다.

조휘의 걱정도 거기서 시작된다는 걸 오현은 알았다.

"걱정 말게. 은 소저가 어디 쉽게 당할 사람인가?"

"……."

조휘도 안다.

은여령 정도면 정말 웬만해서는 잡을 수 없다는 걸. 하지만 수만 대군이 있는 그곳의 중심부를 파고 들어간 거다. 걸리는 순간, 죽음은 피할 길이 없게 된다. 하지만 다행히도 빠져는 나온 것 같았다.

'그러니 이화가 쫓기고 있다고 했겠지…….'

그렇다면 그녀는 버텨줄 거다.

"후우, 괜찮으니 내 걱정은 말고. 그보다 괜찮나? 난 이제 공작대의 대주가 아닌데?"

"허헛, 뭘 그리 섭섭한 소린가. 진 대주가 대주를 안 맡으면 누가 우릴 이끄나?"

오현의 말에 조휘는 피식 웃고 말았다. 슥 돌아보니 공작대 전체가 고개를 끄덕이고 있었다. 어느새 이들은 조휘를 대주로 가슴속 깊이 인정하고 있었다. 그래서 아무런 미련도 두지 않고 이렇게 따라 나왔다.

사실 공작대는 조휘가 오자마자 막사 근방에 대기하고 있었다. 그래서 모든 대화를 들었고, 조휘를 따라나서는데 망설임이 없었다.

고마운 일이었다.

"모두 고맙다."

그래서 조휘는 처음으로 고맙다는 말을 입에 담았다. 그게 의외였는지, 모두의 얼굴에 놀람이 잠깐 떠올랐다가, 잔잔한 미소로 변했다.

"허, 살다 진 대주가 그런 말도 다 하고 말이야. 이거 역시 오래살고 볼 일이야. 하핫!"

오현의 놀림에 조휘는 이번에도 그냥 피식 웃고 말았다. 긴장되던 마음은 많이 풀렸다. 반각은 짧은 시간이다.

정확하게 반각 만에 일어난 조휘는 움직일 준비를 했다.

'믿는다. 내가 갈 때까지만 버텨.'

속으로 굳은 믿음을, 그녀에게 보내면서.

*　　　　*　　　　*

헉헉!

입에서 단내가 나는 게 얼마만인지, 거기다 등에 서희까지 업고 달리려니 아주 죽을 맛이었다. 아무리 내력을 쓰는 무인이라고 해도 체력과 내력에 한계가 있기 마련이다. 후들거리는 다리에다가 폐까지 죽겠다고 아우성을 치고 있었지만 그녀는 멈추지 않았다. 그녀는 무작정 남쪽으로 내달렸다.

양명은 적진 안에도 손을 써놓았다. 대체 어떻게 구워삶았는지 모르지만 천막 주변을 지키던 살수들을 포섭해 놨다. 그래도 양명은 양명이다. 그가 적무영에게 밀려 거의 감금당하듯이 있다지만 그 이전엔 명의 동창 태감이었다. 나는 새를 모조리 떨어트릴 수 있는 권력을 지녔던 이다. 그 권력은 쉽게 잡을 수 있는 게 아니다. 당연히 능력이 있어야 하고, 양명은 그 능력을 충분히 지니고 있었다.

그런 양명의 도움으로, 서희에게 똑같은 복장을 입혔고, 창의 인물 하나를 안에 남게 했다. 이후 바로 빠져서 나왔다. 당연히 살수들은 포섭되어 있으니 말리지 않았다. 하지만 그것도 잠깐이다.

적진을 무사히 빠져나왔을 때, 은여령은 봤다. 평야에서 조휘와 얘기하던 적무영이 돌아오던 것을.

그가 들어오면 알 게 될 것이다.

그리고 추적대가 바로 꾸려질 거다. 그건 십 할 장담할 수 있었다. 양명이 보낸 이들은 은여령을 따라오지 않았다. 그냥 이인일조로 사방으로 흩어졌다. 아마 교란을 위한 선택이었을 것이다.

인사?

그딴 걸 하고 있을 처지가 아니라 지금은 그냥 도망만 쳐야할 때였다.

'어디로 가? 오홍련의 진지로?'

도리도리.

달리는 와중이지만 고개가 절로 저어졌다.

직감이지만, 거긴 아니었다. 아니, 그 위치가 잘못된다는 감이 강렬하게 들었다. 마치 개미지옥처럼.

그래서 무작정 남쪽이다.

"윽……!"

달리다 말고 은여령은 갑자기 신음을 흘렸다. 그 신음에 죽은 듯이 힘을 빼고 업혀 있던 서희가 놀라 몸을 움찔거렸다. 은여령은 인상을 쓴 채 천천히 멈춰 적당한 곳을 찾아 서희를 내렸다.

"괘, 괜찮아요……?"

풀죽은 목소리로 걱정하는 서희의 머리를 은여령은 그냥 말없이 쓰다듬어주려 손을 뻗었다. 그런데 서희는 반사적으로 몸을 움찔거렸다.

"으……."

"……."

"괜찮아."

은여령은 다시 천천히 손을 뻗어 머리에 댔다. 여태껏 달려온 몸을 감돌고 있는 열기 덕분일까? 서희는 이번엔 가만히 있었다. 안쓰러운 마음이 곧바로 따라왔다.

'얼마나 무서웠으면……'

서희는 딱, 서문영의 상태와 비슷했다.

정확하게는 서문영보다 두세 단계 정도 나은 상태? 하지만 이

상태가 지속되면 분명 서문영처럼 되고 말 것이다. 그래도 칭찬
해주고 싶은 건 그런 공포를 적무영에게서 느꼈으면서도 용기내
서 손을 잡았다는 뜻이다.

아마 속으로는 차라리 죽고 말지, 그 새끼 옆에는 절대로 있
지 않겠다, 이런 생각을 했을 거다.

잠시의 침묵이 돌았다.

은여령은 자리에서 일어나 천천히 몸을 풀기 시작했다. 움직
였던 몸이다. 그런 몸을 아무것도 안 하고 쉬게 하면 오히려 뻣
뻣하게 군다. 그러니 차라리 천천히 움직여 주는 게 좋다. 그
리고 서희를 업고 오느라 자세가 좋지 않아 미약한 근육 경직도
느껴졌다. 몸을 움직이는 그녀에게 서희가 물었다.

"우리… 어디로 가요?"

"남쪽으로 가요. 혹시 가고 싶은 곳 있어요?"

"그게……."

지금 할 질문은 아니었다. 하지만 은여령은 그녀의 분위기를
풀어주고자 물었고, 서희는 우물쭈물거렸다. 조금은 자신에게
마음을 연 게 느껴져, 은여령은 잔잔한 미소를 지었다. 추격자가
있을지 모르지만, 서희를 안심시키는 게 먼저였다.

"먼 곳으로 가고 싶어요."

"응?"

"그 악마가 찾을 수 없는… 아주 먼 곳……."

"……."

간절한 눈망울에, 은여령은 고개를 끄덕였다. 할 수만 있다면
꼭 들어주고 싶었다. 그러면서 문득, 지금 전선이 어떻게 돌아가

기 시작했는지가 궁금해졌다. 조현승은 장담했다. 서희는 악마의 감정을 뒤흔들 단 하나의 조건이라고. 그래서 조휘가 말렸던 걸, 조휘 몰래 했다. 다행이게도 양명의 서신은 사실이어서 무사히 나오긴 했다.

하지만 지금부터가 문제다.

감은 절대로 오홍련의 진지로 가지 말라고 외치고 있는 지금, 은여령이 할 수 있는 건 도주밖에 없었다.

"데려다 줄게, 꼭."

"진짜요……?"

"그래, 진짜. 약속할래?"

그러면서 새끼손가락을 내밀었더니 서희가 그 손을 빤히 바라봤다.

"언니가 조선에서 배운 건데, 이렇게 서로 새끼를 걸고 약속을 하면 꼭 지켜야 된대."

"아……."

그제야 서희는 손을 내밀었다.

손가락을 고리처럼 걸고는 몇 번이나 흔든 은여령은 이번에도 은은한 미소로 서희를 안심시켰다. 조휘라면 분명 자신을 찾아 출발했을 거라고 생각했다. 도착했다면 분명 사태를 파악했을 테니까. 근데 조휘와의 합류가 얼마나 걸릴지 모른다. 무사히 합류할 수도 있고, 그렇지 않을 수도 있었다.

혼자라면 괜찮다.

적무영, 그놈한테도 안 잡힐 자신이 있었다. 하지만 지금은 혼자가 아니다. 서희까지 같이 데리고 움직여야 하는 판이니, 그녀의 정신적 안정은 굉장히 중요했다. 혹여 참지 못하고 동요를 일으키면, 진짜 죽도 밥도 안 되는 작전으로 끝날 거다.

'아니, 최악의 작전이 되겠지……'

재수 없으면, 그와 이별하게 될 테니까.

그것도 영원히.

"다시 움직이자."

"네……"

자리에서 일어난 서희를 업은 은여령은 마치 보(褓)로 아이를 감싸듯 천으로 꽉 맨 다음, 검을 손에 쥐고 달리기 시작했다.

쉭쉭거리면서 주변의 전경이 정신없이 지나갔다. 그녀는 이미 내력까지 써 가며 달리고 있었다.

내력 소모, 체력 소모가 매우 극심할 텐데도 어쩔 수 없었다. 지금은 한시라도 빨리, 그리고 조금이라도 전장에서 멀리 떨어져야 하니까. 다행히 아직까지는 느껴지는 기척이 없었다. 이것만 해도 정말 다행이었다.

해가 떨어졌다. 은여령은 일부러 숲만 골라서 이동했다. 뻔한 도주로이긴 하지만 어쩔 수 없었다. 평야는 그냥 다 보일 테니까. 일부 기병대가 빠졌다면 넓은 평야로 움직이는 즉시 걸렸을 거다.

하루가 지난 뒤, 그녀는 방향을 틀었다.

밤새 고민한 결과, 무작정 남하하기보단 변수를 만들 수 있는 강을 끼기로 결정한 것이다. 다행히 달려서 하루, 이틀거리 안에 평음현이 있었다. 이미 주변 지형은 조현승의 권유로 모두 머릿속에 집어넣었다.

감으로 때려 맞춰 달려야겠지만 일단 목적지는 강이었다. 서희를 업어서 그런지 이틀이나 걸려 평음현 아래 강에 도착한 은여령은 갈대숲에 몸을 숨겨 주변을 살폈다. 다행히 주변을 지키는 병력은 없었다.

배를 타려면 현 안으로 들어가야 했고, 그때문에 은여령은 다시 고민에 빠졌다. 들어갈 것인가, 말 것인가.

안으로 들어가는 건 위험했다.

혹여 안에 병력이 매복해 있을 수도 있으니까. 그리고 평음현은 이미 적무영 군에 떨어진지 오래인 곳이다.

하지만 방법이 없으니 어쩔 수 없었다.

마음을 정하고 들어가려는 찰나, 저 끝에서 누군가가 다가오는 기척이 느껴졌다. 아무리 지쳤어도 그걸 놓칠 은여령이 아니었다.

스릉…….

검을 뽑자, 서희는 곧바로 손으로 입을 막았다.

총명한 아이였다.

자신이 해야 할 일을 정확히 알고 있었으니까.

은여령은 가만히 기다렸다.

거리는 계속해서 가까워지고 있었다.

'이십 보 밖, 십 보만 더 들어오면 움직인다.'

후우…….

차분한 숨이 빠져 나가고, 팽팽한 긴장감이 다시금 그녀를 채웠다. 하지만 은여령은 움직일 수 없었다. 아니, 움직이지 않아도 됐다.

삑.

공작대 전용 신호 소리 뒤,

"접니다, 검영."

아주 작게 들려온 목소리 때문이었다.

'검영? 그가 어떻게?'

하지만 목소리는 분명 검영이고, 소리도 분명 공작대의 신호였다. 이건 의심의 여지가 전혀 없었다. 궁금한 건 얼굴 맞대고 물어보면 될 일이었다.

"이쪽으로 와요."

"네."

소리 나지 않게 조심스럽게 다가온 그는 확실히 검영이 맞았다. 조휘의 타격대 시절 수하였고, 전역 후에도 위지룡과 장산처럼 조휘를 찾아 온 든든한 공작대의 대원. 은여령은 검영의 얼굴을 본 뒤, 그가 어떻게 자신을 쫓아왔는지 알 것 같았다.

추적술이야 타격대에서도 배웠겠고, 공작대에서도 따로 배웠을 거다. 그러니 위치 잡는 거야 어렵지 않았을 거고, 걸음은?

죽을 만큼 뛴 게 눈에 보였다.

피로가 정말 극한에 달했을 때의 얼굴이었다. 내력이 없는 검영이니 당연할 거다. 하지만 은여령이 서희를 업고 내력조절을 하며 달리지만 않았다면 제아무리 검영이라도 결코 은여령을 따라올 수는 없었을 거다.

"죽는 줄 알았습니다. 후우… 후우……."

"고생했어요. 여기, 물."

"후우, 후… 감사합니다."

검영은 은여령에게 병을 받아 딱 한 모금만 목을 축였다. 그 모습을 보며 은여령은 정말 살짝 미소 지었다. 저런 상태에서는 오히려 물을 벌컥벌컥 마시는 게 독이 된다. 왜 그런지는 모르지만 물이 내부 장기를 자극하는 게 아닐까 유추할 뿐이다. 그걸 혹독한 훈련으로 터득한 공작대고, 이런 극한 상황에서도 철저하게 지키는 모습을 보여주고 있었다.

"후우… 이제 좀 살겠습니다."

"다행이에요. 혹시 오면서 표식은 남겼나요?"

"네, 타격대의 표식으로 남겼습니다. 대주와 위 조장, 장 조장만 알아볼 수 있을 겁니다."

"휴. 고마워요."

"아닙니다. 이제 어쩌실 생각입니까? 이쪽으로 오신 걸 보니…….".

검영이 살짝 말끝을 흐렸다.

자신의 판단도 있지만, 그걸 내세우진 않는 모습. 은여령은 이 젊은 사내가 참 조휘와 닮은 것 같다고 생각했다.

"네, 맞아요. 배를 타고 제녕까지 이동할 생각이에요."

"알겠습니다. 제가 들어가서 배를 수소문해 보겠습니다."

"부탁… 제 뒤로 오세요."

"네, 네?"

"어서……!"

말하다 말고 짧게 끊어 소리친 은여령이 검병을 잡았다. 그에 검영은 곧바로 알아차렸다. 앞으로 구름과 일어나며 서희의 앞을 막았다.

"이런……."

"설마……?"

"네, 그 자예요."

"……."

검영은 느끼지 못했다.

하지만 은여령은 확실하게 알았다. 저 멀리서, 하늘조차 찢어 버리고, 대지를 갈라 버릴 지독한 기파가 느껴졌다. 살기까지 가득 섞여 구역질이 올라올 정도로 역겹기까지 했다. 인간이 저런 기파를 뿌릴 수 있다는 믿겨지지 않는 것도 당연한 점이었고.

조현승의 예상대로, 그 새끼가 왔다.

서희가 사라지고, 제대로 흔들리기 시작한…….

"적무영……."

파스스스……!

바람도 안 부는데 갈대숲이 우는 것처럼 떨었다. 오싹한 한기까지 느껴졌다. 정말이지 지독한 살기였다.

"업어서 좌측으로 뛰어요!"

"네!"

검영은 은여령의 말에 주저 없이 서희를 업었다. 서희는 새파랗게 질려 버렸지만, 그래도 입술을 꽉 깨물더니 검영의 등에 업혔다. 그러고는 검영이 뛰기 시작했다. 어차피 걸린 마당이다. 흔적이고 소리고 나발이고 숲을 헤치며 그냥 은여령이 지시한 방향으로 뛰었다. 은여령은 고개만 살기의 진원지로 향한 채 검영의 뒤를 따라 달렸다.

파바바박!

살기가 급속도로 가까워졌다.

은여령의 속도에 맞춰. 아니, 그것보다 빠르게 달려왔다.

감히……!

쩌렁!

거대한 대포와도 같이 고함이 저 멀리서부터 터져 나왔다. 적나라한 분노와 살심이 담겨 그런지, 피부가 따끔거릴 정도였다. 내력이 없는 일반인들이야 그저 놀라는 걸로 끝나겠지만, 오히려 민감한 무인이라면 전투 의지가 확 꺾이는, 그런 고함이었다.

발자국 소리는 급격히 가까워졌다.

"그대로 계속 달려요!"

"하지만……!"

"달리라고요! 그냥!"

"으득… 네!"

조만간 붙는다.

놈의 목적은 분명 서희다.

그게 일 순위고, 이 순위가 자신일 거라는 예감을 한 은여령은 적무영이 검영을 노릴 수 있는 경로를 차단한 채 달렸다.

쉬이익!

바람 소리가 거칠게 들리고, 갈대숲에서 갑자기 시꺼먼 그림자 같은 게 불쑥 튀어 올랐다. 그림자는 더럽게 빨랐다. 아니, 적무영의 공격은 더럽게 빨랐다. 은여령에게 마치 온 세상을 덮듯 날아온 놈이 그대로 수도를 내리쩍었다. 물론 은여령도 가만있진 않았다. 온 신경을 집중하고 있었던 만큼, 이번엔 제대로 시야에 잡았다.

지이익!

멈추는 하체. 동시에 자세를 잡아 내려가며 그대로 발검.

쩡……!

손과 검이 부딪쳐서 날 듯한 소리가 전혀 아닌 울음이 터졌다.

후왁!

손과 검이 마주쳤던 주변의 공기가 그냥 그대로 터져 나가며 풍압을 일으켰고, 두 사람의 신형을 동시에 뒤로 튕겨냈다. 은여령은 발이 땅에 닿는 즉시 천천히 뒤로 물러났다. 검영은 이미 저만치 가고 있지만, 지금 거길 쫓아갈 상황이 아니었다.

"아아… 너였어? 간덩이 부은 새끼가?"

적무영이 화사한 미소를 지으며 다가왔다. 그러나 눈빛에는 역시 번들거리는 살기가 머물러 있었다.

쿵! 쿵쿵!

심장박동이 점차 빨라졌다. 솔직히 전투의 흥분보다는 공포가 머릿속을 잠식하고 있었다.

그때, 조선에서 적무영이 보였던 그 악마 같은 신위가 다시금 떠오른 탓이었다.

"대체 어떻게 들어왔어? 응?"

"……."

은여령은 답하지 않았다.

나름 간파한 게 있다면, 놈은 저런 대화로 사람의 감정을 흔드는 버릇이 있었다. 아니, 확실히 그랬다. 조선에서도 조휘를 저런 조소 어린 말로 흔들었다. 그래서 은여령은 대화를 해줄 생각이 전혀 없었다.

"들어나 보자고. 어차피 여기서 당신이나 나나, 하나는 뒤질 텐데."

"……"

은여령은 여전히 말없이 뒤로 물러났다. 어느새 갈대숲은 끝나고, 지대가 점점 높아지고 있었다.

검영의 인기척은 어느새 거의 느껴지지 않았다. 상당히 멀리까지 도망친 것이다. 은여령은 속으로 안도의 한숨을 내쉬었다. 하지만 적무영은 그걸 귀신 같이 잡아냈다.

"왜, 멀리 도망간 것 같아 안심이야? 정말 안심이 돼? 신기하네. 내가 여기 있는데 안심이 다 되고."

"……"

흠칫!

그 말에 순식간에 안도는 사라지고, 경계심이 빠르게 자리 잡았다.

"뭐, 저 놈이야 언제든 잡을 수 있으니 됐고, 얘기나 해보라니까? 어떻게 들어왔어? 절대 혼자는 못 들어왔을 거야. 내가 그렇게 허술한 놈은 아니거든. 그럼 누가 도와줬단 얘긴데…… 누구려 나? 어디려 나? 떠오르는 새끼도, 떠오르는 놈들도 있는데."

"……"

적무영의 비릿한 말에 은여령은 흠칫 떨었다. 양명, 그 자를 걱정해서가 아니었다. 동창, 서창, 그 새끼들이 불쌍해서도 아니었다. 그저 적무영의 저 빠른 두뇌 회전 자체가 무서웠을 뿐이었다.

그런 은여령을 보며 적무영이 말을 이었다.

"양명, 결국 그 새끼가 사고를 치는군. 진즉에 죽였어야 됐나… 큭큭!"

"……."

정답이 나왔다.

"돌아가면… 빠르게 정리해야겠어. 이런, 그보다 뒤가 없는데? 하필이면 이런 곳으로 들어왔나? 당신에겐 악운이 따르는 모양이야."

"……."

은여령은 그 말에 고개를 돌려 확인해 보고 싶은 욕구가 들었다. 하지만 은여령은 꾹꾹 눌러 참았다. 적무영을 앞에 두고 고개를 돌린다? 그건 목을 곱게 내밀고 '소녀, 목을 치시옵소서!' 하고 하소연이라도 하는 것과 다를 게 없었다.

절대, 저 말에 흔들려선 안 됐다.

하지만 곧 알 수 있게 됐다.

계속해서 올라가는 걸음에 좌우의 경치가 변하기 시작했기 때문이다. 높은 고지대로 올라간다. 양쪽의 끝이 깎아지른 절벽의 형태를 띠어가고 있었고, 그 밑으로 물이 흘렀다.

'아… 하필이면…….'

적무영의 말이 맞았다.

하필이면 이 순간에, 은여령을 찾은 건 악운이었다.

'뒤에 검영과 서희도 있을 거야. 싸움을… 피할 수는 없겠어.'

솔직히 이렇게 될 거라는 예상도 했었다. 하지만 정작 이렇게 적무영과 일 대 일의 상황이 닥쳐오자, 몸의 떨림은 피할 수가 없었다.

"무서워?"

"…아니."

은여령은 처음으로 입을 열었다.

이제는 뭐든 밀려서는 안 된다. 자신의 자신감을 채우기 위해서도, 그 어느 것 하나 밀려선 안 된다는 거다.

대화, 기백, 그 외에도 전부.

"오, 드디어 입을 열었네? 왜, 이제야 상대할 마음이 좀 생겼어?"

"당신 뜻대로는 안 될 거예요."

"그거야 보면 알 일이고. 설마 저 뒤에 둘을 두고 버틸 생각이야?"

"물론. 그럴 생각입니다."

"되겠어?"

"……."

툭 하고 던진 말에 은여령은 순간 대답하지 못했다. 이럴 때는 배짱이라도 부려야 하는데 너무 긴장한 바람에 솔직한 심경이 튀어나온 탓이었다.

"조선에서 실력보다, 최소 배는 늘었어야 할 건데."

"그… 흡!"

쩌엉!

이 악물고 답하려는 순간, 적무영의 신형이 흔들렸다. 그에 은여령은 반사적으로 검을 휘둘렀다. 이번에도 북 터지는 소리가 났고, 제대로 준비를 못 하고 있던 탓인지 은여령의 신형이 뒤로 쭉 밀려났다. 아니, 아예 날아갔다. 힘을 제대로 흘려내지 못한 탓이었다. 그런 은여령을 검영이 뒤에서 받쳐 줬다.

"고마… 워요."

잠깐 말을 끊는 은여령.

이유는 검영이 그녀의 등에다가 신호를 넣었기 때문이다. 잠깐 멈칫 했지만 은여령의 안색은 곧바로 돌아왔다.

"이 정도로 날아가서야, 어떻게 버티려고?"

"괜찮아요. 반응을 못 했을 뿐이니까."

"두 번 못 하면, 목이 날아가고, 심장이 뚫린 건데?"

"그걸 어떻게 장담하나요?"

은여령은 그렇게 답했을 때, 그녀를 포함한 셋은 벼랑 끝에 몰렸다.

악운?

악운, 그래… 하지만 검영의 신호는 그 악운을 정 반대로 바꿔 놓았다. 대체 어떻게 안 건지… 그저 대단하단 말 밖에는 안 나왔다.

툭.

쿡 찌르는 느낌 뒤,

"응……?"

적무영이 고개를 갸웃거렸다.

검영이 서희를 안고 그대로 벼랑 끝에서 뛰어내린 것이다. 천 길 낭떠러지는 아니어도, 제법 높았다. 그래서 굉장히 오래 걸어 올라왔고, 그런 곳에서 뛴 거다. 당연히 자살은 당연히 아니었다.

"당신의 여유가, 모든 걸 망칠 겁니다."

"이……!"

타닷!

은여령의 신형이 공중으로 붕 떠서, 뒤로 날아갔다. 내력까지 움직인 동작이었고, 적무영이 반응하기도 전에 그녀의 몸이 절벽 아래로 빠르게 떨어졌다.

쉬이이이……!

바람을 가르고 얼마나 떨어졌을까, 아래에서 익숙하고, 듣고 싶었던 목소리가 들렸다.

"견제……!"

투두두두둥……!

그의 명령이 끝나는 순간, 이번에도 익숙한 홍뢰의 시위 튕기는 소리가 무수히 들려왔다. 은여령은 떨어지고 있었다. 반대로 홍뢰의 화살은 역으로 은여령을 지나쳐 솟구쳤다. 물론, 장력은 강하지 않지만 충분히 위협은 가능했다.

"숨 멈춰!"

조휘의 목소리가 재차 들려왔다.

그녀는 수면에 점점 가까워짐을 느끼자 전신에 내력을 팽팽하게, 아낌없이 돌리고 숨을 멈추고, 눈을 감았다. 그리고 곧바로 조휘의 고함이 터졌다.

소산… 소산에서 기다리겠다!

픽!

풍덩……!

그 소리를 들은 뒤, 은여령의 의식은 뿌옇게 흐려졌다.

은여령이 몸을 날리는 걸 보고 적무영은 잠시 흠칫했다가, 바로 반응했다. 몸을 날리려고 했지만 절벽 아래에는 범선 두 척이 있었고, 거기서 조휘의 지시로 인한 견제가 있었다.

슈슈슉!

사격이 어찌나 대단한지 절벽 끝을 아슬아슬하게 걸쳐 올라갔다. 물론, 이 정도 견제로 적무영이 다칠 일은 없었다.

하지만 적무영은 뛰지 못했다.

현재는 흑갑을 입고 있는 상태다. 그 무거운 걸 입고 여기까지 왔지만 힘들지는 않았다. 내력이 있으니까. 문제는 무게다. 상당한 무게 때문에 물속에 빠지면 아주 곤란한 상황이 벌어질 거라는 걸 적무영은 잘 알고 있었다.

"하하."

그래서 멍하니, 조휘가 셋을 구해가는 걸 구경해야만 했다. 범선은 빨랐다. 게다가 조원들이 노까지 젓기 시작했고, 마침 바람까지 순풍이었다.

"저건 못 따라가지."

그게 끝이 아니었다.

물길은 현재 적무영이 선 반대쪽으로 이어지고 있었다. 게다가 강폭이 넓어 지형 상 육로로 쫓는 건 불가능한 상태.

여유의 대가를 아주 제대로 치르는 적무영이었고, 그래서 어이가 없었다. 여유? 그래, 부렸다. 하지만 그게 이렇게 돌아올 줄은 정말 상상도 못했다.

"이것도 그 여자 탓인가?"

원래라면, 원래의 적무영이라면 서희부터 구하고 나서 시작했을 것이다. 하지만 들끓는 분노 때문에 서희에게도, 그리고 은여령에게도 최대한의 공포와 좌절을 맛보게 해주고 싶었다. 그렇지 않으면 분노가 가라앉질 않을 테니까. 또한 서희가 포기하질 않을 테니까.

그래서 그랬는데… 결과는 최악이었다.

이상한 선택을 하게 만든 원인으로 적무영은 그 여인을 떠올렸다.

"도대체 나한테 무슨 짓을 한 거냐……."

솔직히 적무영은 자신에게 어떤 일이 벌어졌는지 파악하고 있었다.

"감정. 큭! 그걸 정말 되살린 거냐……?"

그럼 일련의 상황이 이해가 간다.

느긋했던 자신이 급하게 전쟁을 일으킨 것도, 자신이 서희를 급격하게 아끼기 시작한 것도. 아니, 그 이상의 감정을 느끼기 시작한 것까지 전부 이해가 가능하다. 문제는 그게 이해가 가질 않는다는 점이다.

"나 또한 괴물이지. 근데… 더한 괴물이 있었다고?"

솔직히 지금 이 상태에서 적무영을 막을 자, 그 누가 있을까? 적무영이 작정만 한다면 적은 아주 악몽에 빠질 것이다. 그만큼 현재 무영의 맥을 이은 적무영은 강했다. 아니, 이 거대한 대륙에서 그를 막을 자, 분명 없을 것이다.

그런데 나타났다.

자신의 최강이라 생각했는데, 불쑥 나타나더니 그의 천형을 고치고 사라졌다. 그래, 거기까지는 이해한다. 하지만 문제는 천형을 고친 게 자신에게 악영향을 끼치기 시작한 것이다. 그가 만력제에게 경고를 한 것도, 왜로 넘어간 것도, 조선 전쟁에 참여한 것도, 다시 돌아와 자금성을 지배한 것도, 전부 철저하게 계산된 일이다. 그리고 이후 오홍련에 역습을 가했다. 신무기를 개발했고, 오홍련의 비선을 오염시켰으며 그로 인해 타격을 줬다. 여기까지는 전부 계산된 거다. 하지만… 그 여인이 나타나며 모든 게 망가졌다.

"얼마만이지……?"

뒤통수를 제대로 얻어맞았다.

너무 강하게 맞아 별이 눈앞에 아른거릴 정도로 말이다.

그래서 그런가?

"하하, 어이가 없네……."

적무영은 분노보다는 허탈함을 느꼈다. 이런 기분은 생에 정말 몇 번 없었다. 그 몇 번도 어렸을 적에 있던 일이고, 무영의 맥을 이은 이후, 단 한 번도 없었다. 자신의 의도대로 일이 풀리지 않은 적은 말이다.

그런데 지금 맞았다.

"소산? 큭큭, 가주지. 준비 잘 하고 있어라."

마도…….

저 멀리 사라져 가는 범선을 보며 살기가 넘실거리는 한 마디를 내뱉은 후, 적무영은 신형을 돌렸다.

*   *   *

은여령이 강물에 빠지던 순간, 조휘는 명령을 내려놓은 후 망설임 없이 강물로 뛰어들었다. 검영과 서희가 빠졌을 때는 이미 악도건과 위지룡이 뛰어들었다. 공작대나 타격대 자체가 해전에 매우 익숙하다. 자맥질이야 익숙하다 못해 아예 경지에 오른 이들이다. 물론, 서희를 안고 뛴 검영도 익숙했다.

그는 바로 물위로 올라왔지만 서희는 이미 기절해 있었고, 악도건이 서희를 받아 배로 올라왔다.

그때 은여령이 떨어졌다.

조휘는 그대로 은여령이 떨어진 곳으로 잠영으로 다가갔다. 물이 그리 탁하진 않아 저 앞에 기포가 부글부글 올라오는 게 보였다. 그리고 은여령이 쭉 가라앉았다가 수면 위로 부상하는 모습도 보였다.

저 정도 높이에서 떨어졌다고 어떻게 될 그녀가 아니다.

"푸하!"

"푸! 괜찮아?"

"네."

조휘의 물음에 미소를 지으며 답한 그녀는 자신이 뛰어내린 벼랑을 바라봤다.

"안 따라오네요."

"제아무리 놈이라도 저 통짜 쇠로 만든 갑주를 입고 물로 뛰어드는 건 미친 짓이지. 일단 빠지자."

"네."

둘은 빠르게 유영해 배에 올라왔고, 둘이 올라오자마자 돛이 펴지며 배는 속도를 내기 시작했다. 게다가 공작대가 챙겨온 노를 젓기 시작하자 배는 순식간에 물살을 타고 나아가기 시작했다.

"서희는요?"

"괜찮아요. 제가 응급처치 했고, 지금은 그냥 기절한 것뿐이니까."

은여령의 질문에 이화가 대답을 했고, 그녀는 고개를 끄덕이며 짧게 한숨을 쉬었다. 그런 그녀를 조휘는 잠시 보다가, 시선을 돌렸다. 하고 싶은 말은 많다. 하지만 지금은 그 말을 할 때가 아니었다.

모든 건 때가 있는 법.

일단은 여기서 완전히 벗어나는 게 먼저였다. 뛰어내리지는 않았지만 적무영이 어떻게 나올지 모르는 상황이니까 말이다. 놈이면 어떤 기상천외한 방법으로 따라올 것 같았다. 하지만 그건 기우였다.

한참이 지나도록 놈은 움직이지 않았고, 점이 되어 사라졌다. 저 정도 거리면 절대로 못 따라올 거란 확신이 들었을 때야 조휘는 긴장을 풀고, 한숨을 흘렸다.

"이대로 계속 물길을 타고 가면 어디가 나오지?"

"량산, 련주, 제녕입니다. 제녕 앞은 거대한 호수가 있고 그곳이라면 찾기 힘들 겁니다."

"소산으로 간다. 최대한 빠른 뱃길을 알아봐."

"네."

위지룡이 대답하고는 악도건, 오현과 상의를 시작했다. 조현승은 감히 이 무리에 끼지 못했다. 본인이 한 짓이 있었기 때문이다. 조휘는 다시 은여령을 바라봤다. 눈빛에는 숨길 수 없는 질책이 담겨 있었고, 그걸 파악한 은여령은 조용히 고개를 숙였다. 그녀도 아는 것이다. 조휘의 선택을 거절하고, 그 위험한 작전을 감행했다는 걸. 이건 입이 두 개 있어도 할 말이 없는 일이었다.

위지룡이 다시 다가왔다.

"제녕에서 설성까지 간 다음, 말을 구해서 강소성을 건너 산림으로 가 배를 구하는 게 제일 빠릅니다."

"그래, 그럼 제녕까지는 쉬지 않고 움직인다."

"그런데 그놈한테 경로를 읽히지 않겠습니까?"

"인간이야. 경로를 읽었다 해도 물로 이동하는 우리보다 빠르게는 못 와. 게다가 절벽에서 추적을 포기한 걸 보니 소산으로 조용히 올 가능성이 크다."

"알겠습니다. 그럼 제녕까지는 바로 가겠습니다."

"식량은?"

"이틀 치 있지만, 이삼 일 굶는다고 저희 죽지 않습니다."

"무슨 일이 벌어질지 모르는데 체력이 떨어져서는 곤란해."

"걱정 마십시오. 정 안되면 잠시 쉬는 동안 물고기라도 낚으면 됩니다."

"그래, 일단 그건 너한테 맡기지."

"네!"

위지룡이 물러갔고, 조휘는 은여령에게 턱짓으로 밑으로 내려오라는 신호를 보냈다. 밑에 화물 창고로 들어가는 조휘와 은여령. 꿉꿉한 냄새가 가장 먼저 반겼다. 등불을 켠 조휘는 한쪽에 자리 잡고 섰다. 은여령은 그런 조휘의 앞에 찍소리도 못하고 섰다.

"……."

미약한 불빛 아래 두 사람의 시선이 마주쳤다. 조휘는 그 마주침 뒤에 입술을 살짝 씹었다. 짜증이 확 올라왔다.

왜, 왜?

도대체 왜?

"왜 내가 거절한 작전을 굳이 수행했지?"

그렇게 물었으면서도 사실 조휘는 어느 정도 답을 알고 있었다. 그럼에도 물은 건, 다른 이유도 있을 수 있기 때문이었다.

"그게 가장 확실했기 때문이었어요."

"……."

은여령의 답은 곧바로 나왔다.

"그리고 저밖에 할 수 없는 작전이었어요."

"……."

안다.

공작대 무력의 오분지 일 정도는 그녀가 감당하고 있다는 걸. 내력을 익힌 진짜 무인. 일검으로 쇠도 가를 수 있는, 정말 전 중원을 뒤져도 찾기 힘든 무인이 바로 그녀다. 조현승이 제안한 작전은 그런 작전이었다.

오직, 공작대에서 은여령밖에 할 수 없는 작전. 그래서 조휘가 거절한 작전이기도 하다. 실패 시, 뒤가 없는 작전이었기 때문에.

그런데… 조현승은 자신을 속이고, 은여령을 꾀었다.

그녀의 말은 아직 끝나지 않았다.

뭐라 말을 하려는 찰나, 먼저 열리는 그녀의 입술.

"그리고 무엇보다… 당신에게 도움이 되고 싶었어요."

"……"

후우, 조휘는 생각했던 것과 같은 답이 나오자 한숨이 나오는 걸 막지 못했다.

"당신은 지금도 충분히 도움이 되고 있어."

"하지만……."

"공작대가 치른 작전, 당신이 없었으면 불가능한 작전들도 있었고, 그게 아니더라도 당신이 있으면 피해가 최소한으로 줄어. 조선에서 가등청정을 죽일 때를 기억하나? 올라가다가 쇠로 걸어 잠근 열쇠가 있었지. 그건 당신 아니었으면 못 베었어. 우리였으면 그대로 후퇴해야 했을 거라고."

"……"

입술을 살짝 깨무는 은여령.

조휘는 그녀를 보다가 한 발자국 다가가, 꼼지락거리고 있는 그녀의 손을 가만히 잡았다.

"은여령. 그대가 있었기에 우리는 작전을 완수할 수 있었고, 최소한의 피해만으로 작전을 뛸 수 있었어. 그리고 내 목숨 또한 여러 번 구해줬지."

"……"

"다시는 이러지마."

"네……."

조휘는 은여령의 대답을 듣고 나서 손을 놨다. 검을 잡았던 손. 매끈한 여인의 손이 아닌, 굳은살이 덕지덕지 붙은, 어쩌면 웬만한 사내보다도 흉측한 손. 하지만 조휘는 그 까칠함이 기분 나쁘지 않았다.

오히려 측은했다.

조휘는 먼저 위로 올라갔다.

하지만 은여령은 그 자리서 가만히 서 있었다.

조휘가 쥐었던 손을, 남은 손으로 부여잡고.

*   *   *

제남성.

피로 얼룩진 대지.

아니, 시체가 발끝에 채일 정도로 온 천지에 널린 대지. 그곳이 바로 제남성 주변이다. 적무영의 이탈은 오홍련 비선이 곧바로 잡아냈고, 이화매에게 전달됐다. 이어 그녀는 기병대를 이용한 전격 기습을 개시했다.

물론, 이미 조용히 준비하고 있었다.

조휘가 시간을 끌고 있을 때 뒤에서 어수선했던 이유가 준비를 하고 있어서였다. 적무영은 그걸 자신을 포위하려 하는지 착각한 거고.

이 착각의 대가는… 컸다.

매우 컸다.

제대로 준비를 못했고, 적무영까지 사라져 지휘부에 혼란이
온 마당에 이안과 유기, 알이 이끄는 기병대가 일직선으로 뚫어
수뇌부를 직격했다. 기습 시작과 함께 수뇌부의 궤멸은 명군을
완전히 병신으로 만들어 버렸다.

그것도 사지가 꽁꽁 묶인.

이어서 남은 건 학살이었다.

반격의 준비는커녕, 제남성의 문이 열리며 도지휘사 반윤이
남은 군을 모조리 끌고 나와 포위망을 형성했다.

이게 결정타였다.

삼면을 포위해 들어간 제남군과 오홍련의 군에 의해 거의 궤
멸해 버렸다.

전투가 끝난 후 이 상황을 딱 한 마디로 정의내릴 수 있는 단
어가 있었다.

시산혈해.

시체의 산과 피의 바다를 굳은 눈으로 보던 이화매가 마지막
으로 시선을 둔 곳은, 북녘이었다.

제85장
마도와 적무영

조휘가 소산에 도착하는데 걸린 시간 삼 주, 삼 주 동안 천하
는 복통을 앓기 시작했다. 제남성 대회전이 만들어 낸 결과는
숨죽이고 있던 열사(烈士)들을 깨웠다. 수많은 군웅들이 들고 일
어났고, 각자의 방식대로 오홍련에 도움이 될 만한 일들을 벌였
다. 그들은 제일 먼저 황실의 부패한 관리를 척결하면서 민심을
장악했다. 도탄에 빠진 백성들을 지킨다는 군웅들의 외침은 천
하 곳곳에서 터져 나왔고, 황군과 부딪치며 난세를 만들어가기
시작했다.

　"이건 예상치 못한 일인데……."

　위지룡과 악도건이 알아 온 천하 정세를 듣고 조용히 뇌까린
조휘다. 조휘는 소산에 도착해 예전 성혜를 처음 만났던 기루에
있었다. 하지만 이젠 웃음을 파는 기루가 아닌, 객잔으로 업종

을 바꾼 상태였다.

"그러게, 이건 이 제독도 아마 예상 못했을 거네."

"하지만 반대로 현 황실이 얼마나 썩었는지를 알 수 있는 정세이기도 해요."

조휘의 말에 오현, 은여령이 수긍하며 따로 자신의 생각을 풀어냈다. 조휘도 공감했다. 이화매도 아마 몰랐을 거라 생각했다. 그녀는 언제나 숙고한다. 자신의 선택 하나에 수없이 많은 피가 흐를 것이란 걸 아주 잘 알기 때문이다. 그러니 그녀는 원군을 나가겠다고 결정했을 때도, 분명 전쟁 후의 결과에 대해 심사숙고했을 것이고, 괜찮다는 판단이 들었으니 군을 움직였을 거다.

그런데 이런 상황이 나왔다.

천하가… 피로 잠기는 상황이 말이다.

"일단은 적무영에 집중하지."

"그러세."

"네."

지금은 천하의 안위보다 적무영 그놈을 맞이할 준비가 더 시급했다. 마지막 장소로 소산을 택한 건 따로 대단한 이유가 있어서가 아니었다. 이곳에서 시작됐으니 이곳에서 끝내겠다는 단순한 발상이 순간적으로 들었을 뿐이다. 그래서 문제가 생겼다. 오는 내내 전장을 생각했는데, 마땅한 장소가 나오질 않았다.

소산에서 어렸을 적 뛰어놀던 조휘다. 지형이야 머릿속에 아직 남아 있지만, 문제는 그 지형 어디에도 전장으로 마땅한 곳이 없었다.

조휘가 원하는 장소는 굉장히 까탈스러운 조건이 붙기 때문이었다. 적무영을 잡아야 하는데, 웬만한 곳으로는 어림도 없었다. 공작대의 피해도 없어야 하고, 확실하게 놈을 잡을 수 있어야 했다.

함정을 설치하고, 그 함정으로 놈에게 피해를 가랑비에 옷 젖듯 누적시킬 수 있는 곳. 그렇게 해도 한 번 들어오면 도망칠 수 없어야 하는 곳, 그런 곳이 필요했다. 그러니 찾기 쉬울 리가 없었다.

공작대 반 이상이 나가 이틀 째 찾고 있지만, 역시나 쉽지가 않았다.

벌컥.

악도건이 문을 열고 들어와 바로 조휘에게 다가왔다.

"비선에서 온 정보입니다."

서신을 받아 펼쳐보니 현재 적무영의 위치가 적혀 있었다.

"장흥이라. 이제 막 강소성을 지나 절강성으로 들어왔군."

놈은 이렇게 대놓고 자신을 노출시키며 이동하고 있었다. 이 정보를 받은 게 처음은 아니었다. 위치 확인만 벌써 세 번째였고, 조휘는 이걸 놈이 보내는 신호라고 생각했다. 준비할 시간을 충분히 줄 테니, 확실히 준비하라고.

'하여간 대담한 새끼… 하지만 그 대담함이 니 목을 칠거다.'

조휘가 속으로 그렇게 중얼거릴 때, 거의 같이 오현이 다시 말을 이었다.

"육로로 오는 것 같은데 꽤나 빠르게 오고 있군."

"말로 이동 중인 것 같아."

"흐음. 그렇다면 그 정도 거리도 이해는 가지. 장흥에서 예까지는 십일 정도 걸릴 테니, 빨리 알아봐야겠어."

"말로 이동 중이니 더 빠를 수도 있고."

"나도 나가서 알아보겠네."

"부탁하지."

오현이 자리에서 일어나고, 조휘도 따라 일어났다. 어제는 피곤 때문에 찾지 못했지만, 오늘은 가볼 곳이 있었다. 바로 부모님의 묘소였다. 아니, 묘라고 하기에는 애매한 감이 없지않아 있었다. 소산에서 북동쪽으로 좀 가다 보면 나오는 작은 언덕. 그곳에 뿌려졌다고 들었다. 이 또한 끌려갈 때 부모님과 친하게 지내셨던 분이 전해준 얘기였다. 하지만 실제로 찾아가는 건 오늘이 처음이었다. 복수가 끝나기 전까지는 찾지 않으리라 타격대 시절 다짐했었기 때문이다. 하지만 조휘는 이번에 찾기로 했다.

어떤 결과가 나오든, 이제 끝이 날 테니까.

마을을 나와 한참을 걸었다.

반 시진을 걷다 보니, 친우 분이 말하셨던 장소에 도착했다.

"여긴 어디예요?"

은여령의 질문에 조휘는 답할까 말까 고민하다가 말하는 방향으로 결정했다.

"두 분이 뿌려지신 곳."

"아… 미안해요."

"아니야. 이런 거 뭐, 말 못할 일도 아닌데."

"그래도……."

피식.

"그렇게 미안해하면 내가 뭐가 되나?"

"……."

은여령은 조용히 고개만 끄덕였다. 느릿느릿한 걸음으로 언덕을 올라가는 조휘. 저 멀리 보이는 바다에서 불어오는 해풍이 시원하게 조휘를 반겼다. 이곳은 원래 기억에 있던 곳이다. 억세던 어머니께서 자주 찾던 곳이다. 아니, 애초에 두 분이 여기서 만났던 걸로 알고 있었다. 어머님은 여기에 잠시 쉬러 오셨고, 아버지는 일 때문에 왔다가 만났다.

"……."

언덕의 정상에 선 조휘는 가만히 해수면을 바라봤다. 정면에서 불어오는 시원한 해풍이 어째선지 조금은 미지근해진 것 같았다. 아니, 따스해진 것 같았다. 마치 어머니의 손길처럼. 자신을 어루만지던, 그 손길처럼.

'죄송합니다. 너무 늦게 찾아왔습니다. 원래는 끝나지 않으면 찾지 않으려고 했지만… 이제 마지막이거든요. 어쩌면, 다시 못 찾을지도 몰라서 찾아왔습니다.'

솔직히 불효라는 건 알고 있었다.

전역했다면 가장 먼저 들러야 할 곳이 이곳이었다. 소산에도 복수를 하러 왔었다. 그런데도 이곳을 찾지 않았다. 다짐처럼 복수를 다 끝내고 오려고 했던 것도 이유 중에 하나이지만, 그보다 더 큰 이유는… 나약해질까 무서워서였다.

조휘가 기억하는 아버지는 자애로우며, 성실하셨다. 조휘가 기억하는 어머니는 억세셨으며, 정의로우셨다. 이만큼 서로 달랐지만, 언급하지 않은 것들 중 딱 하나 맞는 게 있었다. 남에게 해를 끼치면 안 된다는 신념.

'그 신념으로 제게 훈계를 하실까 겁났습니다. 사실 그게 무서워서 이제야 찾았습니다.'

조휘의 조용한 속마음은 사실이자 진심이었다. 아무에게도 말하지 않았고, 단 한 번도 내색하지 않았던 진심.

십 년간 담금질한 복수심이 없었다면, 천하의 마도(魔刀)도 분명 무뎌졌을 것이다. 조휘는 고개를 털었다.

지금은 이렇게 나약할 때가 아니었다. 집중하고 또 집중해서, 놈을 죽일 때다.

'마지막 결전, 저도 확신할 수 없습니다. 하지만 꼭 다시 이곳을 찾겠습니다. 남에게 해를 끼치는 걸 병적으로 싫어하셨지만, 이번만큼은 아들을 응원해주십시오.'

그 말을 끝으로 조휘는 뒤돌아섰다.

"벌써 끝났어요?"

"응."

끝까지 따라 올라가지 않은 은여령은 미소 지었다. 조휘의 표정이 조금 굳어 있어 보였기 때문이었다. 인간적인 모습을 발견한 것 같아 기분이 좋아졌다.

"돌아가요, 그럼."

"……."

고개를 끄덕이는 걸로 답을 한 두 사람은 다시 천천히 걸어, 소산으로 돌아갔다. 두 사람이 떠나자 휑해진 언덕, 누구 하나 없던 이 언덕을 해가 지고 나서 다시 찾은 사람이 있었다.

*   *   *

"죄송해요."

은여령은 언덕 위에 술 한 병과, 갖가지 음식을 풀어 놓았다. 점심 쯤 조휘와 왔을 때부터 계속 신경이 쓰였다. 그녀가 알기로 이번이 전역 후 처음 부모님을 찾았다는데, 아무런 것도 준비해 오지 않았기 때문이다. 물론 늦은 감이 있다. 이미 조휘는 왔다 갔으니까. 하지만 그래서 더 챙기고 싶었다.

만약 살아 계셨고, 자신과 조휘가 이런 상황이 아니었다면…

은여령은 거기까지 생각하고 고개를 저었다.

만약이라는 가정은 필요가 없었다.

은여령은 한참을 서 있었다.

가슴에 담은 사내의 부모가 바람에 흩날린 곳.

무신경한 조휘 대신 챙기러 왔지만, 그렇다고 혼잣말을 하며 청승을 떨고 싶은 생각도 없었다. 그저 자식 된 도리를 해주게 하고 싶었던 걸음이니까.

반 시진 후, 인사를 꾸벅하고 등을 돌린 은여령은 마을로 돌아가며 속으로 누군가에게 물었다.

'사형… 나는 잘하고 있어요?'

휘영청 뜬 달을 올려다보며 자신을 살리려고, 온몸에 화살 수십 발을 박고 망부석이 되었던 곽원일에게 물었다.

답은 오지 않았다.

'소취야, 언니는 잘 하고 있니?'

지금은 오홍련 본대에 고이 보관하고 있는 채찍을 남기고 떠난 장소취에게 물었다. 아직도 기억에 남는다. 자신을 대신해 공격을 막다가 목이 뚫려 버린 소취의 모습이, 꼬치처럼 목을 뚫고 있는 검 때문에 작살 맞은 물고기처럼 부들부들 떨던 장소취의 모습이 아련하게 떠올라 은여령을 괴롭혔다.

'걱정 마. 언니 잊지 않았어.'

은여령은 마음이 강한 여자다. 조휘에게만 약할 뿐, 다른 부분은 강철처럼 단단한 여인이다. 복수. 서창에 대한 복수는… 잊지 않았다. 다만, 그 복수를 위해 선행되어야 할 게 적무영을 잡는 거라는 걸 아는 거다.

냉정하게 생각해서 말이다.

물론, 조휘를 돕기 위한 것도 있다.

그는… 사랑하는 사람이고, 혼자 힘으로는 적무영을 상대할 수 없을 테니까. 자신의 힘을 절대적으로 필요해하니까.

어느새 소산에 도착하자 숙소로 사용하고 있는 객잔으로 이동하여 이층으로 올라가니 창가 난간에 기대 술잔을 기울이고 있는 조휘의 모습이 보였다. 달빛에 비취는 조휘의 옆모습은 신비로웠다.

술기운이 올라 그런지, 약간 홍조가 깃든 얼굴이 은여령의 심장박동을 증가시켰다. 조용히 조휘 옆으로 가 그처럼 난간에 기대고 앉았다.

"그냥 찾아갈 생각만 했지, 그건 아예 생각도 못했는데… 고마워."

"네?"

"봤어. 당신이 음식과 술을 싸서 나가는 걸."

"아… 네."

은여령은 가만히 미소 지었다.

참 이럴 땐 마도답지가 않았다. 악귀처럼, 마귀처럼 싸운다고 해서 붙은 별호. 평상시에도 날이 바짝 서 있었던 그가 지금은 여유를 찾았다. 하지만 은여령은 알 수 있었다. 저 눈빛. 시리게 빛나는 눈빛 속에는 아직도 격렬한 복수의 불꽃과, 시린 살심이 같이 조용히 숨죽이고 있음을.

"한잔 하겠어?"

"네, 주세요."

쪼르르.

이번에도 독한 화주다.

목에 넘어가자마자 화끈한 화기가 가슴속에서부터 솟구쳤다.

"적무영을 잡으면 뭘 할 거지?"

"북으로 갈 거예요."

조휘의 질문에 생각하고 있던 답을 내놓는 은여령.

"서창?"

"네."

"그럼 두 번째 표적은 나랑 같군."

"네. 양명……."

"서둘러야겠군. 이 제독이 목을 치기 전에."

이미 이화매가 이끄는 오홍련 군은 파죽지세로 북진하고 있었다. 게다가 여태껏 침묵하고 있던 중군도독부가 움직였다. 기회주의자? 아니었다. 확실한 때를 기다렸다. 뒤집어엎어 버리기 위해.

이 추세라면 북경이 함락되는 건 순식간일 것이다. 그러니 빼

앗기지 않으려면 빨리 북경으로 향해야 할 것이다.

이후, 두 사람은 별다른 대화 없이, 말없이 술잔만 기울였다.
달빛을… 안주 삼아.

*　　　　*　　　　*

작은 수레를 끄는 말을 타고, 검은 무복을 입은 사내가 소산
에 들어섰다.

"여기도 오랜만이군."

사내는 적무영. 소산적가의 장자이자, 현 금의위를 이끄는 실
세다. 하지만 지금은 그저 여인을 되찾기 위해, 또한 오래된 은
원을 해결하기 위해 넘어온 사내였다.

"많이 변했네."

소산은 그가 떠나기 전과 비교하기엔 너무 변해 있었다. 전화
(戰火)가 닿지 않은 이곳은 확실히 다른 곳에 비해 평화로웠다.
항주 바로 밑에 있다 보니 일거리도 많아 사람들의 얼굴에는 웃
음꽃이 활짝 펴 있었다.

적무영은 일단 소산적가를 찾아갔다. 물론, 적가는 사라졌다.
오홍련에 의해. 가주와 총관은 조휘에게 죽었고, 적가는 그대로
박살 났다. 그런 적가는 이제 터밖에 남아 있지 않았다. 적가의
만행 때문에 누구도 이곳을 사는 걸 거부했고, 지금은 그냥 잡
초만이 무성한 터만 남아 있었다.

"화무십일홍이라 했고, 권불십년이라 했던가?"

피식.

한 차례 비웃음을 날린 적무영은 그대로 기수를 돌렸다.

"자아… 어디 숨었나?"

이곳에 온 목적은 적가를 보려함이 아니었다.

딱 두 가지다.

서희를 되찾고, 마도를 죽이는 것.

이 두 가지가 전부다.

적무영은 급하지 않았다. 놈은 분명 어딘가에 함정을 만들고, 자신을 끌어들이려 할 테니까. 준비가 됐다면 반대로 자신을 찾을 것이다.

'내 자존심을 이용해서 말이지… 안 그래, 마도?'

조휘의 생각을 적무영도 잘 알고 있었다.

그런데 굳이 왜, 굳이 그 함정을 기어들어 가려는 걸까?

'이런 건 정면에서 깨부숴야지. 그래야 놈이 더 절망하는 얼굴을… 볼 수 있을 테니까.'

목적은 딱 하나였다.

마도, 그가 절망하는 모습을 보는 것.

감정이 다시 생겨났다고 착해진 건 절대로 아니었다. 오히려 그 반대다. 더 악독해질 거다. 적무영은 그리 다짐하고 있었다.

그리고 그럴… 힘이 있었다.

넘치도록.

적무영은 한가한 걸음으로 말을 끌고 소산을 거닐었다. 급한 게 없으니 저잣거리에서 군것질도 하면서, 여유롭게 돌아다녔다. 해가 지고, 객잔에 들어간 적무영은 이층 난간에 자리를 잡고 앉았다.

점소이를 불러 은전 다섯 개를 던지는 적무영.

"자신 있는 음식 모두 내오거라."

"감사합니다!"

점소이가 허리가 부러지도록 고개를 숙인 후 물러갔다. 그런 적무영을 사람들이 힐끔거렸지만, 이 정도 시선은 그에게 어떠한 영향도 끼치지 못했다. 하지만 꼭 있다. 시비거는 것들.

"어이, 형씨. 돈 좀 있나 봐? 있으면 좀 나눠 쓰자고."

건들거리며 다가온 파락호 셋.

이들은 지금 누구를 건드리는 건지 알고는 있는 걸까?

피식.

빡!

웃음과 동시에 둔탁한 소음이 울렸고, 처음 말을 꺼낸 파락호는 그대로 난간 밖으로 튕겨 나갔다.

"어……?"

"아, 그, 그그……."

남은 두 놈이 사태를 파악하지도 못하고 버벅거리자, 적무영은 귀찮다는 듯이 손을 저었다. 파락호들은 그 손짓에 바로 도망갔다. 일각을 넘어 이각에 다다르자 점소이가 음식을 하나씩 들고 올라왔다.

피식.

내려놓은 음식을 보던 적무영은 다시 실소를 흘렸다. 나무 쟁반 밑에 작은 양피지 한 장이 눌려 있었다.

정북(正北), 십 리.

마도의 부름이었고, 식사가 끝난 후, 그 양피지의 뒤편에는 이렇게 적혀 있었다.

내일, 정오, 출.

＊   ＊   ＊

적무영이 소산에 들어서고 반 시진도 지나지 않아 그 소식은 오홍련 비선을 통해 조휘에게 전해졌다. 그리고 소산에는 공작 대원들도 셋씩 세 개조를 투입해놨고, 그들에게서도 연락이 왔다.

적무영이 왔노라고.

한가롭게 소산을 거닐고 있다고.

조휘는 적무영이 지었던 실소와 아주 흡사한 미소를 지었다.

죽을 자리를 찾아온 놈이, 여유가 넘치는 게 웃겼기 때문이다. 다행히 적당한 장소를 겨우 찾을 수 있었고, 철저하게 함정을 팠다. 천하의 적무영이라도 쉽지 않을 거라 조휘는 생각했다. 직접 설계를 도운 은여령도 적잖은 피해를 입을 거라고 말해줬으니까. 이 함정은, 애초에 은여령이 최고의 속도로 움직인다는 가정 하에, 반드시 그녀를 죽일 수 있는 함정을 염두에 두고 만들었다.

물론, 함정이라는 걸로 은여령을 죽일 수는 없었다.

조휘 정도면 몰라도 말이다.

"그런데 여기, 익숙하네요?"

좀 뒤늦게 합류한 이화가 주변을 둘러보며 한 말에 조휘는 고개를 끄덕였다. 이곳은 조휘도 익숙한 장소였다.

그럴 수밖에 없는 게, 여긴 방원과 적운양을 처단한 곳이기 때문이다.

"적운양과 방원을 고문한 곳이 여기야."

"아, 맞다. 흐음… 복수의 대상 셋을 여기서 모두 정리라… 그것도 나름 의미 있네요? 호호."

이화의 웃음에 조휘는 가볍게 웃었다.

솔직히 최적의 장소는 아니었다. 하지만 최선이 안 된다면 차선이라도 선택해야 하는 법이고, 그런 의미에서 이곳은 차선에 딱 부합하는 곳이었다.

짙은 수림이 가로 세로 몇 시장에 걸쳐 형성되어 있어 숨기에도 용이하다. 곳곳에 진천뢰가 박혀 있고, 선과 연결되어 있어 건드리는 순간 폭발한다. 안 건드려도 상관없다. 공작대가 건드리면 되니까. 여기까지 오는 동안, 적무영은 진천뢰 밭을 건너야 한다. 솔직히 조휘라면 아예 안 들어온다.

미쳤다고 함정에 기어들어 가겠나?

하지만 자신의 힘을 과신하는 적무영은 들어올 거다.

그렇기에 조휘는 아예 대놓고 함정을 팠다.

위지룡이 다가왔다.

"적무영이 남긴 신호입니다."

서신에는 딱 이렇게 적혀 있었다.

내일 정오에 출발하겠노라고.

그러니 그 전에 준비하라고.

"역시……."

"자신의 힘을 과신하네요. 덕분에 우리한테는 나쁠 게 없어요."

옆에서 같이 본 은여령의 말에 조휘는 고개를 끄덕였다. 확실히 나쁠 게 없다. 아니, 아예 나쁠 게 없었다. 불현 듯 조휘의 시선이 한쪽으로 향했다. 타닥타닥 타오르는 모닥불 곁에 앉아 있던 서희였다.

"괜찮겠나?"

"네……."

조휘는 원래, 따로 서희를 다른 곳으로 보내려고 했다. 물론 그녀가 진정으로 원했으니 구출이 되겠지만, 그래도 조휘는 납치라고 생각했다. 그래서 몰래 그녀를 다른 곳으로 보내려고 했으나, 서희가 거부했다. 그녀는 알고 있었다. 만약, 여기서 실패한다면 어디에 숨어도, 분명 다시 적무영에게 끌려갈 것이라는 걸. 그래서 여기에 남았다. 이제 내일 점심이 지나면, 마지막 전투가 시작된다.

"작전 내용은 전부 숙지했지?"

조휘가 조장들을 보며 물었다. 전부가 단단한 표정으로 고개를 끄덕였다. 그에 조휘도 고개를 끄덕였다.

"절대 어기지 마."

"알았으니 걱정 말게. 우리 욕심으로 진 대주의 거사를 그르치진 않을 테니."

"그래서 걱정인 거야."

"허헛, 걱정 말라니까 그러네. 내가 바로 모아서 빠질 테니."

"어떻게든 결과는 나올 테니까, 소산에서 기다려."

"알겠네."

"그럼 이제 쉬지. 뱉은 말은 지키는 놈이니, 오늘은 최소의 경계조만 남기고 다들 푹 쉬라고 해."

그걸로 자리는 끝이 났다.

각자 흩어져 개인 정비와 휴식을 취했다. 조휘도 오늘만큼은 일찍 누웠다. 내일 하루, 힘든 하루가 될 테니까 말이다. 그리고 달이 지고, 해가 떴다.

결전의 날이 밝았다.

*　　　　　*　　　　　*

피식.

정오가 지나고 조휘가 말했던 장소로 온 적무영은 실소를 흘렸다.

"출입자, 필사라… 재밌는 소리군."

입구의 작은 소로 옆에 세워진 팻말에 적힌 문구가 웃겼기 때문이었다. 검은 갑주는 벗은 적무영이다. 그는 어느 정도 마도가 만든 함정이 뭔지 감은 잡고 있었다. 진천뢰. 보통 함정으로는 자신을 못 잡는다. 그건 마도도 알 테니 화력이 막강한 진천뢰로 승부를 보려 할 것이다. 그래서 갑주는 벗었다.

단단한 쇠로 만든 갑주라 방어력은 확실하지만, 반대로 어쩔 수 없이 무게 때문에 몸을 무겁게 할 거다. 그래서 아예 움직이기 편한 복장으로 왔다.

하지만… 이 정도로도 그는 충분하다 여겼다.

"이 숲에 살아 숨 쉬는 모든 것들을 죽이는 데는 말이지… 큭 큭!"

저벅.

한 발자국을 나서며 폿말을 지나친 그의 눈빛은 이미 검붉은 기운이 일렁이기 시작했다. 비틀린 입가에도, 살심이 덕지덕지 붙어 있었다. 온몸으로 살기를 풀풀 날리기 시작한 적무영이다.

그건 신호였다.

내가 왔노라.

마도에게 알리는 신호 말이다.

저벅, 저벅저벅.

'이런 바닷가 근처에 수림이라, 용케도 찾았어.'

장소는 좋다.

결전을 치르기엔 아주 부족함이 없는 장소라 적무영은 생각 했다. 들어간 지 얼마 되지도 않아 적무영은 걸음을 멈췄다. 숲 은 어두웠다. 하지만 그의 시력에 장애를 만들 수 있는 어둠은 아니었다.

이미 돌기 시작하는 내력은 어둠 속을 훤히 들여다볼 수 있 게 해줬고, 이 보 앞에 걸린 검은 줄도 적나라하게 보였다.

피식.

"건드려서 끊어지면 터지는 방식인가?"

어떤 원리인지, 대충 이해는 간다.

조휘를 곤란하게 만들었던 신무기 중 반은 자신이 만들었고,

그게 가능한 건 그의 지식이 결코 얕지 않다는 뜻했다.

"하지만… 놈도 알지. 이렇게 티 나는 걸로는 날 못 잡는다는 걸."

보통 이 상황이라면 줄을 건드리지 않고 넘어갈 거다. 하지만 적무영은 그러지 않았다. 일단 주변을 살폈다.

"기습하기 딱 좋은 상황이군."

조심하며, 줄을 넘는 순간 탕……!

그걸 빼더라도 이 너머에 있을 연속 함정의 수는 상당히 많다. 지금 당장 그의 머릿속에 떠오르는 것만 해도 대여섯 개는 넘는다. 특히 지금 느껴지는 기척. 피식, 조소가 다시 입 사이를 비집고 흘러나왔다.

"어디 한 번 어떻게 준비했는지 보자고."

하지만 적무영은 넘었다.

투둥……!

끈을 넘자마자 시위 튕기는 소리가 들려왔다.

따당!

그걸 손을 벌레 쫓듯 휘둘러 튕기고는, 그대로 앞으로 다시 걷기 시작했다.

투두두둥!

"겨우 홍뢰 따위……."

짜증이 났는지 인상을 구긴 적무영은 이번엔 그냥 쳐내지도 않고 상체만 흔들어 전부 피해 버렸다. 그러자 사방에서 퍼부어지는 홍뢰. 그러나 단 한 발도 적무영을 맞추지는 못했다. 다시 발밑에 검은 끈이 보였고, 적무영은 그걸 다시 타 넘었다.

"마도, 진천뢰를 너무 믿는군."

들으라고 한 말이었을까?

아무래도 그런 것 같았다.

이젠 다시 나른한 표정을 지은 채, 소로를 따라 걷는 적무영의 걸음은 거침이 없었다. 사방에서 홍뢰의 저격이 이어졌지만 결과는 마찬가지였다. 어둠에 동화된 것처럼, 그의 신형은 점차 흐릿해졌다.

어둠 속에, 검붉은 눈빛만이 도깨비불처럼 일렁이기 시작했다.

하지만 그 걸음은 잠시 뒤, 멈출 수밖에 없었다.

삑!

피식.

"아… 이거였어?"

그가 신랄하게 비꼬던, 진천뢰가 적무영을 포위하듯, 원을 이룬 채 살포시 바닥에 떨어지기 시작했다.

콰과과광……!

숫구치는 불길.

그 불길을 눈에 담으며 조휘는 말했다.

"누구나 생각했을 법한 방법. 그래서 하지 않을 거라는 생각. 때로는 가장 간단한 게, 가장 확실하지."

조휘는 진천뢰를 심을 때, 꽤나 고민했었다. 연쇄반응을 노릴지, 아니면 한 번에 집중할지 말이다. 결정은 후자로 났다. 다만 함정은 파되, 교묘하고, 절묘하지 않았다. 일단 적무영의 심리에 주목했다.

그 누구보다 자신의 무력에 자신이 있는 자.

어제 그 서신에서 그 자신감을 읽었다. 그래서 아예 은밀하지만, 놈에게는 딱 보이는 함정을 팠다.

뚫고 들어올 수 있게.

그렇게 들어오면 공작대가 진천뢰를 던진다. 다만, 정확하게 적무영의 근처에 떨어지게 던지진 않았다.

절대로 반응을 못하게 적무영을 중심으로 삼사 장 정도의 거리를 두고 던졌다. 어차피 진천뢰의 범위는 넓다. 그게 또 연쇄 반응을 일으키면 절대로 쉽게 피하지 못할 거라고 생각했다.

"너의 그 자존심이, 너를 죽일 거라고 했었지."

불길 속을 향해 묻는 조휘.

삑!

신호가 한 번 더 울렸다.

이 소리는 공작대가 빠지는 소리였다. 서희를 지키는 위지룡과 장산을 뺀 공작대는 이제 소산으로 빠져 조휘를 기다릴 거다.

"죽었을까요?"

조휘의 옆에서 검병을 쥔 채 서 있던 은여령의 물음. 조휘는 고개를 저었다. 이걸로 죽을 놈이 절대 아니었다. 이번 폭발은 그저 놈에게 부상을 입히고, 정신을 흩트려 놓는 게 목적이었다. 그리고 조휘가 놈의 숨을 이런 함정으로 끊을 위인도 아니었다.

'놈의 목은, 반드시 내 손으로 직접 딸 것이라 하늘에 맹세했으니까.'

큭, 크흐……

타닥타닥.

나무 타는 소리 속에 비틀린 웃음소리가 들려왔다. 온 사방이 불길에 휩쓸려 있지만 그 웃음소리는 고막에 아예 박히는 것처럼 들어왔다.

피식.

조휘의 입에서도 실소가 흘렀다.

역시, 이걸로 뒤질 놈이 아니었다.

'애초에 이걸로 뒤질 거였으면… 이미 진즉에 뒤졌겠지.'

자금성을 손에 넣는 짓 같은 것도 못하고 말이다.

불길 너머에서 시꺼먼 신형이 일어났다.

조휘는 풍신을 잡았다. 그리고 눈빛은 이미 변하기 시작했다.

시꺼먼 그림자가 상체를 뒤로 훅 젖혔다. 그 모습이 정말 괴기스럽기 그지없었고, 범인이라면 심장이 철렁했겠지만, 둘은 범인이 아니다. 그래서 경계심과 긴장만 잔뜩 끌어 올렸다.

허리가 재껴져 있던 그림자가 정면으로 돌아섰다.

검붉은 안광이 번쩍임과 동시에…….

기잉!

머릿속에서 뭔가 회전하는 소리가 들렸다. 예전에 느꼈던 세계의 감속, 그게 마치 진화를 한 느낌이다. 그리고 이런 감각이 느껴질 땐 딱 하나의 상황뿐이다.

절체절명의 순간.

우득!

조휘는 본능의 감각을 따라, 허리를 뒤로 젖혔다.

쉬악……!

그 순간 적무영의 수도(手刀)가 조휘의 얼굴이 있던 부분을 쭉 찔러 들어왔다. 그걸 보며 조휘는 이를 악물었다.

'이 무슨 말도 안 되는……'

감각이 울렸을 때, 이미 놈은 면전에 나타났다. 피하지 않았으면 얼굴이 그대로 저 수도에 뚫려, 아무것도 못하고 저승길에 올라설 뻔했다. 이건 정말, 아무리 봐도 말도 안 되는 무력이다.

하지만, 조휘는 혼자가 아니었다.

스으응……!

벼락처럼 뽑힌 은여령의 검이 적무영의 손을 베어 갔다. 마치 알고 있었다는 듯이 놈의 손목이 있던 공간을 쩍 갈라 버렸다.

하지만 이미 적무영은 몇 걸음이나 뒤로 물러난 상태였다. 엄청난 속도를 이용한 공격, 그리고 회피.

조휘는 뒤로 젖혔던 상체를 세웠다.

일렁이는 놈의 눈빛이 들어왔다.

그리고 부러졌는지 덜렁거리는 왼팔도 보였다.

히죽.

비릿한 미소가 조휘의 입가에 걸렸다.

진천뢰 폭격으로 어디 하나 날아가 주길 바랐다. 그런데 딱, 놈의 왼팔이 박살 나 있었다.

비겁하다고……?

전쟁에서 비겁은 무슨…….

정정당당을 찾는 게 미친 생각인 거다.

이제 부터는 그냥… 문답무용이다.

파박!

땅을 박차고 조휘가 이번엔 먼저 움직였다.

그아앙······!

중후한 울음을 토해내며 뽑혀 나가는 풍신.

멋진 발도였다.

깡······!

하지만 그 멋진 발도는 적무영의 오른손에 너무나 허무하게 막혔다. 그는 그 자리에서 움직이지도 않고, 그냥 손만 들어 풍신의 궤적에 넣었고, 그냥 그걸로 막혔다. 풍신은 적무영의 피부조차 긁지 못했다.

하지만 조휘는 실망하지 않았다. 당연히 이렇게 될 거라는 걸 알고 있었기 때문이었다. 상대는 적무영이다.

은여령처럼 내력을 사용하는··· 어쩌면 전 중원에서 가장 강한 무인이 바로 눈앞에 이 새끼라는 걸 너무나 잘 알고 있었다.

조휘는 바로 물러났다.

그 옆으로 은여령이 지나가는 모습이 잔상만 남아 눈에 담겼다.

쉬익.

바람이 갈라지는 아주 간결한 소리. 하지만 그 소리는 검이 지나간 이후 들렸다. 적무영의 이동속도만큼이나 극한의 쾌검이다. 그래서 그녀의 검격을 적무영도 막지 않았다. 뒤로 서너 걸음 물러나는 걸로 피하고, 유령처럼 움직였다.

기잉, 기잉······!

다시금 뇌리를 파고드는 감각.

조휘는 눈으로 적무영을 쫓지 않았다. 아니, 쫓지 못했다가 더 정확했다. 하지만, 잔상은 파악이 가능했다. 불길과 어둠이 동시에 일렁이는 숲속이다. 소리를 포함한 기척과, 검붉은 광경이 갈라지는 잔상.

그걸로 가능해졌다.

상체를 뒤틀어 풍신으로 옆구리를 내려치는 조휘.

까앙……!

조휘가 휘두른 풍신은 적무영의 공격을 막았다.

"막아?"

풍신에 막힌 자신의 손을 보며 적무영이 어이없다는 소리로 물어왔다. 아니, 혼잣말을 흘렸다. 하지만 그렇다고 놀란 건 아니었다. 오히려 입가가 말려 올라간 걸 보니 흥미, 혹은 재미를 느끼고 있는 것 같았다.

쉭!

은여령의 검격이 다시금 등을 노리고 들어오자, 재빨리 물러나는 적무영. 이십 보 정도 떨어진 곳에 선 적무영이 조휘와 은여령을 번갈아 바라봤다.

"피하는 것도 아니고 막다니, 제법 늘었네?"

"그럼. 놀고 있던 건 아니니까."

당연하다.

놈이 자금성을 지옥으로 물들이는 동안, 조휘도 생사를 넘나드는 작전을 몇 차례나 뛰었고, 모두 성공으로 이끌었다.

타격대에서는 생각도 못할 난이도의 작전들이라, 조휘의 무력은 당연히 진일보한 상태였다. 하지만.

'막을 정도는 아니었을 텐데.'

세계가 느려지는 건 사라졌다.

대신, 경종이 울렸다.

집중해라, 막아라, 그러지 않으면 죽는다. 기잉거리는 감각은 이런 느낌을 진하게 풍겼다.

마치 살아 있는 놈처럼.

"하지만 그런다고 결과는 변하지 않아."

"결과?"

"니들 년놈들의 목이 바닥에 떨어지는 결과."

적무영의 입가에 비릿한 조소가 피었다. 살심이 덕지덕지 붙어 있어 굉장히 보기 흉했지만, 불타는 숲 때문이지 분위기 하나는… 끝내줬다. 정말, 말 그대로 지독하게 살벌했다. 하지만 이 정도로 조휘가 쫄 놈이 아니다.

피식.

"그 몸으로?"

"팔 하나 부러졌다고 승기가 넘어갔다고 생각해?"

"아니, 그런 생각이야 안 하는데… 어째 이번엔 다를 것 같아서."

"다르진 않을 거야. 너희 둘은 죽고, 내가 산다. 이건 정해진 거지. 법칙이나 다름없어……."

피식, 피식.

조소가 계속해서 흘러나왔다.

조휘는 그냥 풍신을 들어 까닥거렸다.

스아악…….

그러자 진짜 왔다.

소리도 없이 면전에 쭉 나타났지만 감각은 이미 울렸고, 조휘도 이미 움직이고 있었다. 얼굴로 쭉 들어오는 수도. 그걸 고개를 비틀어 피하자 팔을 접으며 목을 감싸려 했다. 그러나 그걸 지켜봐 줄, 조휘도 은여령도 아니다. 겨드랑이 쪽으로 은여령이 검을 쭉 찔러 넣었다.

깡!

놈은 손등으로 검면을 쳐냈다. 조휘는 그 순간 풍신을 났다. 바닥에 떨어져 푹 소리를 내며 꼽히기도 전에…….

그릉, 그릉!

쌍악이 튀어나왔다.

슈악!

거칠게 어깨를 베어 버렸지만, 역시 빠르다. 어느새 빠져서 짐승의 어슬렁거리는 걸음걸이와 흡사한 동작으로 조휘의 주변을 배회하고 있었다.

두근, 두근…….

심장은 기분이 좋아 보였다.

격렬하진 않지만 그렇다고 평상시의 박동도 아니었다. 적당한 흥분이 전신을 지배했을 때의 박동.

마도가… 나올 때.

두득, 두득.

목을 돌리자 뼈 어긋나는 소리가 들렸다. 이미 몸은 충분히 풀었다. 아니, 달아올라 있었다. 그런데 정신은 조금 더 앞서가고 있었다. 어서 움직이라고. 어서 춤을 추자고. 칼춤을 춰서 저 놈 목을 찢고 살을 갈라 제 아비 때처럼 심장을 꺼내 포효하자고. 그렇게 재촉하고 있었다. 완전히 눈을 뜬 마도의 기질이다.

음울하고 시리게 차가운, 그 모든 게 짙은 광기의 바닥 위에 쌓여 있었다. 언제고 제물로 받쳐지길 기도하면서.

그러나 그런 조휘보다 적무영은 더 심했다. 이놈의 분위기는 정말… 퇴폐적이다. 몸을 파는 여인이 낼 수 있는 그런 퇴폐적인 게 아니라 가지고 싶으면서도 도망가고 싶은, 그런 퇴폐적 기운이 가득했다. 지독한 어둠과, 잔인한 선홍색이 섞여 놈 자체를 어루만지고 있는 걸 보며, 조휘는 웃었다.

"끝나긴 끝날 모양이야."

"왜?"

"분위기가 죽이잖아?"

"그건… 그러네. 큭!"

적무영이 조휘의 말에 대답하며 웃었다. 마치 친우 같았다. 미운 정이라도 든 걸까? 그건 아마 아닐 거다.

지금 이 순간에도.

쉬익! 까강!

둘은 공수를 교환하고 있었다. 어느새 붙었다가 다시 떨어졌다. 은여령은 둘의 대화에 집중하면서, 조휘를 보조했다. 주공에서, 보조로 떨어졌지만, 지금은 그게 중요한 게 아니었다.

전투의 흐름이 요상해짐을 느꼈기 때문이다.

일단, 조휘가 전투의 흐름을 잡고 있었다. 원래는 그녀가 잡을 생각이었다. 무력은, 그녀가 훨씬 높으니까.

그런데 막상 전투가 시작되니 그게 아니었다.

피하는 건 예사고, 막기까지 한다. 자신도 겨우겨우 쫓아가는 적무영의 공격에 제대로 반응하면서, 한 호흡만 놓쳐도 목을 뚫릴 텐데도 조휘는 물러서지 않았다.

그래서 그녀는 일단 지켜보기로 했다.

두 사람은 그런 그녀의 마음은 아예 신경도 쓰지 않고 여전히 빙빙 돌고 있었다. 퇴폐적인 적무영과, 북해의 빙정 속에서도 꺼지지 않고 붉게 타오를 불꽃같은 조휘.

음울하고, 음산하고, 음습하다.

이곳의 공기가 이랬다.

숨이 턱턱 막힌다.

아직도 숲을 잡아먹고 있는 화마까지 있어 더더욱.

이런 곳에서, 절대로 정상이 아닌 두 사람이 짙은 살심을 품고 서로를 죽이려 하고 있다. 입으로는 마치 친구처럼 대화를 주고받으면서. 그래서 현실적이지 않았다.

"이 싸움, 질질 끌 거야?"

왼팔을 늘어트리고, 흐느적거리면서 걷던 적무영의 질문.

"아니, 가능하면 짧고 간결하게."

"큭큭!"

그렇게 말하지만, 두 사람은 안다.

이 싸움, 질척질척한 개싸움이 될 수밖에 없는 걸. 둘 다 포기라는 건 아예 모르는 독종들이었기 때문이다.

그러니 길게 갈 거다.

무조건…….

지금처럼.

한 여인의 등장만 아니었다면 말이다.

부스럭거리는 소리.

적무영이 가장 먼저 기척을 파악했고, 시선을 돌렸다. 그곳에 서 있었다. 적무영이 이곳에 온 이유.

서희.

서희가 적무영의 앞에 나타났다.

*   *   *

조휘는 천천히 움직여 서희의 앞을 막았다. 은여령도 마찬가지였다. 그녀가 왜 나왔는지는, 의문이 마구 들었지만 이미 나왔다. 인질 아닌 인질의 역할을 하고 있었는데, 잘못하면 이제 그 가치를 잃게 생겨 버렸다.

'어떻게 나올 거냐……'

조휘는 짜증보다는, 지금 이 상황을 어떻게 이용해야 할지를 생각하고 있었다. 만약 막무가내로 달려든다면, 차라리 좋다. 그 만큼 감정 조절이 안 되고 있다는 소리니까. 그래서 조휘는 모든 감각을 곤두세웠다.

조휘가 그렇게 집중하고 있는 적무영은 서희를 가만히 바라보고만 있었다. 완연하게 감정이 떠오른 눈빛으로.

반대로 서희는 공포와 경멸이 깃든 눈빛으로 적무영을 보고 있었다. 입술을 꽉 깨문 채로.

"……."

눈빛이 서로 마주친 채로, 두 사람은 침묵하고 있었다. 끈적끈 적한 살기는 사라졌다. 서희의 등장이 모든 살기를 그대로 씻어 내 버렸다.

확신할 수 있었다. 조휘는 확신할 수 있었다. 적무영. 저 새끼가 서희를 가슴에 분명히 담았다는 것을.

"괜찮으냐."

불쑥 나온 적무영의 말이었다.

그 말은 굉장히 의외였기 때문에 끈적끈적한 긴장이 흐르던 분위기에 치명적인 공격을 가했다.

안 좋은 쪽으로 말이다.

"괜찮으냐… 라고 말했나요……?"

서희가 떨리는 목소리로 그 말에 대답했다.

용기가 난 것일까?

파르르 떨리는 입술과 눈매가, 그녀의 심정을 너무나 적나라 하게 대변하고 있었다.

"당신만… 당신만 없으면……! 악마만 없으면……!"

악을 쓰듯 내뱉은 그 말에 적무영의 눈빛에 아주 작은 파문이 일었다. 알아차리기 쉽지 않은 아주 작은 파문이었다. 하지만 조 휘는 모든 감각을 집중하고 있었기 때문에 그걸 분명히 확인했다.

"……."

"나한테… 나한테 왜이래……! 그냥 죽여!"

"그럴 수는 없다. 확인해야 할 게 있으니까."

"무슨 확인!"

"지금 내가 느끼는… 이 정체불명의 감정."

"아아……!"

절규였다.

그런 서희와 절규와 적무영의 반응은 변수가 될 거라는 확신이 점차 들었다.

"너만은 살려뒀다."

"차라리 죽이지 그랬어……! 죽는 것보다! 더 괴로웠어!"

악마도 사랑을 하는가?

불가능이다.

적무영의 표정에 서리가 천천히 얹히기 시작했다. 이미 수도 없이 봤었던, 살심 섞인 비릿한 미소다.

"그래, 그게 여기까지 너를 구하러 온 것에 대한 답이구나."

"구하러……?"

서희가 기가 차다는 듯이, 너무 허탈하다는 표정을 지은 채 털썩 자리에 주저앉았다. 조휘는 이 상황이 이제는 완연히 이해가 갔다.

적무영. 원래 미쳤었다. 절대로 제정신이 아닌 놈이었다.

그런 그가 감정이 생겼다고 제정신이 됐을까?

'절대……'

불가능할 거다.

천리통혜가 기다리라고 했던 이유를 이제야 알 것 같았다. 놈은 더 미쳐가고 있었다. 그래서 이성적 판단은커녕, 맹목적 행동을 취하기 시작했다. 이러면 가능성이 훨씬 커진다. 놈을 잡을 수 있는.

'뭐가 어떻……'

기잉!

쩌엉……!

생각을 하는 중간에 적무영이 갑자기 사라졌고, 주위를 보니 은여령과 어느새 손과 검을 맞대고 힘겨루기에 들어가 있었다. 생각을 더 이어가기는커녕, 그 순간 조휘는 본능적인 행동을 이어갔다. 오른 발 축이 돌면서 풍신을 그대로 갈겼다.

쩌엉……!

"큭!"

놈은 남는 손으로 풍신을 그대로 받아쳤고, 손에 담긴 강맹한 힘에 풍신이 위로 훅 들어 올려졌다.

'무슨 놈에 힘이……!'

제대로 된 자세에서 친 것도 아닌데도 힘에서 밀린다. 답은 딱 하나밖에 없다. 내력. 적무영이 미쳤건 아니건 괴물 같은 힘을 가진 건 분명했다.

올라가는 풍신을 겨우 수습하고 자세를 잡으려는 순간.

"조심해요!"

은여령이 뾰족한 목소리로 고함을 치는 게 들렸다.

기잉! 기이잉……!

그 순간 뇌리를 파고드는 경각심. 생존 본능이 '나 살려주세요'라고 하면서 격렬하게 항의하는 감각. 조휘는 그대로 고개를 비틀었다.

쉭.

짧은 바람 소리가 나더니 목 옆을 스쳐 지나가는 수도. 따끔한 통증이 바로 느껴졌다.

"역시 재밌어. 피하지 못할 걸 피하고."

이어서 음산한 목소리가 들렸고, 조휘는 그대로 팔꿈치를 휘둘렀다. 하지만 뭔가 걸리는 느낌은 오지 않았다. 놈은 어느새 쫓아온 은여령의 공격을 피해 이미 저만치 빠져 있었기 때문이다.

기가 찬다, 정말.

"이제부터 진짜로 해줄게."

두둑, 두둑.

양 손을 푸는 걸 보며 조휘는 입술을 살짝 깨물었다. 덜렁이던 팔이 어느새 자리를 잡고 멀쩡히 돌아가고 있었다. 부러진 줄 알았는데, 단순히 탈골이었던 거다. 그런 생각을 할 때쯤, 놈의 신형이 다시금 흐릿해졌다.

하지만 이것도 적응이 되는지, 조휘의 시야에 잔상이 남았다. 왼발을 빼면서 그대로 풍신을 휘두르는 조휘.

깡!

"죽어라, 그냥."

하지만 그 공격은 실수였다. 풍신의 날을 그냥 잡은 적무영은 그대로 우수를 찔러 넣었다. 하지만 조휘는 혼자가 아니었다. 든든한 수호자가 있었다.

쉬익! 쩌엉!

조휘의 겨드랑이 아래를 통과해 들어온 검이 적무영의 손을 쳐냈다. 그러자 궤적이 변했고, 조휘의 귀 뒤로 스쳐 지나갔다.

그리고 그걸, 그냥 지켜볼 조휘가 아니었다.

빠각!

"큭!"

조휘는 놈의 상체가 앞으로 조금 나오자, 그대로 이마로 코를 들이받았다. 불시의 일격이었는지 적무영이 작은 신음을 흘리며 뒤로 물러났다. 역시, 빠지는 건 귀신처럼 진짜 빨랐다. 저만치 물러선 적무영이 자신의 코에 슬며시 손을 가져다 댔다.

뚝, 뚝.

제대로 박혀서 코피가 터져 있었고, 그 피를 손으로 만져 눈으로 확인한 적무영은 피식 웃었다.

"내가 피를 흘린 건 태어나서 정말 몇 번 안 돼. 근데 그 몇 번, 전부가 너네?"

두 번이라는 소리다, 그럼.

십여 년 전, 뒤통수를 후려쳐서 놈을 감정 없는 악마로 만든 것도 자신이니까.

"왜, 초조해?"

"내가?"

"초조해 보여. 말이 그리 많은 걸 보니까."

피식.

조휘의 말에 시원하게 비웃어준 적무영은 다시 서희를 바라봤다.

"희야."

"그, 그렇게 부르지 마……."

그 부름 하나에 서희는 덜덜 떨었다.

하지만 그런 거에 아랑곳할 적무영이 아니었다. 양 팔을 활짝 벌리고, 마치 웅변하듯 물었다.

"내가 초조해할 사람이더냐?"

"아악!"

"지금이라도 봐주마. 이리로 와라."

"싫어!"

"내가 너만큼은 잘해 주지 않았느냐."

"……."

그 말에 부들부들 떠는 서희.

온갖 번뇌가 머릿속을 괴롭히고 있는 사람에게서나 나올 법한 행동이었다. 그걸 보던 조휘는 적무영에게 한 마디를 건넸다.

"미쳤군, 정말."

"큭큭! 크하하하!"

조휘의 말에 앙천광소를 터트리는 적무영.

웃음이 잦아질 때쯤, 놈의 신형이 다시금 흔들렸다. 서희에게 가는 길은 이미 교묘하게 막아놨기 때문에 우회할 수밖에 없고, 주변 상황과 적응의 문제로 놈의 잔상은 이제 아주 잘 보였다.

쩌엉……!

이번엔 은여령이다.

정말 연기처럼 흩어졌다, 다시 나타나 일격을 날리지만 은여령은 차분하게 막았다. 바르르 떨리는 검.

극, 그그극!

끼이이익……!

내력과 내력의 부딪침이라 그런지 손과 검이 닿았을 때 절대로 안 나올 소리가 흘러나왔다. 그리고 그런 소리를 들으며 조휘의 쇄도가 이어졌다.

쉭!

쩡!

내력이 담긴 손이 조휘의 풍신을 쳐냈고, 촤악! 아귀가 그대로 찢어지며 풍신이 날아갔다. 그리고 그걸 본 적무영이 이번에도 전과 같이 조휘에게 역으로 달려들었다. 하지만 조휘는 이미 쌍악을 쥐어가고 있었다.

스릉!

그르릉!

빛살처럼 뽑혀 나온 쌍악이 열십자를 그렸다.

쉭! 쉬익!

검붉은 공간에 선명한 십자 문양이 그려졌지만 아무런 것도 걸리지 않았다.

'아…….'

그에 조휘는 탄식을 흘렸다.

아주 똑같은 공격이었다.

은여령을 공격했고, 그 다음으로 지원을 온 자신을 향했다. 여기까진 아까 전의 공방과 똑같았다.

그래서 방심했다.

하지만 놈은 방심하지 않았다.

급히 고개를 트는 조휘의 두 눈에 어느새 저 멀리 쭈욱 뻗어

가는 시꺼먼 그림자가 보였다. 목표? 당연히 서희였다.

그녀는 그냥 멍하니 주저앉아 있었다.

투웅……!

퉁……!

그때 울리는 둔중한 두 발의 소성. 서희의 뒤, 좌우에서 어둠을 가리며 날아오는 화살 두 대. 누굴까 고민할 것도 없다. 홍뢰와 비슷하나 좀 더 단단한 시위 소리는 조선각궁 특유의 시위 소리니까.

위지룡과 이화다.

그리고 이미 다들 알고 있던 존재였다.

"훙."

깡!

까앙!

적무영은 짧게 코웃음을 치면서 화살을 쳐냈다. 하지만 역시 대호, 이성택에게 선물 받은 개량형 조선각궁이다.

장력이 어찌나 센지, 잠시나마 적무영의 신형을 흔들어 놨다. 하지만 말한 대로 잠시나마다. 이내 신형을 정비한 놈은 서희에게 쭉쭉 뻗어갔다. 은여령과 조휘가 이미 그의 뒤를 쫓고 있었지만, 아무래도 늦을 것 같았다.

하지만 한 명이 더 있었다.

쿵쿵쿵!

"이 개 호로잡놈 새끼가……!"

장산.

그가 서희의 뒤, 수풀에서 몸을 드러내며 손에 쥔 손도끼를 그대로 던졌다.

휘리릭!

매서운 소리를 내며 장신의 손을 떠난 손도끼는 적무영의 면전을 항해 날아갔다.

쩡……! 파삭!

하지만 벌레 쫓듯 휘두른 손에 그대로 깨져 나갔다. 하지만 도끼는 하나가 아니었다.

휘릭! 휘리릭!

연이어 두 개가 더 날아왔다. 총 네 개씩 챙겨 다니는 도끼 중세 개를 내던진 거다.

쩌정! 파사삭!

그러나 다 부서졌다.

그러나 괜찮았다.

어차피… 놈을 죽일 기대를 하고 던진 건 아니니까. 위지룡이 서희를 안고는 그대로 냅다 몸을 날렸다. 놈이 장산의 공격을 막는 동안 급히 자리를 뜨기 위해서였다. 하지만… 적무영은 빠르다. 거의 속도가 죽지 않은 채, 위지룡의 어깨를 그대로 그었다.

푸확!

그리고 이상하게도, 바로 피가 솟구쳤다.

"큭!"

어깨를 베인 위지룡이 신음을 흘리며 앞으로 고꾸라졌다.

"꺄악!"

깜짝 놀란 서희가 소리를 내며 바닥에 엎어지려 했으나 그 전에 서희를 끌어 올리는 자가 있었으니…….

적무영이었다.

휘릭.

그대로 서희를 품에 안고, 뒤돌아서는 적무영.

그걸 보면서도 조휘는 멈춰야 했다.

결국, 서희가 놈의 손에 다시 돌아갔…….

푹.

예외.

아주 예상외의 상황이 벌어졌다.

"……."

조휘도, 은여령도, 적무영도……, 자리에 있던 모두가 침묵하며 서희를 바라봤다. 그녀는 고개를 푹 숙인채로, 적무영의 옆구리에 손을 대고 있었다. 아니, 정확히는… 단도의 손잡이를 잡고 있었다.

기습.

그야말로… 완벽한 기습이었다.

적무영은 천천히 서희를 바라봤다.

푹 숙인 고개.

정수리밖에 보이지 않았다. 바르르 떨리는 진동. 천하의 적무영이 살기를 느끼지 못했다?

그럴 수밖에… 서희는 자포자기의 심정이었으니까. 희망을 가지기는커녕, 그냥 최후의 발악에 가까웠으니까.

애초에 살심을 키우질 않았던 거다.

"왜……?"

서희가 고개를 들었다.

"죽어… 악마."

"……."

꿈틀.

적무영의 눈매는 아에 일그러졌고, 그대로 천천히 손을 들었다.

"그래, 그게 소원이라면… 죽여주마."

"너나 죽어."

불쑥, 어느새 다가온 조휘가 그대로 쌍악을 휘둘렀다. 은여령도 서희의 옆을 점했다.

쉬익! 쉭!

하나의 검과, 하나의 칼이 적무영의 목, 다리를 노리고 떨어졌다.

"꺼져……!"

쩌정!

들었던 손을 휘둘러 검과 칼을 둘 다 쳐냈다.

"꺄악!"

그 소리에 놀란 서희가 몸을 뒤틀었고, 중심을 잃고 무너져 내렸다. 하필이면… 조휘의 백악, 이격이 들어가는 궤적으로.

'큭……!'

조휘도 예상치 못했던 상황이었다. 급히 제어하려 했지만 관절이 애매하게 펴진 상태라 궤적을 바꾸는 것도 어려웠다.

지끈!

기이잉…….

세상이 느려지기 시작했다.

뇌리가 번쩍이는 강렬한 통증과 함께 아주 오랜만에 찾아온, 세계(世界)의 감속(減速). 그 감속 속에서, 적무영이 이를 악물고 서희를 안아, 안쪽으로 돌리는 게 보였다. 그걸 보며 속으로 피식 웃고 마는 조휘다.

'어울리지 않게… 순애보냐?'

이러면… 내가 악역 같잖아?

비릿한 미소를 지은 조휘는 곧 이를 악물고 천천히 손목을 틀었다. 그리고 솟구치는 백악.

스가악.

백악은 아주 깔끔하게 적무영의 허리부터, 반대쪽 어깨까지 깔끔하게 가르고 올라갔다. 아주 깊게.

"……"

너무나 갑작스럽게 전투의 승기가 푹 기울었다.

푸화악……!

위지룡의 등에서 튀었던 피와는 아예 비교도 안 될 어마어마한 양의 피가 쭉 뿜어졌다. 갈라지면서 살은 물론 근육을 넘어 뼈까지 보일 정도였다. 아니, 소름끼치게 날카로운 백악은 뼈까지 일부 갈라 버렸다.

그리고 더욱 치명적인 건, 척추를 건드리며 신경에 어마어마한 치명타를 입혔다.

"아……"

적무영의 입에서 힘 빠지는 한숨이 들렸다.

"……."

"허탈하네. 뭐야, 끝이 이게……. 큭큭."

서희를 내려놓고, 피가 솟구치는데도 그대로 일어나 등을 돌리는 적무영. 그 동작은 굉장히 오래 걸렸다. 망가진 신경 탓에, 몸이 제대로 움직이질 않는 거다. 내력으로도, 신경을 대체할 수 없었다. 그 과정동안 솟구친 피가 서희에게 뿜어졌지만 이마저도 상관없는 것 같았다.

"끝났네?"

조휘는 그렇게 적무영을 향해 말한 뒤, 저만치 떨어져 있던 풍신을 들어 다시 앞에 섰다. 그런 조휘를 보며, 적무영이 피식 웃으며 말했다.

"그래, 끝……."

"안 끝났어."

서걱!

벼락처럼 휘두른 도가 적무영의 팔 하나를 그대로 갈라 버렸다. 툭, 떨어진 자신의 팔을 바라본 적무영이 다시 피식 웃었다.

"어이, 끝……."

"안 끝났다고."

서걱!

다시 휘두른 풍신이 남은 팔마저 잘라냈다.

툭, 떨어져 꿈틀거리는 팔을 적무영은 잠시간 보다가, 발로 뻥 찼다.

"끝내, 그만."

"내가 그때 말했지? 심장을 꺼내 씹어주겠다고."

"그랬나?"

"그랬어."

말이 끝남과 동시에 조휘는 한 바퀴 빙글 돌아 자세를 낮추며 풍신을 그었다.

서걱.

단 칼에, 두 다리가 종아리부터 갈렸다. 뼈를 자르는 건 쉽지 않다. 하지만 조휘는 할 수 있다.

무방비 상태의 대상이라면.

"큭."

다리가 썰리자 적무영이 벌러덩 넘어졌다.

사지가 잘렸다.

조휘는 풍신을 내던지고, 백악을 쥐어 천천히 적무영에게 다가갔다.

"그 약속, 지금 지켜주지."

"그……."

푹!

부우우욱!

비릿한 미소를 지은 조휘는 망설임 없이 백악을 적무영의 심장 위에 꽂았다. 그리고 아래로 쭉 그은 후 백악마저 다시 던지고 손을 그대로 쑤셔 박았다.

"만… 하라… 니까……."

"짖지 마……."

쑤셔 박은 손끝에, 적운양의 가슴에서 꺼냈던 것과 같은 감촉의 장기가 느껴졌다. 하지만 이 새끼는 진짜 소름이 끼친다.

끝까지… 이 상태가 됐는데도 죽지 않는다.

"저, 아아… 추하게……."

푸확!

그 말이 끝남과 동시에 조휘는 손에 쥔 그걸, 잡아 뜯었다. 놈의 시선이 심장을 따라 올라왔다. 그대로 일어선 조휘는 뜯어낸 심장을 적무영의 얼굴에 툭 던졌다.

"약속 지켰다."

"……."

이제야, 말이 없다.

시대의 악마로 군림하던 자의 최후는, 지나치게 간단하면서, 비참했다.

"……."

충격적인 모습이었다.

그래서 모두가 말을 잊었다.

조휘는 천천히 심장을 꺼낸 자신의 손을 바라봤다.

"……."

한참을 보던 조휘는 실소를 흘렸다.

피식.

지금 기분이 참 뭐랄까…….

"나쁘지 않네."

뭔가 밍숭맹숭하게 끝난 복수지만, 허탈하지도 않고, 좋은 기분이 들었다. 복수의 끝이 꼭 화려하란 법이 있나?

가장 중요한 건, 복수의 대상을 죽이는 거다.

"이제… 하나 남았어."

피 묻은 손에서 떨어진 시선이 북으로 향했다.

자금성.

거기에 마지막 복수의 대상이 남아 있었다.

제86장
회자정리(會者定離)

북경, 자금성.

몇 달 전 일어났던 내전에서 버텨낸 단 하나뿐인 명의 도성은 북경 밖에 없었다. 제남대회전에서 황군이 오홍련에 참패를 당한 후, 팽팽하던 끈이 급변했다.

연 백호의 아버지인 연오경이 이끄는 십만 거병이 북진을 시작했고, 그에 맞춰 북로군을 이끌고 있던 양경업 대장군이 내전에 참여하지 않을 거라 천명했다.

이 두 가지만으로도 전세는 급변해 버렸다.

최초 안휘성 도지휘사가 항복했다.

연오경 대도독이 이끄는 중앙군의 군세에 기가 질려 버린 것이다. 그가 이끄는 중앙군은, 그 옛날 삼국시대 당시 위무제(魏武帝)가 육성하고 이끌던 호표기(虎豹騎)와 청주병을 표본으로 훈

런시킨 강군 중 강군이었다.

명의 최후의 보루였던 중앙군이 달려드니 안휘성 도지휘사는 그대로 백기를 내걸었다.

그게 시작이었다. 안휘성을 시작으로, 하남, 호북, 강서가 차례 대로 항복했고, 백기의 행렬은 마치 전염병처럼 퍼졌다.

연오경 대도독의 이후 명령은 항복하지 않은 성에 대한 공격이었다. 안휘, 하남, 호북, 강서의 군이 두 개의 대군을 형성해 남은 성으로 진격했고, 다시금 항복의 행렬이 이어졌다. 그렇게 중원을 장악한 연오경 대도독은 그대로 북진했다.

그때, 발맞춰 움직인 게 이화매가 이끄는 오홍련의 대군이었다. 항복한 황군을 흡수해 물경 십만의 대군을 다시 형성해 그대로 산동의 바로 위, 하북과 천진을 때렸다. 천진은 왕 제독이 이끄는 오홍련 이 함대가 공략을 맡았고, 이화매는 육지군을 이끌어 그대로 하북을 쳤다.

하북의 저항은 거셌다. 하지만 거세기만 했다. 막아내지 못하고 말이다.

이화매는 용서가 없었다.

항복하면 웃으며 맞이했고, 저항하면 철저하게 짓밟았다.

한 줌의 자비도 없이, 정말 주춧돌 하나 남기지 않은 채 모조리 쓸어버렸다. 이 과정에서 철혈의 여제는 칭송보다는 비난을 더 많이 받았지만, 자신은 반드시 죽어서 지옥에 갈 것이고, 가기 전에 명에 존재하는 종양 덩어리들을 태워 버리겠다고 선언했다.

그렇게 진격하고, 또 진격했다.

목적지는 오직 북경.

조휘가 적무영의 심장을 꺼냈을 때, 오홍련 군과 중앙군은 북경을 포위했다. 그리고 처절한 저항을 시작했다.

더없이 무의미한… 저항을.

하루, 이틀, 잘은 버텼다.

북경은 명의 수도.

성벽의 보수 상태와 높이, 그리고 전략물자의 양이 다른 성에 비교할 바가 아니다. 마르지 않는 샘에 비교해도 될 정도로 넘쳐났다. 게다가 수도방위군과 금의위가 모조리 동원됐다. 그 수가 무려 십만에 육박한다.

공성과 수성.

어느 쪽이 더 유리한지는 당연히 불 보듯 뻔하다. 저항은 거셌지만, 수성군이 받는 정신적 압박은 장난이 아니었다. 이미 그들도 귀가 있으니 들어 알고 있다. 명은 이미, 희망이 없다는 걸.

또한 저항한 성과 현이 어떻게 됐는지도. 오홍련의 무지막지한 정보력을 바탕으로, 그리고 이제 갈아탄 하오문의 정보력을 바탕으로, 썩은 관리와 그와 연결된 모든 이들이 처벌된다고 들었다.

조금의 죄를 지어도 옥에 갇히고, 그 죄의 무게가 무겁다면 그에 맞는 형벌이 반드시 떨어진다.

그러니 압박이 장난이 아니다.

자신들도 그렇게 될까 봐.

그래서 거세게 저항하던 이들이, 점차… 소극적이게 됐다. 그리고 딴 마음을 품는 이들이 늘어났고, 담합을 하기 시작했다.

결과는?

깔끔했다.
오홍련 군에 몰래 통보하고, 성문을 여는 걸로 나타났으니까.

무혈입성(無血入城).

그렇게 거세던 저항은, 성이 함락당할 때 저 단어를 쓰게 되어 버렸다.
그리고 안으로 들어선 오홍련의 대군은 그대로 진격하고, 또 진격해… 자금성을 포위했다. 그리고 이때쯤, 마도까지 오홍련에 합류했다.

*   *   *

자금성.
무수히 많은 수식어가 있지만 그냥 간단하게 설명하자면 당금 황제가 거하는 장소, 정도로 설명이 끝날 것이다.
그러나 당금 천하에 와서는… 복마전(伏魔殿), 혹은 만마전(萬魔殿)이라 알고 있는 이들이 더욱 많았다.
암투, 귀계가 끊임 없이 펼쳐지고 세 치 혓바닥이 그 어느 곳보다 강력한 힘을 가지는 곳. 그런 곳이 자금성이고 복마전이며 만마전이다.

그런 자금성이 뚫렸다. 팔다리가 잘린 것도 모자라 머리, 이젠 심장 어림까지 뚫려 버린 거다. 금의위는 반항했다. 그들은 황제를 지키기 위한 존재들.

버티고, 또 버텼다.
저항하고, 또 저항했다.

그러나 모두 부질없었다.

오홍련이 자랑하는 무인, 이안과 유키, 알을 위시한 돌격대가 자금성을 그대로 뚫고, 저항하는 모든 것들을 무릎 꿇렸다.

그리고… 황제와 대면한 이화매.

"……."

아직 젊은 황제, 만력제는 대전의 끝, 만인지상의 권좌에 앉아 있었다.

그리고 그의 옆에는 오직 일인이 있었는데, 동창태감 양명이 바로 그였다. 황제의 앞에 간 이화매는 연초를 꺼내 입에 물었다.

후우…….

감히 황제 앞에서 연초를? 이라고 할 사람은 현재 이곳에 아무도 없었다.

서로 눈을 마주한 채 연초를 느긋하게 다 태운 후 이화매의 입이 열렸다.

"내가 말했지. 적당히 하라고."

"……"

분명, 이화매는 상소를 올렸었다.

물론 만력제가 슬슬 미치기 시작할 때쯤 보낸 상소다. 물론 언어는 순화해서 간단하게 적당히 해라, 이런 내용이 적혀 있었다.

하지만 당연하게도 그 상소는 지켜지지 않았다. 오히려 갈가리 찢겼고, 당장 이화매를 잡아 오라고 길길이 날 뛰기도 했었다. 물론, 이화매를 잡을 수도 없었고. 서로 등을 돌린 뒤의 행보는 여태껏 전부 보였었다.

하지만 만력제도 엄연히 따지면 피해자다. 적무영에게 당한 피해자 중 하나라고 분명히 얘기할 수 있을 것이다. 그러나 만력제의 위치는, 피해자라고 해서 용서될 수 있는 자리가 아니었다.

그의 선택, 그의 말 한 마디가 수없이 많은 목숨을 날렸으니까.

당장 제남 대회전에서 죽은 수만의 병사들이 그러하다. 그들은 정말… 생목숨이 날아간 거다.

"각오는 됐나?"

"짐은… 황제다. 무릎을 꿇어라, 이화매……"

"큭……"

하하, 아하하.

아하하하하하하!

대전을 관통하는 통렬한 조소. 비웃음 가득한 조소는 만력제의 표정을 그대로 일그러트렸다. 하긴, 제정신으로 들을 수 있는 조소는 아니었다. 만력제는 만인지상의 자리에 위치한 황제지만, 이제는 폐위 직전의 황제니까.

반대로 이화매는?

그녀가 이제는 만인지상의 황제라 할 수 있을 것이다.

한 나라에, 두 명의 황제는 있을 수 없는 법이고, 승자는 이씨 세가주이자, 오홍련의 총 제독인 이화매다.

한참을 지속되다 우뚝 멎은 조소.

"아직도 니가 황제인 것처럼 착각해서는 곤란해, 만력제. 아니, 주익균."

"감히 짐의 이름을 함부로……!"

"닥쳐. 당장 그 입 찢어버리기 전에."

"……."

서늘한 일갈에 당장 입을 닫는 만력제. 아니, 주익균. 그는 이미 황제의 권위도 상실했다. 품위는커녕, 하얗게 질려 최후의 발악이라도 하고자 하는 비열한 인간에 지나지 않았다.

"끌어내려."

네.

이화매의 말이 끝나자마자 오홍련 무인들이 움직이려는 찰나, 이 제독. 하며 끼어드는 이가 있었다.

양명. 그였다.

"일단 자중하시오."

"자중? 양명. 너도 미쳤구나. 지금 이 상황에 내게 자중하라니. 하하."

"이분은 대명의 황제시오. 어찌 예를 차리지 않는 것이오?"

"그러는 니들은… 예를 지켰나? 그 자리가 니들 하고 싶은 짓마음껏 하라고 주어진 자리가 아님을 잘 알 텐데?"

"기회를 주시오."

이화매의 말을 무시한 채 훅 들어온 양명의 말에 이화매는 웃었다. 그리고 그 뒤에 있던 조휘도 웃고 말았다.

어이가 없는 부탁이다.

저런 말을 어떻게, 대체 어떻게 지금 이 순간에 할 수 있는 건지, 정말 신기하기만 했다. 손이 근질근질하다. 어서 저 목을 따서 연백호의 복수를 마무리하고 싶었다. 마무리 하고… 떠나고 싶었다.

아무도 찾지 못할 곳으로.

그곳에서 조용히 살고 싶었다.

그러려면, 저 자의 목이 필요하다. 복수의 끝, 완성을 위해서는 말이다. 하지만 어째, 여기 온 보람이 없을 것 같았다.

"그런 말을 하기엔, 이제 너무 늦었다네, 명."

"…오경."

저벅저벅, 일단의 무사들을 대동한 채 대전으로 들어서는 장년의 단단한 장군. 연오경. 중군도독부의 대도독이자, 조휘가 처음으로 진심으로 따랐던 연백호의 부친이기도 한 그가 대전으로 들어섰다.

힐끔, 지나가던 그는 정확하게 조휘를 보더니 고개를 살짝 숙이며 지나갔다.

'…힘들겠군.'

조휘는 본능적으로 알았다.

양명의 목을 자신의 손으로 치기는 힘들 거라는 걸. 부친이 왔다. 복수를 위해서. 그런 마당에 자신이 나서는 건 이치에 결코 합당치 않았다.

물론, 적무영의 심장을 뜯으며 느꼈던 복수의 포만감 때문에 포기가 좀 더 빠른 것도 있었다.

"오경… 기회를 주게. 이젠 정말… 제대로 할 수 있어."

"그러기엔 피가 너무 흘렀어. 그리고 명, 너는 건너지 말아야 할 길을 건넜고."

"그건……."

"걱정 말게. 그간의 우정을 생각해 자네의 가족은 내 친히 보살펴 주겠네."

"……."

양명, 그는 결국 입을 닫았다.

조휘는 눈을 감았다.

'끝났다, 이걸로.'

모든 상황은 끝이 나는 거다, 이렇게.

"마도."

그때 불쑥 들려오는 목소리. 조휘는 조용히 옆으로 빠져 '네'라고 짧게 대답했다.

"아들의 복수는 내 손으로 직접 하고 싶네."

"뜻대로 하시길."

"은성검에도 묻고 싶군."

"뜻대로 하세요."

은여령도, 깔끔하게 포기했다.

사제들의 원수, 양명이다.

하지만 이제 와서는… 다 끝나기만 하면 된다고 생각하는 그녀였다. 고개를 끄덕이며 읍을 해보이며 다시 입을 여는 연오경.

"두 사람, 고맙네. 내 그대들의 행적은 전부 들었지. 내 아들을 위해… 그렇게 노력해 준 점, 감사하네. 언제 한 번 식사라도 했으면 좋겠군."

"……."

꾸벅.

조휘와 은여령은 답 없이 그저 고개만 숙여 예를 취했다. 그리고 돌아서 대전을 나서는 걸음을 시작했다. 그런 조휘의 뒤로 은여령과 위지룡, 장산이 붙었다. 이화는 이화매의 뒤에 서 있었고, 나가는 조휘의 등에 허리를 깊게 숙였다. 조휘는 그런 이화에게 손을 흔들어줬다.

이제는 정말 떠날 때였다.

밖으로 나온 조휘는 고개를 들어 하늘을 봤다.

쾌청했다.

"그나저나… 어디로 가지?"

생각해둔 곳이 없어 난감했다.

"어디든요."

"어디든 가겠습니다."

"으하핫!"

답을 바란 게 아닌데, 세 개의 답이 뒤따라왔다.

피식.

그래, 어디든…….

"일단, 해남도로 가자."

그곳에, 평생 책임져야 할 여인이 한 명 더 있으니까.

"네."

은여령은 그걸 알면서도, 밝게 웃으며 대답했다.

끝났다.

길었던 복수가.

그리고…….

마도의 행보도.

하늘은 마지막 순간에 마도를 향해 웃어줬다.

＊　　　　＊　　　　＊

오년 후,

절강성에서 배로 일주일이나 가야 나오는 근원도(根源島). 사람
의 손길이 타지 않은 곳에 터를 잡은 이들이 있었다.

사내 하나, 여인 둘이었다.

사내, 예전에 마도로 불렸던 조휘가 어깨에 메는 광주리에 산나물과 토끼 두 마리를 잡아 포근하게 지어진 모옥으로 들어섰다.

"오셨어요?"

응애! 응애!

마루에 앉아 이제 갓 두어 달은 지났을 법한 아기를 안고 있던 여인이 맑은 미소와 함께 조휘를 맞이했다.

은여령이었다.

옛날 은성검이라 불리며 잘 벼려진 한 자루의 검 같은 기도를 내뿜던 은여령은 없었다. 대신 자애로운 미소가 너무나 어울리는 어머니만 남아 있었다.

하지만 그건 조휘도 마찬가지였다. 천하를 울리던 마도는 없었고, 아버지만 남아 있었다. 광주리를 내려놓고 은여령에게 다가갔다.

"소소(所昭)는?"

"당신이 오니까 깼어요. 그 전에는 잘 잤는데."

"이런."

"후후, 괜찮아요."

응애! 응애애!

아가는 힘차게 울었다. 아주 힘차게 울어서, 조휘는 그저 웃을 수밖에 없었다. 이렇게 힘차게 우는 걸 보면 그만큼 건강하다는 것 아니겠나.

한참을 아가를 보고 나서야 조휘는 모옥 쪽으로 시선을 돌렸다.

"문영은?"

"산책 나갔어요."

"그래?"

"위로 올라간다고 했으니 분지 쪽으로 갔을 거예요."

"이런, 엇갈렸나보군. 해도 슬슬 지니 데려올게."

"네."

두 여인이다.

한 사내에, 두 여인.

그러나 은여령은 개의치 않았다. 서문영의 마음도 알고, 조휘의 마음도 아주 잘 아니까. 그녀가 바라는 건 하나다. 조휘와 이대로 이렇게… 평화롭게 사는 것. 그것 하나면 족하다.

그러다 다른 일이 생기면?

밖으로 나가는 조휘의 등을 보며 그녀는 다짐했다.

'그때도 내가 당신, 지켜줄게요.'

검은 놓았으나, 은여령은 은성검의 별호를 버리지 않았다. 출산한 지 얼마 안 됐기 때문에 참고 있을 뿐, 틈틈이 검은 손에 쥔다.

그 감촉과 감각을 잊지 않기 위해서. 한편 밖으로 나선 조휘는 틈틈이 닦아놓은 소로를 따라 분지로 올라갔다. 사실 말이 분지지, 되게 작은 곳이었다.

서문영은 그곳의 연못에 발을 담구고 발장구를 치는 걸 좋아했다.

역시나, 그녀는 그곳에 있었다.

조휘는 가만히 그녀의 등을 바라보며 서 있었다.

"홍, 흐응, 홍홍."

콧노래를 부르기도 하고, 가끔 꺄르르 하며 웃기도 하는 그녀다.

아직도 그녀는 해방되지 못했다. 마차 안, 그 지옥에서 아직 빠져나오지 못한 거다. 망가진 정신은 서서히 회복되고 있긴 하지만 그 속도는 너무나 더뎠다.

하지만 그래도, 이제는 얼굴에 곧잘 감정을 표현하곤 했다. 그래서 미안하다.

책임.

그 단어의 무게가 조휘를 괴롭힌 적이 한두 번이 아니었다.

"어! 와!"

서문영이 조휘를 발견하고는 연못에서 발을 빼고 도도도 달려왔다. 그리고는 앞에서 껑충 뛰어 조휘의 품에 안겼다.

"쿵쿵. 흐으… 에헤헤."

그러더니 냄새도 맡고, 부비기도 하고, 헤픈 웃음도 흘렸다. 그녀는 조휘의 옆에서만 안정을 취했다. 아, 은여령에게도. 그 외에는 굉장한 경계심을 보였다. 심지어 장산, 위지룡에게까지 그랬다.

그래서 두 사람은 섬에 살 수 없었다.

각자, 색시를 구하겠다며 천하를 주유하는 중이라는데, 결과는 아직 나오지 않았다.

'녀석들, 얼른 구해 들어와라. 하하.'

그런 생각을 하는데, 그녀가 조휘의 소매를 잡고 잡아 당겼다.

"와! 우와!"

"같이 놀자고?"

"우우!"

그 말에 고개를 격렬하게 끄덕이는 걸 보니 맞는 것 같았다. 우우! 하면서 재촉하기에 조휘는 같이 연못으로 가 발을 담그고, 시간을 보냈다.

그동안 그녀는 조휘의 어깨에 얼굴을 기대고, 너무나 기분 좋은 미소를 그린 채 눈을 감고 있었다. 시간은 잘도 간다. 벌써 해가 떨어지려 하는 걸 보곤 조휘는 그녀를 가만히 안아 올렸다. 이미 잠들어 어쩔 수 없었다.

쌔근쌔근 잠든 그녀를 안고 모옥으로 돌아오자, 고소한 향기가 코를 자극했다.

"어머, 잠들었어요?"

"응, 안에 눕히고 올게."

"그래요. 아, 씻고 바로 오세요."

"알았어."

방으로 들어가 우웅, 투정 부리는 서문영을 이부자리에 눕히고, 나와서 손을 씻고 마루로 가는 조휘.

탁상에 잘 익은 토끼와 갖가지 쌈과 소복이 담긴 쌀밥이 있었다. 한 숟갈 크게 떠서 입으로 가져가는 조휘.

쌀밥의 온기, 밥에 담긴 그녀의 정.

모든 게 좋다.

"맛있다."

"밥만 먹어놓고는……."

"아, 그랬나?"

"뭐예요……!"

"하하하!"

뾰족한 소리에 조휘는 웃음을 터트렸다.

여유가 있고, 정이 가득하다.

그래서 지금 그의 소원은 딱 하나다.

지금 이 순간이, 깨지지 않기를.

영원히 말이다.

『마도 진조휘』 9권 完

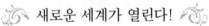

초대형 24시 만화방

신간 100%, 샤워실, 흡연실, 수면실(침대석), 커플석, 세탁기 완비

■ 시흥 정왕25시점 ■

경기 시흥시 정왕동 1742-13 미스터피자 건물 5층
031) 319-5629

■ 강북 노원역점 ■

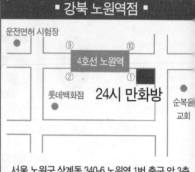

서울 노원구 상계동 340-6 노원역 1번 출구 앞 3층
02) 951-8324 (화용빌딩 3층)

■ 일산 정발산역점 ■

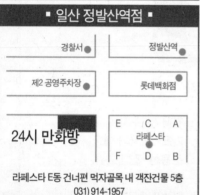

라페스타 E동 건너편 먹자골목 내 객잔건물 5층
031) 914-1957

■ 일산 화정역점 ■

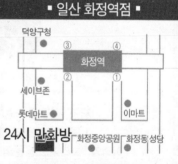

경기도 고양시 덕양구 화정동 984번지 서일빌딩 7층
031) 979-4874 (서일사우나 건물 7층)

■ 부천 역곡역점 ■

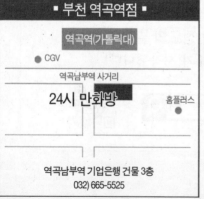

역곡남부역 기업은행 건물 3층
032) 665-5525

■ 부평역점 ■

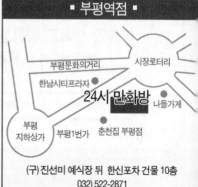

(구)진선미 예식장 뒤 한신포차 건물 10층
032) 522-2871